国家出版基金项目

主编

当代作家论

中国当代作家论

谢有顺 主编

张 闳／著

莫言论

作家出版社

张闳

■ 1962年生，文化批评家、作家。曾为医生，后获华东师范大学文学博士学位，现为同济大学人文学院教授兼中国现当代文学研究所所长。主要从事中国现当代文学研究、文化理论与文化批评，是文化符号学批评和当代大众文化研究的主要倡导者之一。主要著作有《黑暗中的声音——鲁迅<野草>的诗学及精神密码》《感官王国——先锋小说叙事艺术研究》《声音的诗学——现代汉语抒情艺术研究》《乌托邦文学狂欢（1966-1976）》《钟摆，或卡夫卡》《欲望号街车——流行文化符号批判》《符号车间——流行文化关键词》等。近年转向文化哲学和文化神学领域。

主编说明

自从到大学工作以后，就不时会有出版社约我写文学史。很多文学教授，都把写一部好的文学史当作毕生志业。我至今没有写，以后是否会写，也难说。不久前就有一份高等教育出版社的文学史合同在我案头，我犹豫了几天，最终还是没有签。曾有写文学史的学者说，他们对具体作家作品的研究，是以一个时代的文学批评成果为基础的，如果不参考这些成果，文学史就没办法写。

何以如此？因为很多学问做得好的学者，未必有艺术感觉，未必懂得鉴赏小说和诗歌。学问和审美不是一回事。举大家熟悉的胡适来说，他写了不少权威的考证《红楼梦》的文章，但对《红楼梦》的文学价值几乎没有感觉。胡适甚至认为，《红楼梦》的文学价值不如《儒林外史》，也不如《海上花列传》。胡适对知识的兴趣远大于他对审美的兴趣。

《文学理论》的作者韦勒克也认为，文学研究接近科学，更多是概念上的认识。但我觉得，审美的体验、"一个灵魂唤醒另一个灵魂"的精神创造同等重要。巴塔耶说，文学写作"意味着把人的思想、语言、幻想、情欲、探险、追求快乐、探索奥秘等等，推到极限"，这种灵魂的赤裸呈现，若没有审美理解，没有深层次的精神对话，你根本无法真正把握它。

可现在很多文学研究，其实缺少对作家的整体性把握。仅评一个作家的一部作品，或者是某一个阶段的作品，都不足以看出这个作家的重要特点。比如，很多人都做贾平凹小说的评论，但是很少涉及他的散文，这对于一个作家的理解就是不完整的。贾平凹的散文和他的小说一样重要。不久前阿来出了一本诗集，如果研究阿来的人不读他的诗，可能就不能有效理解他小说里面一些特殊的表达方式。于坚也是一个典型的例子。很多人只关注他的诗，其实他的散文、文论也独树一帜。许多批评家会写诗，他写批评文章的方式就会与人不同，因为他是一个诗人，诗歌与评论必然相互影响。

如果没有整体性理解一个作家的能力，就不可能把文学研究真正做好。

基于这一点，我觉得应该重识作家论的意义。无论是文学史书写，还是批评与创作之间的对话，重新强调作家论的意义都是有必要的。事实上，作家论始终是中国现代文学的一个宝贵传统，在1920—1930年代，作家论就已经卓有成就了。比如茅盾写的作家论，影响广泛。沈从文写的作家论，主要收在《沫沫集》里面，也非常好，甚至被认为是一种实验。中国现代文学研究界的许多著名学者都以作家论写作闻名。当代文学史上很多影响巨大的批评文章，也是作家论。只是，近年来在重知识过于重审美、重史论过于重个论的风习影响下，有越来越忽略作家论意义的趋势。

一个好作家就是一个广阔的世界，甚至他本身就构成一部简易的文学小史。当代文学作为一种正在发生的语言事实，要想真正理解它，必须建基于坚实的个案研究之上；离开了这个逻辑起点，任何的定论都是可疑的。

认真、细致的个案研究极富价值。

为此，作家出版社邀请我主编了这套规模宏大的作家论丛书。经过多次专家讨论，并广泛征求意见，选取了五十位左右最具代表性的作家作为研究对象，又分别邀约了五十位左右对这些作家素有研究的批评家作为丛书作者，分辑陆续推出。这些作者普遍年轻、锐利，常有新见，他们是以个案研究的方式介入当代文学现场，以作家论的形式为当代文学写史、立传。

我相信，以作家为主体的文学研究永远是有生命力的。

谢有顺

2018 年 4 月 3 日，广州

目录

导论　从高密东北乡到斯德哥尔摩

一

　　莫言，原名管谟业，1955 年出生于山东省高密县大栏乡①平安庄村的一个农民家庭。"文革"开始之后，小学尚未毕业的管谟业辍学回家务农，做过临时工。1976 年参军，历任警卫员、副班长、文化教员、政治教员、保密员、宣传干事等。1981 年在一家地区性文学刊物《莲池》上发表短篇小说《春夜雨霏霏》，开始进入文坛。1984 年，莫言考入中国人民解放军艺术学院文学系学习。1985 年在《中国作家》杂志发表中篇小说《透明的红萝卜》，引起轰动。1986 年在《人民文学》杂志发表《红高粱》，引起更大的轰动。同年加入中国作家协会。1986 年 6 月从解放军艺术学院毕业后，到中国人民解放军总参谋部文化部工作，成为专业创作员。在这几年里，他创作有大量中短篇小说，如《枯河》《欢乐》《红蝗》《爆炸》《球状闪电》等。1988 年根据莫言原著改编、张艺谋执导的电影《红高粱》获西柏林电影节金熊奖。同年，莫言进入北京师范大学文学创作研究生班学习，1991 年毕业，获文学硕士学位。1997 年从部队转业到《检察日报》任记者。自 1990 年代初以来，莫言连续写出了《酒国》

---

①　莫言小说称作"东北乡"。"东北乡"为明、清、民国时期的旧称，包括大栏乡和河崖乡，现属高密市夏庄镇，平安庄村改称大栏平安村。

《丰乳肥臀》《檀香刑》《四十一炮》《生死疲劳》《蛙》等多部长篇小说，及《三十年前的一次长跑比赛》《师傅越来越幽默》《拇指铐》《司令的女人》等数十篇中短篇小说，先后获得"大家·红河文学奖""茅盾文学奖""红楼梦奖"法国"儒尔·巴泰庸外国文学奖"、意大利"诺尼诺国际文学奖"、美国纽曼"华语文学奖"、日本福冈"亚洲文化奖"、韩国"万海文学奖"等多项国内外文学大奖。2012年获诺贝尔文学奖。

以上是莫言的简短履历。这个简历看上去并无多少特异之处，但因为获得诺贝尔文学奖，莫言成为现代汉语文学史上的一个标志性的人物。试想，如果当代中国文坛少了这个人，无疑会一下子黯淡了许多。然而，令人难以置信的是，这个人居然是一位农村出身的只有高小文化程度的写作者。莫言的文学成就堪称当代中国文学界的奇迹。

莫言的小说世界对应的现实空间，是他的故乡——山东省高密东北乡。他小说中的许多故事，都被安置在故乡的空间来展开。他将这个方圆不过几十里的北中国的乡村，通过文学，成为文学世界的中心，一个个神奇故事的策源地。这个坐落在胶东平原的村落，历史上并无特别的大事可记，也缺乏圣贤名流、达官贵人的可资夸口。但他们那里却有着伟大的说书、讲故事的传统。他们的祖先曾经是蒲松龄的怪异故事的提供者。在他们的故事世界里，充斥着狐妖蛇怪、魑魅魍魉。当然，毫无疑问，这些怪异的事物实际上是他们心目中现实世界的真相。莫言正是这些讲故事的人的现代传人。童年和少年时代的莫言，一直耳濡目染这种种的奇异故事，同时，现实生活也为他提供了各式各样光怪陆离的奇观和异事。这一切——现实的和讲述中的——都成为莫言写作的重要资源。

关于少年时代的莫言的经历，他本人在许多回忆性的散文和访谈录中，都有过较为详尽的谈论。在这些谈论中，有一点非常重要，即他的"辍学"。少年莫言在高小阶段因与学校发生冲突，被勒令退学，之后他不得不回家务农。对于一位十一二岁的少年来说，失学在家，无疑是一个巨大的耻辱。而在人民公社体制下，未成年人又无法承担沉重的农业劳动，只能作为半个劳动力。于是，他不得不混迹于同样作为半个劳动力的妇女和老人中间，从事相对较轻的体力劳动。与这些人在一起劳作的经历，对于莫言来说，是一笔难得的财富。田间地头就是他的课堂，野老村妇就是他的老师，从那里，可以听到各种各样的鲜活的知识，有趣的故事和传说，各种生机勃勃的俚语、粗话，也可以领略乡间底层文化魅力。他在那里完成了自己的"学业"，小学、中学乃至大学。这一切，正是莫言文学想象力和语言的源头活水。

辍学经历带来的另一重影响，是对少年莫言的求知欲的刺激。这位渴求读书的少年，却被剥夺了上学的权利，让他陷入极度的知识饥饿状态。正如他在那个时代所经受的肉体的饥饿一样，知识上的和精神上的饥渴同样强烈地折磨着他。这促使他寻找一切可能找到的书籍来阅读。在知识的世界里，他像一匹贪吃的小兽，贪婪地寻找一切可以入口的东西。他是文学荒野上的野生动物，饥肠辘辘而又充满野性活力。他几乎读尽了那时可以找到的一切书籍：流行的样板文学，"十七年文学"，以及少量的所谓"禁书"。这些在今天看来似乎是缺乏足够的文学性的读物，填满了少年莫言饥渴的知识肠胃，虽然算不上营养丰富，但也让他得以在精神上长大成人。在那个时代，谁又不是靠着这种粗糙的精神食粮（和物质食粮）长大的呢？相比于按部就班的文学教育，这种发自内心之热爱和出于饥渴的追求，更接近于文学最原初的生命状态。

二

另一种生活经历对于莫言来说，也同样重要。那就是其"军旅生涯"。漫长的军旅生涯，是莫言人生中最为重要的阶段，也是他在文学上的生长期和成熟期。如同青春发育期是人生的重要转折一样，作为作家的莫言的这一阶段，是在部队里开始和完成的。

参军，对于许多北方农村青年来说，是人生的一个梦想，也是其命运改变的初阶。在那个时代，农民身份是一种咒诅，意味着他得终生被捆绑在贫瘠的土地之上，囚禁在闭塞的乡村故土，得依靠终年艰辛劳作，勉强得以糊口。而且，这种身份还是世代相传的。祖祖辈辈都得过着同样的艰辛日子。参军，意味着可以至少是暂时地脱离土地和劳作，脱离那片土地上充斥的肉体上的饥饿和精神上的苦闷。在部队，可以不愁吃穿，还能学到文化和技术，某种谋生手段。在和平年代里，这对于农村青年来说，不失为一个上好的选择。如果自己有点儿文化和能力，又努力表现，再加上一点儿运气的话，还有可能入党、提干，成为军官。而军官提升到一定的级别，就能够常驻军营，而且还可以让家属随军。即便日后退役转业，也可以到地方上成为国家编制的干部。这也就意味着——他及他的妻子儿女，从根本上脱离了农村，成为吃商品粮的城里人了。这在农民来说，可以说是一步登天的命运转变，不亚于登科中举。这种农村青年的艰苦梦想，在其他来自乡间的有部队背景的作家，如周大新、阎连科、刘震云、柳建伟等人的笔下，都有过充分的揭示。到了1980年代，这一梦想的实现路径，被考大学所取代。

莫言的军旅生涯也循着这一惯常的路径行进。他在连队里入党，被提拔为干部，文化教员，通讯员……一步一步成为具有文职性质的军官。然后，从那里开始了他最初的写作生涯。他自称是为了过上"天天有饺子吃"的日子而开始文学写作的，这一说法虽然有些夸张，但也部分是实情。物质生活的诱惑，也有着不可低估的强大精神驱动力。

在莫言开始写作的时候，也就是1980年代的初期，中国大陆的文学界基本上是由两类人平分天下。一类是中年一辈作家，他们大多有一些不幸的遭遇，当过"右派"，后获平反，即所谓"归来者"一群，或者是"文革"期间的黑暗政治的受害者。另一类是莫言的同时代人，他们相对年轻一些，但大多数属于"知青"族群，他们都有过"红卫兵"时期"造反"的辉煌经历和上山下乡的光荣磨难。这一代人总体上相信，归根结底世界是属于他们的，尽管实际上他们几乎是完全被现实所抛弃的一代。这两类人作为文学写作者，却有着许多优势：比一般人更好的文学修养，不凡的生活经历，以及由这些经历所带来的更多、更早的文学上和政治上的自觉，因而也就能较好地迎合当时的文学主潮，甚至在某种程度上就是由他们支配着文学的主潮。

但莫言不属于这两类人，按照当时的文学观念，他在写作上毫无优势可言。1980年代初期，莫言最初的一批小说发表在几家地区性的文学刊物上，也并未显出有多少特别之处。他差不多仍然沿用当时最通行的一些小说写作模式，或者说，多少有些在刻意模仿"右派"一代或"知青"一代的写作。如描写美好的人性（如《春夜雨霏霏》等），写特殊年代里农民生活的困苦和干群关系（如《黑沙滩》等），至于那些描写和平年代的军营生活的作品（如《丑兵》《白鸥前导在春船》等），则基本上是当时所谓"军旅文学"描写和平时期军营生活的典型套路。所以会有专事"军旅文学"研究的专家十几年如一日地坚持将莫言划归在他的研究领域。的确，如果没有后来的转变，莫言确实就会往"军旅文学"的道路上发展，这样，我们就会多了一位新时期的杜鹏程或峻青。其实，在莫言之前，已经有了一位这样的作家——李存葆——这就足够了。后来，莫言还写了一些与军事多少有些关系的作品，如描写战争年代所发生的故事的著名小说《红高粱家族》，这似乎为那些"军事文学"专家提供了言之凿凿的证据。他们认为"战争"是莫言的另一大题材类型，并将其所谓的"战争题材"小说之列，与朱苏进等作家的小说一起，视作当代"军事文学"的第三次高潮的代表。[1] 这种文学分类法显然与依照现行政治制度的社会阶层划分原则有关。从文学上看，却很难将凡是涉及打仗的都称之为"军事文学"或"战争文学"。比如，马原、洪峰，甚至格非都写过战争，甚至有可能写得比莫言笔下的战争更像战争，但不会有人将这些作品归于"军事文学"。莫言在一次演讲中，回忆了自己在《红高粱家族》创作之初，关于战争及历史题材的文学的想法，他写道：

> 小说家的创作不是要复制历史，那是历史学家的任务。小说家写战争——人类历史进程中这一愚昧现象，他所要表现的是战争对人的灵魂扭曲或者人性在战争中的变异。
>
> …………
>
> 我发现"文革"前大量的小说实际上都是写战争的，但当时的小说追求的是再现战争过程。一部小说，常常是从战前动员开始写到战役的胜利，作者注重的是战争过程，而且衡量小说成功与否的标准通常是是否逼真地再现了战争的过程。新一代的作家如果再这样写绝对写不过经历过战争的老作家，即便写得与老作家同样好也没有意义。我认为，战争无非是作家写作时借用的一个环境，利用这个环境来表现人在特定条件下感情所发生的变化。[2]

由此可见，莫言充其量只能算作一位生活在部队里的作家而已，他也并没有朝"军旅文学"的方向进一步发展。事实上，莫言在 1983 年发表的《售棉大道》和《民间音乐》，以及 1985 年发表的

---

① 参阅朱向前：《新军旅作家"三剑客"——莫言、周涛、朱苏进平行比较论稿》，《解放军文艺》1993 年第 9 期；另参阅范伯群、吴宏聪（主编）：《中国现代文学史》，武汉大学出版社 1991 年。

② 莫言：《我为什么要写〈红高粱家族〉——在〈检察日报〉通讯员学习班上的讲话》，见莫言：《小说的气味》，第 20 页，春风文艺出版社 2005 年。

《大风》等小说，已经改变了这种发展可能。这些小说所表现出来的作者对于生活理解的丰富性和观察力，已不是一般"军旅生活"所能局限的，而其在叙事上的表现力亦非一般"军旅小说"所能企及。老作家孙犁就从《民间音乐》中发现了一种"空灵之感"，并倍加赞赏。而所谓"空灵之感"显然很难与"军旅"之类的东西有多少瓜葛。可见，莫言的身份很特别，也很尴尬。但正是这种身份的特殊性，使得莫言的写作较少被特定的题材领域所局限。

三

文学走向世界，这是 1980 年代中国作家的巨大梦想。而且不单是文学，"走向世界"也是那个时代的中国社会的整体性的梦想。这种梦想首先由体育这个相对较少意识形态属性的社会文化类型彰显出来。"冲出亚洲，走向世界"即是那个时代最响亮的口号，在体育领域，尽可能地向世界开放。中国人积极地参与国际体育赛事，并通过努力夺取更多的比赛金牌，来实现这一梦想。

1984 年，中国在 1949 年之后首次派体育代表团参加奥运会。这是在美国洛杉矶举办的第二十三届夏季奥林匹克运动会。在这次运动会上，中国体育代表团取得了数枚金牌，尤其是女子排球队夺得冠军，成为一个标志性的事件。一时间举国欢庆，进而将女排精神上升为国家的精神文化之代表的高度。

文学走向世界的梦想也是同样强烈。当代中国文学家像整个国家的各个领域一样，急于追赶世界，追赶世界首先就是追赶"现代派"。"现代派"种种技法，都想尝试一番。

1980 年代初，作协系统组织过许多笔会、文学讲习班、写作培训班一类的活动，其中最有影响的，是 1980 年的一次。1980 年夏，中国作协组织一批作家到北戴河休养，这次休假生活，却成为一场关于文学写作的"现代派"问题的讨论，进而推动了现代主义进入中国文学的进程。休养的人员包括当时的一批著名作家、文学杂志编辑及文学评论家，如王蒙、刘心武、林斤澜、高行健、叶文福、苏叔阳、冯骥才、李陀等人。他们一边休养，一边安排相关人员讲授文学课程。在中国作协外联部工作的高行健是讲员之一，负责讲授西方现代派小说诸流派的写作技巧。这一讲稿后来整理为《现代小说技巧初探》的小册子出版。[①] 有趣的是，在二十年之后，莫言获诺贝尔文学奖之前，旅居法国的高行健获得了 2000 年度的诺贝尔文学奖。

作为对高行健讲课的反响，刘心武、李陀等人在讲习班结束之后，继续就所谓"形式探索"问题展开讨论，他们以通信的形式，将问题进一步具体化。这一组通信后来发表在《上海文学》杂志上。这次活动以及后续讨论，引发了接下来几年时间里中国文学界追求"形式探索"的所谓"现代派"热潮。无论是高行健的讲座还是刘心武等人的通信讨论，问题的枢纽在于如何将现代主义解释为一种纯艺术形式和表现手段，尽可能将现代主义艺术手法，诸如意识流、超现实主义、未来主义等，与意识形态剥离，强调艺术表现技巧有独立于政治意识形态的、自足的美学价值。在当时的政治和文化环境中，"现代派"不被主流文学所接纳，主流文化在意识形态方面时而开放，时而闭锁。但将现代主义局限于"形式探索"，多少获得了一些意识形态上的合法性。一般认为，有限的形式探索和写作技术的借鉴，并不会动摇社会主义文学的根本，相反，它可能有益于社会主义文学的丰富性和多样化，也符合改革开放的勇于探索的时代精神。虽然这种有限探索，在日后依然受到了强烈的质疑，受到了来自某些方面的压力，而且，在现代主义的风格探索方面，收效也甚可疑，但它为日后在年轻一代的写作者那里的"先锋

---

① 参阅王尧：《1985 年"小说革命"前后的时空——以"先锋"与"寻根"等文学话语的缠绕为线索》，载《当代作家评论》2004 年第 1 期。

主义"浪潮的兴起,埋下了伏笔。

当然,相比其他领域而言,文学的情况相对比较复杂一些。但强烈的"诺贝尔焦虑"不仅体现在自然科学方面,文学艺术方面也一样,甚至更为强烈。中国文学界在进入到1980年代时,开始真正关注诺贝尔文学奖。尽管对于一些人来说,诺贝尔文学奖或可视作西方发达资本主义国家的文化游戏,但有几次颁奖却不那么简单。一次是1968年日本作家川端康成的获奖,另一次是1980年哥伦比亚作家加西亚·马尔克斯的获奖。前者获奖事件表明,亚洲作家,尤其是以描写东方人的生活方式、心理状态、价值观念以及美学趣味的作品,也可以获得世界性的认同,成为现代文学的经典。后者获奖,尤其是拉美作家连续获奖,则意味着政治上动荡不安、经济上并不发达、文化上并不纯粹的、欠发达的所谓"第三世界"国家的文学,他们的本土化写作,也可以成为一种新的经典。另一方面,这一类作家还有一个共同之处,他们是本土的,同时也是现代的。他们注视着本土的一切,但他们的眼光已经是现代的。卡夫卡、普鲁斯特、博尔赫斯、T.S.艾略特等现代主义伟大作家,以及象征主义、超现实主义、未来主义等现代文艺思潮,已经成为一种不可忽视的文学传统。

还有一点值得一提,那就是米兰·昆德拉的影响。这位捷克斯洛伐克社会主义共和国著名的小说家,在处理政治制度和意识形态与私人日常生活之间的微妙关系方面,提供了一种富于启发性的模式。文学并不脱离政治,但文学既不是为政治服务的,也不是简单地作为政治控诉和政治抗议而存在。文学与政治之间的微妙关系,也是人们,尤其是生活在社会主义国家的人们的日常生活的一部分,而对于一位作家来说,它还是其生活的相当重要的一部分。昆德拉的小说《玩笑》《生命中不能承受之轻》《为了告别的聚会》等,在处理这一类题材和主题方面,提供了若干精彩的范例。1980年代中后期,作家出版社连续推出了昆德拉的一系列作品,给当代中国作家以极大的影响。

事实上，年轻一代的写作者的观念更加开放，他们从一开始就与现代主义打交道，在1980年代蜂拥而至的各种各样的现代主义思潮中浸淫。许多在老一代作家看来至关重要的、有争议性的文学问题，在新一代的写作者那里，已经不成为写作上的障碍。而另一些问题，诸如文学虚构如何可能，文学经验如何回应当下的生活经验，文学语言问题，等等，反倒是至关重要的。在向世界开放的语境中，必须重新思考"传统—现代""乡村—城市""东方—西方""第三世界—发达国家""社会主义—资本主义"诸矛盾范畴，并通过现代汉语写作来作出回应。这些范畴又不是简单的对立关系，而是在这种矛盾、冲突和共在的语境当中，展开对复杂现实的观察和表达。"传统—现代""乡村—城市""东方—西方""第三世界—发达国家""社会主义—资本主义"，这些重要观念范畴，构成了现代中国文学，特别是莫言的文学的美学坐标。这些个要素纠结在一起，有时会成为问题，有时会构成一幅斑斓的拼图，但大多数情况是某一二种因素起主导作用，形成了某一类文学景观。

四

从高密东北乡通往斯德哥尔摩的路途上，1984年是一个重要的里程碑。一切都得从1984年开始讲起。

"1984"——这是一个特殊的年份。因为英国作家乔治·奥威尔的一本名叫《1984》的书，这个年份成了人类历史上的一个具有象征性意义的标记。实际上的1984年当然没有奥威尔所预言的那么重要，即使是在二十世纪的历史中，它也只能算作平平常常的一年。但就在这一年，中国的思想文化界正在酝酿着一场静悄悄的革命。这一年所发生的一系列事件，悄悄地影响着中国思想文化的发展，并在相当大的程度上影响着 1980 年代中期之后的中国。就文学和思想文化而言，1984 年是当代中国的一个至关重要的转捩点。

这一年被称为"方法年"，在人文科学和社会科学领域内，各种各样的来自现代西方世界的新观念、新方法蜂拥而至。所谓"新三论"（系统论、信息论、控制论）等自然科学方法论被当作全新的理解世界的方法，引起人们的兴趣，甚至在某种程度上改变了人们的世界观。与此同时，西方现代文化人类学观念也影响到中国，"文化"在一种全新的意义上进入中国人的意识，它不再是一个政治概念。新的文化意识也影响到文学领域。

在文学上，1984 年开始兴起所谓"文化寻根运动"热潮。以韩少功、阿城、李杭育等人为代表的作家们，忽然强烈感受到文学中的文化缺失所带来的致命缺陷。之前的当代文学，总是紧紧追随着社会现实生活，尤其是其政治经济生活的步伐，在政治上或正确或谬误，常常成为作家及其作品的评判尺度，或红极一时，或被打入冷宫。1980 年代初，人们呼吁文学回归人性、人的价值，似乎是一种观念上的进步和解放，但所谓"人性""人道"等人学范畴，也始终无法割断人之社会属性的制约，而且，有时这种制约还是相当强势的。因而，文学属性的论争，也就始终在"人性"与"政治性"的矛盾冲突的范畴内纠缠不清。而文学艺术的文化属性概念的引入，在一定程度上避开了这种概念陷阱。

关于"寻根文学"的来龙去脉的澄清，当代文学研究界对此已有众多的、程度不等的研究。关于"寻根文学"所援引的文化理论究竟在多大程度上能够成为文学写作的推动力，这个问题仍有待进一步的研判和阐释。但这不是本书的任务。本书关注的是，在"寻根文学"的热潮中，莫言的写作也发生了某种变化，而且莫言一度还被视作"寻根小说"的代表性作家之一。

中国当代文学中的"寻根"热潮，跟拉美"爆炸文学"的关系密切，或者说，所谓"文化寻根"思潮，在作家那里，与其说是被文化理论所驱动的，不如说是被拉美文学所驱动的。首先是加西亚·马尔克斯的"魔幻现实主义"小说。1982年，马尔克斯以《百年孤独》为代表的作品，赢得了诺贝尔文学奖，是一个重大的国际性的文学事件。这是对拉美"魔幻现实主义"及"爆炸文学"潮流的直接肯定。以加西亚·马尔克斯为代表的拉美"爆炸文学"，裹挟着一场巨大的"魔幻"风暴，席卷了一百年的孤独和喧嚣。这对于1980年代的中国年轻一代的作家来说，犹如一场精神地震。几乎整整一代小说家，都在不同程度上受到了这种影响，如韩少功、余华、苏童、格非、阿来等。他们的作品虽然并不一定都有所谓魔幻风格，但或多或少都有马尔克斯的印记。

在对马尔克斯以及相关前辈作家的模仿当中，孕育了一个时代的新文学。它是1980年代中国先锋文学的种子，一个时代文学新生命，就从这里诞生。加西亚·马尔克斯等拉美"魔幻现实主义"作家同弗兰茨·卡夫卡、威廉·福克纳、豪尔赫·博尔赫斯、阿兰·罗布－格里耶、米兰·昆德拉等人一起，成了1980年代中国先锋文学话语的"源代码"。

毫无疑问，"魔幻现实主义"激活了当代中国作家的想象力，使他们得以从传统的现实主义的桎梏中解放出来，而注意到文学与文化传统之间的关联，尤其注重那些东方文化传统中的神秘主义的部分，以及这种文化观念所带来的复杂而隐秘的世界观念。这种观念又可以帮助作家看到一个更加丰富和更加奇妙的世界图景。但是，这种影响也有其负面性，即作家们过分追求故事和情节的神奇性和魔幻性，以致在一定程度上偏离对现实世界的关注，或因这种魔幻性而削弱了文学介入现实的力量。如此一来，文学非但没有激活本土文化传统的精神性因素，反而陷于肤浅的对"奇景化"效果的追逐。"魔幻现实主义"就像蛇一样纠缠着我们，成为我们的魔咒和无可克服的巨大障碍。正因为如此，莫言的写作，尤其是其成熟期的写作，对这种影响持有相当的警惕。莫言声称自己一直在同马尔克斯这样的前辈作家搏斗——既在影响下成长，又必须始终努力克服这种影响。

对于莫言个人来说，1984年也是一个特殊的年份。它是莫言写作生涯中的一道分水岭。这一年，他撰写了中篇小说《透明的红萝卜》。这是莫言的小说艺术成型的标志，莫言小说的基本主题和基本艺术风格在这部小说中都有所体现。这在中国当代小说史上也是一个具有标志性意义的事件。

1985年，《透明的红萝卜》发表，随后，莫言又发表了著名的《红高粱》及其相关系列中篇小说。莫言在中国文坛掀起了一场"红色风暴"。这一切都表明，当代文坛正式接纳了这位新晋作家，而且，他一出场，就冲进了先锋主义文学浪潮中。莫言的这些作品与韩少功的《爸爸爸》、阿城的《棋王》、马原的《冈底斯的诱惑》、刘索拉的《你别无选择》、徐星的《无主题变奏》，以及稍晚一些时候的残雪的《黄泥街》、王朔的《一半是火焰一半是海水》等作品一道，标志着当代中国小说写作进入了一个全新的历史时期。

长篇小说《红高粱家族》，引起了文坛巨大的轰动，并在某种程度上改变了整个当代中国小说的面貌。很快，在《红高粱家族》基础之上改编、由著名的"第五代"导演张艺谋执导的电影《红高粱》也获得巨大的成功，并赢得了国际影坛的认可，小说与电影相得益彰，进一步扩大了莫言的影响。接下来，莫言又发表了大量的作品，并以其独特的风格成为当代中国最杰出的作家之一。

1980年代中期的那一场影响深远的"新文化运动"，改变了二十世纪末以来的中国文化的格局，也对未来中国文化进程产生根本性的影响。小说家莫言则是这场文化运动的杰出代表和重要的精神代言人。从《透明的红萝卜》和"红高粱系列"的发表以来，莫言以自己特有的叙事方式、语言风格和蓬勃的文学创造力，在同时代作家中脱颖而出。作为先锋派作家的莫言，并未因其小说形式上的先锋性，而放弃对本民族的历史和现实的境况的关注，同时，也并不因为对写作的伦理承诺的恪守，而把叙事艺术处理为一种简单粗劣的道德美餐。而这两个矛盾方面，正是当代中国作家难以解开的死结。莫言以其不同一般的艺术智慧，为解开这一艺术死结提供了精彩的范例。

五

莫言的乡村生活经验，既是其文学灵感的源泉，同时也常常成为一种障碍。乡村经验有时会是文学现代性的难题之一，尤其让二十世纪中国作家颇感为难。在莫言笔下，即便是带有现代社会色彩的都市生活或军旅生活，也常常透露出浓郁的乡间气息。一支由乡村闲散人等拼凑起来的作战队伍，在野地里打埋伏。(《红高粱》)农村出身的士兵休假返乡探亲，一路上的愁绪和焦虑，也仍是一些乡间的烦恼。(《战友重逢》《金发婴儿》等)在城市大街上游荡的仍是类似于在乡村野地里出没的狐狸精似的美人。(《长安大街上的骑驴美人》)

"文革后"的新文学最初所标榜的，是对"五四"文学精神的恢复和继承，它在文化历史观念上依然承袭了"五四"时期的传统。在涉及中国乡村生活的作品中，更多的是表现政府的"新经济政策"给农业生产和农民生活带来的新面貌，如高晓声的小说《陈奂生上城》。受惠于国家权力机构所推行的经济体制改革的农村，农民在文化上依然保守、愚昧、落后。也就是说，经济制度的变化尚且只能改变农民的生活状况，甚至反倒强化了农民的只注重实利的小农意识。于是，作者发出对现代化的更进一步的呼吁，即要求对农民在文化上和精神上进一步改造。

在这方面，韩少功的小说《爸爸爸》颇具代表性。故事的地点鸡头寨是一个十分偏僻的南方村庄。外面的世界——千家坪。一个出门闯荡的青年人，从外面的世界带来了一件新文明的象征物——一双皮鞋。这个年轻人穿着"文明"的皮鞋走在乡间古老的石板路上，发出奇异的"橐橐"声，引起乡民们的诧异和不安。它是"文明"世界对古老乡间征服的最初的脚步。即便是铁凝的《哦，香雪》这种带有浓重抒情色彩的故事，也通过乡村少女香雪与铁路列车之间的戏剧性冲突，来寄托乡下人对远方都市和工业文明的向往和想象。

在现代文学史上，乡村题材的文学数量众多，但总是面临非此即彼的价值评判。这是一个难题。在伦理的和美学的价值天平上，乡村的位置摇摆不定。现代作家或者将乡村视作在文化上代表着愚昧、落后、闭塞、保守，甚至野蛮，是有待现代知识分子予以启蒙和拯救的对象。或者以另一种方式来面对，将乡村美化为世外桃源，象征着与大自然的和谐，是天然、清纯、质朴、勤劳、友爱等人性价值的所在，恰恰是对现代性文化的偏执和缺陷的弥补及挽救。乡村文化或赞美或批判的冲突，始终伴随着整个现代汉语文学。而在1980年代开放的现代性语境中，人们对于乡村文化的评价，相对以负面居多。与此同时，也可以看到一些新的范例。比如，在威廉·福克纳笔下，美国南方乡村的生活场景呈现出前所未有的丰富和鲜活。福克纳笔下的乡村生活，并不因为美国发达的现代工业文明而显得暗淡无光。加西亚·马尔克斯的小说所写的马贡多小镇，虽然不能说是完全的乡村，但同样也有着相当程度上的闭塞和保守，与现代文明格格不入。当然，马贡多也不是什么世外桃源，在它的内部，充满了喧嚣、嘈杂和混乱不安。这些案例在提醒我们，需要在现代主义语境中，重新审视乡村经验，重新思考乡村文化的价值。

莫言的写作当然也深陷这一境遇当中，或者说，这种复杂的文化境况，是他的写作的现实语境。莫言在文学上的精神传统首先是一种本土传统。从他笔下的那些充满传奇色彩的故事中，我们可以

15

看到一个古老民族的艺术渊源。他的故乡山东这个地方，本就是一块有着悠久的文化传统的土地，其中蕴藏着丰富强大的民间文化内容。清代著名小说家蒲松龄是莫言的同乡，《聊斋志异》与古典中国的民间文化和乡野传说，以及平静温和的乡村生活中所潜伏的欲望和狂想。这与加西亚·马尔克斯在南美小镇生活中所呈现出来的魔幻与现实之间的关系，威廉·福克纳对美国南部乡间生活中的喧哗与骚动的揭示，甚至与肖洛霍夫的《静静的顿河》对顿河的哥萨克生活的史诗化的再现，有着诸多的相似之处。

　　长篇小说《红高粱家族》可以说是在经历了文学观念变革之后所产生的一种全新的文学样式。在这部作品中，莫言重新处理了他所熟悉的题材和主题：乡村、传统、民俗、历史、革命、战争、暴力、爱情、死亡……他为传统的乡村题材、战争题材、历史题材的文学，注入了新的活力，也提供了新的表达样式。

　　自《红高粱家族》之后，莫言的小说开始发生了某些变化。最初是中篇小说《爆炸》，紧接着是《欢乐》。

　　《欢乐》发表在1987年《人民文学》第1—2期合刊上。这是中国当代文学期刊史上值得纪念的一个事件。《欢乐》是该期杂志的头条，同期上刊载的其他小说有刘索拉的《跑道》，马原的《大元和他的寓言》，马建的《亮出你的舌苔，或空空荡荡》，北村的《谐振》，孙甘露的《我是少年酒坛子》，等等，以及诗歌作品，如廖亦武的《死城》、伊蕾的《单身女人的房间》等。新的编辑部还就这一期发表了"编者的话"，题作《更自由地扇动文学的翅膀》。从上述作品目录中可以看出，无论是在题材上还是在表达方式上，这些作品已经远远超出了当时的主流文学观念所框定的现实主义文学的范围。文学渴望更多元的和更自由的表达，这一期杂志发出了一个强烈信号：带有强烈现代主义色彩的所谓"先锋文学"，正在登上主流文坛舞台的中心位置。

但"自由的翅膀"很快就被折断了。该期杂志被禁止发行，已发行的也被勒令追回，有关部门对本期杂志上的部分作品进行了严厉的批判，新上任的主编、著名作家刘心武被免职。在这一期发表作品的诗人和小说家们也难以幸免。首当其冲的是马建，然后是莫言，还有其他同期作家，他们本人及其作品，面临着来自各个方面的攻击。多年之后，作家余华描述了莫言及其《欢乐》在当时所遭遇的险恶处境：

> 了解八十年代中国文学的人，几乎都知道在八七年出现了一部著名的小说——《欢乐》，同时也知道这部作品在问世以后所遭受到的猛烈攻击。值得注意的是这样的攻击来自四面八方，立场不同的人和观点不同的人都被攻击团结到了一起，他们伸出手（有些人伸出了拳头）愤怒地指向了一部不到七万字的虚构作品。
>
> 于是《欢乐》成为了其叙述中的主角齐文栋，虚构作品的命运与作品中人物的命运重叠到了一起，齐文栋内心所发出的喊叫"……富贵者欺负我，贫贱者嫉妒我，痔疮折磨我，肠子痛我头昏我，汗水流我腿软我，喉咙发痒上腭呕吐我……乱箭齐发……"也成为了虚构作品《欢乐》的现实处境。[①]

如今来看，这些事情可能算不得什么大事，但在当时，却有可能给一位作家带来灭顶之灾。一个时代的文学纠察依仗着道德的或别的什么方面的宝剑，四处搜寻攻击的目标，以显示自己拥有高人一等的审判权。随着时间的推移，那些审判者的形象渐渐消失在历史的雾霾之中，不复被人所关注，《欢乐》的美学光芒反倒益发绚烂。但那些政治的或道德的审判声音并未彻底销声匿迹，在各个不

---

① 余华：《谁是我们共同的母亲》，《天涯》1996年第4期。

同的时期和处境中，针对莫言的不同作品——《丰乳肥臀》《檀香刑》《蛙》等——这种叫嚣声都会发出刺耳的回响。

之后，莫言又推出了诸如《欢乐》及《红蝗》《球状闪电》等一系列中篇小说，以及一部内容怪异，充满了扭曲、残酷的死亡之喧嚣的长篇小说《十三步》。这一批小说，是莫言风格真正成熟的标志。《欢乐》首先呈现出来的是一种语言的奇观。它的话语的洪流汹涌澎湃，冲击着现代汉语的河床。《欢乐》并无特别的题材，也没有重大的主题，一位中学生在弥留之际，他的意识中的一切经验和感受，蜂拥而至，在他的头脑里形成了一股股意识的激流。在这一股股湍急的意识流中，混杂着各种各样的语言：中小学教科书中的科学知识，语文课本、报纸杂志上的陈词滥调，日常生活中的闲言碎语，标语口号，爱情的絮语，情欲的梦呓，充满焦虑和厌烦的内心独白……这些言辞和句段，混杂和扭结在一起，互相纠缠和搏斗，漩涡一般席卷了主人公的头脑，也构成了一个现代中国人全部的语言处境和精神环境。《欢乐》不仅是对现代人精神处境的深刻揭示，同时也是对现代汉语文学表达力的极限的挑战。有了《欢乐》，我们才可以说，文学世界有了一种"莫言式"的文学。

差不多与此同时出现的另一部长篇小说《天堂蒜薹之歌》，以一种相当传统的写实手法，写到农民们的艰辛和痛苦。这部作品由于技法上的传统风格，往往容易被评论界所忽略。事实上，《欢乐》与《天堂蒜薹之歌》分别反映了莫言写作的双重面向：以语言艺术突破表达界限的迂回穿插和面向现实世界的正面强攻。《天堂蒜薹之歌》显示出了莫言的不同一般的写实功力和深切的现实关怀。他对乡村生活的熟悉和与农民之间的深切情感，超越了任何技术层面的价值。在这部小说中，有一种令人震撼的深情和清晰可辨的画面感，以及强烈的道德勇气和现实批判力。这些美学和伦理要素，在莫言日后的作品（如《丰乳肥臀》《檀香刑》《生死疲劳》等）中，仍有强弱不等的回响，只不过没有《天堂蒜薹之歌》这么直接，这么强烈。

进入到 1990 年代，莫言出版了一部艺术上极为杰出的长篇小说《酒国》。[①]《酒国》堪称是莫言小说艺术的集大成之作。小说的主要线索是一位名叫丁钩儿的高级侦察员奉命调查发生在酒国市的一桩要案——"红烧婴儿"案。主线依照侦破小说的结构，其中穿插了酒国市酿造大学勾兑学博士研究生李一斗与作家莫言的通信，以及李一斗寄给莫言的一系列短篇小说。这三个毫不相干的故事部分结合在一起，相互配合和补充。通过丁钩儿的侦破行动，小说展示了酒国市社会生活的各个方面。另一方面，《酒国》将虚构与现实、梦幻与经验、狂欢与理性等一系列文学手段和形态混合在一起，形成了一个结构奇特、风格芜杂的文本。从叙事艺术方面说，它同时也是先锋小说艺术的集大成之作。通过李一斗寄给莫言的小说，几乎将整个二十世纪中国各种各样小说，从《狂人日记》到武侠小说，再到魔幻小说、先锋小说之类，都戏仿了一遍。所以，如果要对《酒国》作出一个提纲挈领式的概括，那就差不多等于是要概括整个二十世纪的中国小说史。

1995 年，莫言的长篇小说《丰乳肥臀》开始在《大家》杂志上连载。同年，获首届"大家·红河文学奖"，这是当时国内奖金数额最高的文学大奖。老一代军人作家徐怀中对《丰乳肥臀》的肯定性的评价，很值得记录在此：

> 从黄河里舀起一碗水，不难看到碗底的泥沙。不过我们站在河边，首先感到的是扑面而来的冲击力和震撼力。《丰乳肥臀》是一道艺术想象的巨流，即或可以指出某些应予收敛之处，我仍然认为是长篇创作的一个重要收获，五十万言一泻而下，辉映出了北方大地近一个世纪的历史

---

① 《酒国》（湖南文艺出版社 1993 年）在收入《莫言文集·卷 2》（作家出版社 1996 年）中时，更名为《酩酊国》。

风云。苦难重重的战争年代，写得尤为真切凝重，发人深思。书名似欠庄重，然作者刻意在追求一种喻意，因此在我看来不是不能接受的。①

《丰乳肥臀》的得奖，给莫言带来的并不是荣耀和快乐，而是无穷无尽的麻烦。这部作品使莫言又面临着与1987年时同样的，甚至比那时更为严峻的处境。甚至有人专门办了一份小报，用来作为攻击莫言的阵地。在很短的时间里，有数十篇文章从各种不同的角度向他开火，而且首先是要从政治上指控他。从小在误解和屈辱中长大的莫言，对此并不陌生，但他要独自顶住这种政治压力，依然是艰难的。

来自政治方面的刺刀固然令人生畏，来自文学界的美学利刃也同样寒光逼人。针对《丰乳肥臀》的美学批判也鼓噪一时。批判锋芒首先指向《丰乳肥臀》这个书名，它让一些文雅之士感到不适。进而指向莫言的泥沙俱下、雅俗混杂的语言风格，指责其背离了所谓"审美"原则，而沦为所谓"审丑"癖好。最终转化为道德审判，将莫言对女性与母亲的乳房和臀部的称颂，视作莫言本人格调低下、心理扭曲的证明。正如我们日后所看到的，面对这些在美学斗篷掩盖下的道德匕首的攻击，莫言没有做出正面反应，而是以将这种美学风格更加极端化来作为回应。

在这样一种压抑的处境中，整个1996年莫言没有发表任何作品，1997年除了与人合作编了一部话剧之外，也没有发表任何作品。莫言是一个勤奋的作家，也是一个写作速度很快的作家，像《欢乐》这样的小说他只花了十几天的时间，《丰乳肥臀》长达五十万字，也只写了两个月不到。但这一次却有长达二年以上的时间几乎无所作为，可见这个事件对他的影响之大。

《丰乳肥臀》是一部伟大的作品。它有着史诗般的恢弘，记载

① 徐怀中："首届《大家》·红河文学奖'评语"，载《大家》1996年第4期。

了一个家族，同时也可以说是整个民族的近百年的历史。一个普通的母亲，生养了八个女儿和一个儿子。但生养众多带给她的并非福祉，而是更多的苦难。如在《欢乐》中齐文栋的母亲一样，《丰乳肥臀》中的母亲再一次成为莫言颂赞的对象。这不是一般意义上对母爱的歌颂，而是带有宗教意味的，对于苦难和爱的颂赞。母亲形象混合了一个苦难民族的底层妇女的各种各样的经验。时间和苦难败坏了母亲，吸干了母亲的生命的汁液。而母亲强大的生命力和母爱，成为其后嗣生生不息的土壤，如同大地一般承载着苦难和丰收。这一形象与鲁迅《野草·颓败线的颤动》中的老妇遥相呼应，塑造了一个在暗夜的旷野中屹立于天地之间，如石像一般，向着洪荒宇宙呼号的母性形象。而母亲的每一个子女的命运，成为这个民族在二十世纪的命运的写照。各个阶层、各种政治力量，都介入到上官家族中，搅动着这个家族，带给他们或荣耀、或耻辱、或灾难、或欢欣。至于她的唯一的儿子上官金童，一个无能的废物，寄生在母性（母亲和姐姐们）身上的昆虫，则是莫言对男性文化以及由男性所主导的历史文化的强烈批判。我们可以从《红高粱家族》中关于祖孙三代人的命运中，看到这种生命力退化现象。关于生命力之历史性的衰颓的批判，是莫言笔下的基本主题。

《丰乳肥臀》事件之后，莫言从军队转业至最高人民检察院下属的《检察日报》任记者。此时，他的生存处境才开始有所好转。由于新的职业的需要，他写了一部新的长篇小说《红树林》。这是一部与反对政府官员贪污腐败有关的小说，虽然仍保有基本的文学品质，但也看得出，这种负载着外在使命的写作，实在是勉为其难。与此同时，他开始发表新的中短篇小说，如《拇指铐》《一匹倒挂在杏树上的狼》《三十年前的一次长跑比赛》等。1999年更是莫言创作上新的丰收的年份，发表了《师傅越来越幽默》《野骡子》等一批中短篇小说。从这一批小说可以看出，莫言的创造力十分旺盛，小说艺术也臻于圆熟，叙事上得心应手，挥洒自如。他在这些作品中积蓄了一种强大的艺术能量，也可以看作是为即将到来的更高强度的写作的一种预演和助跑。

六

进入到二十一世纪，莫言连续推出四部长篇小说，标志着莫言的文学写作达到了巅峰状态。最先出版的是长篇小说《檀香刑》。这也是一部饱受争议的作品。相对于 1990 年代，争议和批判之声要弱很多，这也表明，随着时代的变迁，公众对于文学的宽容度在增加。当然，另一方面，也表明对文学的关注度在削弱。

小说在庚子拳变的历史背景下，展开了一个古老民族的历史命运。这部作品的结构很特别，人物设置也很奇妙。赵甲，一个负责实施酷刑的刽子手，痴迷于这门古老的残酷技艺，他像一位艺术家，又像是一名科学家，致力于将酷刑技术化和艺术化。而他要惩罚的对象孙丙，却是他的亲家，儿媳妇孙眉娘的父亲，义和团的首领之一。下达刑罚令的，则是当地官员，县令钱丁。他与人犯孙丙的女儿孙眉娘暗有私情，同时也是一个重乡情人伦的"父母官"，却又在西洋军人和上级官僚面前无能为力。孙眉娘是小说中的灵魂人物。她以美貌和妖媚而引人注目，可生活偏偏要她来担当厄运。她与蒲松龄笔下的充满魅惑而又富于人情的狐仙妖精一脉相承，也是莫言笔下经常出现的年轻女性的形象，如戴凤莲（《红高粱》《高粱殇》）、怀抱鲜花的女人（《怀抱鲜花的女人》）、孟喜喜（《冰雪美人》）、骑驴美人（《长安大道上的骑驴美人》）等。她们的美丽惊艳而又纯粹，超凡脱俗而又散发着迷人的妖气，与世俗的生活世界形成了强烈的反差，仿佛是来自另一个世界的精灵，来搅乱或挽救现实生活的。以孙丙为代表的乡民，在文明冲突背景下显得愚昧而又单纯，他们的行为荒诞而又真诚。莫言对他们的态度十分复杂。哀其不幸，怒其不争，又笑其荒唐。此外，更多了一层感同身受的心灵痛楚。

人们很容易注意到《檀香刑》中的暴力和残酷，但更重要的是小说中的内在情感的声音和旋律。小说以传统民间戏曲的形式来作为基本架构，突显了这部小说的价值立场和美学态度上的传统与民间特质。莫言本人在"代后记"中，公开宣称《檀香刑》的写作，在艺术上是一种"大踏步后撤"，撤向本土、撤向传统、撤向民间、撤向原初，更重要的是撤向内心最原初的经验和情感。整部作品中始终回旋着一个内在的声音和旋律，那就是他儿时的声音记忆，其故乡流传的民间曲艺——"猫腔"。"猫腔"，或称"茂腔"，浓缩了北中国农村生存经验和生活情感以及表达方式，是一种发自乡村大地的声音，也是生活在这片古老土地上的民众的生命深处的激越之声。莫言熟悉这种声音，它奠定了《檀香刑》乃至莫言后期小说叙事语言的声音基础。

《檀香刑》之后的长篇小说《四十一炮》，是关于当下中国农村生活状况的画卷。小说采用了颇具莫言特色的"儿童视角"来叙述，借顽童罗小通之口，讲述了二十世纪末期农村瞬息万变的生活。四十一炮就是这个口无遮拦的男孩讲出来的四十一个故事片段，这些片段连缀起来，构成了乡村社会人性的变迁。在商业大潮的驱动下，人群的各种欲望被刺激起来了。欲望的毫无节制的宣泄、邪淫和败坏，冲击着传统乡村的古老伦理防线。人性在欲望和本能的深渊中挣扎、翻滚，而叙事人用一种唠唠叨叨、漫无边际的泡沫化的话语，呼应了这种喧嚣和不断空洞化的生活现实。

新世纪以来的第三部长篇小说《生死疲劳》，是对故乡经验和农村经验的一次总结性的书写。其中涉及人生的重大主题——生与死，生存与辛劳，欲望与虚妄，以及关于农民的命运和他们的生活状况的全面展开，其间充满了罪愆与宽恕，愤怒与不平，温情与暴力，轮回和报应，压抑与狂欢的人性缠绕。《生死疲劳》将现代中国文学相互冲突的诸属性，如传统文化、乡间经验、本土性、现代性、革命性、开放性等等，绞合在一起，呈现出一种漩涡般的叙事形态。就故事本身而言，《生死疲劳》就像是一部反向的《创业史》或《艳阳天》。《创业史》之类的"史诗化"小说，有一个外在的"总体化"的历史观在起作用。它的视角是外在的，没有主体的。也就是说，不知道是谁在看这个世界、这些事件，这个叙事飘浮在半空中，俯视着我们。或者也可以说，这是一种"神话"叙事。《生死疲劳》像是一个奇妙的装置。蓝脸似乎是一位没有被合作化和人民公社运动所改造的梁三老汉，西门金龙则或多或少带有梁生宝或萧长春的影子。但跟《创业史》之类的小说不同之处在于，《生死疲劳》以畜生的视角和多重交错的轮回的叙事结构，摈弃了宏大的"史诗化的"叙事神话。小说正文主要内容，是西门闹的四种变形所观察到的四种生活面向，也是四个历史年代。西门闹转世为驴、牛、猪、狗等动物，完成了多次视角转换，但同时又始终是西门闹。动物们身上都打上了深深的西门闹的个性烙印。西门闹身上的驴性、牛性、猪性和狗性，这些动物特性，构成了西门闹个性的不同面，同时，也是叙述者从多个侧面所观察到的人生面貌。以卑微的畜生性来抵抗宏大虚假的"人性"，以轮回和循环来对抗坚硬的和整体性的历史逻辑。这也是莫言小说叛逆性的一种体现。

莫言最近的一部长篇小说是《蛙》。《蛙》选择了当代中国一个极为敏感的题材——计划生育。小说以叙事人"我"给日本友人杉谷义人通信的方式，讲述发生在"高密东北乡"的有关计划生育的故事。毫无疑问，计划生育政策的实施，给当代中国民众，尤其是广大农民（甚至包括莫言本人）的生活带来了难以估量的冲击和影响。围绕着女性输卵管结扎和人工流产，计划生育工作者与农村育龄妇女们斗智斗勇，像战场一般残酷而又血腥。小说由此展开了关于生与死、国家与个人、制度与人情、生命与杀戮等一系列相关主题，考验着人性，也拷问了制度。而在农村妇产科医生、计划生育工作模范"姑姑"万心身上，我们看到了深刻到近乎残酷的人性拷问。与其他一些作品相比，《蛙》在艺术上有所收敛，不再那么狂放。但其中的若干魔幻性因素和奇异的结构，仍属于典型的莫言风格，只是显得更加稳健、更加硬朗。《蛙》获得第八届"茅盾文学奖"。

至此，莫言的文学创作旅程告一段落，他的下一站是——斯德哥尔摩。

七

1980年代中期以来，中国文学因为"先锋小说"的出场，使得现代汉语文学的品格和面貌焕然一新。从根本上说，莫言的文学是1980年代的那场"新文化运动"的产儿。在那个既开放又禁锢的年代，有限的表达自由使得文学表达显得更为重要，也更有用武之地。莫言算不上是一个典型的先锋派小说家。但他的贡献涉及面更广。最初的《透明的红萝卜》以其奇特的表达方式令人震惊，而"红高粱系列"则又有些勉强地被纳入"寻根小说"的范围。但莫言仍有许多小说具有明显的先锋主义色彩。尤其是他在对人的现实生存感受的表达方面，莫言的写作对后来的先锋派作家产生了很大的影响。比如，他对经验的感官化处理，感觉的反常化修辞以及叙事结构上的狂欢化倾向，等等。他与其他先锋小说的开创者一道，奠定了新的文学形态的基础。马原为先锋小说叙事话语方式和自由虚构提供了成功的范例，残雪为先锋小说向人性的无意识的开掘提供了深度模式，而莫言则大大地拓展了小说艺术在表达生存感受方面的疆域。开放的感官和汪洋恣肆的语态，显示了先锋小说的艺术广度。

通过《红高粱》《欢乐》《天堂蒜薹之歌》《酒国》《丰乳肥臀》

《檀香刑》《生死疲劳》等杰作，莫言以一个作家特有的立场和方式，有效地介入了当下中国的现实。莫言的写作，见证了当代中国社会的巨大变化，同时也传达古老中国的内在精神和声音。这位中国北方农民的儿子，用他语言的犁头，犁开了古老中国乡村沉默的土地，从大地的深处开掘钻石般光芒四射的文学矿藏。莫言笔下的中国大地，是一个苦难与欢乐交织在一起的密林。莫言的小说叙事，有力地披开了现实中国致密的荆棘丛，小说为我们展示了一个充满生命活力和欢乐的世界。在这个世界中，我们可以看到，生命的否定性的一面与肯定性的一面同在，正如死亡与诞生并存。他笔下的"高密东北乡"，已然成为中国社会的一个清晰而又精确的缩影，其间展示了一个真实而又惊心动魄的生活世界。这样一个微不足道的地点，因为莫言的存在，成为了世界文学版图上的一个耀眼的光体。

很显然，莫言不仅是中国经验的杰出表现者，同时也是古老中国文化在当代的忠实传人，更是现代汉语文学表达的创新者。他的小说充满了浓郁的中国气息，同时又闪耀着强烈的现代主义精神光芒。他把典雅的古典气息与奇异的现代主义氛围交织在一起，形成了当代文坛上特异的"莫言风格"。当他站在现代精神的高地上俯瞰脚下古老的土地时，他笔下的中国形象变得更加清晰，更加触目惊心。他把肖洛霍夫的恢弘、马尔克斯的奇幻、拉伯雷的狂欢、蒲松龄的诡异、冯梦龙的清澈、段成式的庞杂、果戈理的诙谐和雨果的道德感融为一体，他的小说语言激情澎湃，宛如黄河泛滥，冲刷出一片全新的语言河床，在现代汉语写作史上留下一道罕见的语言奇观。

在文学的高峰上，莫言的文学向着更为辽阔的世界敞开，他的声音被全世界听见，他所塑造的文学形象也被全世界的读者看见。他使得当代的中国文学真正成为一种世界性的文学。他的努力也赢得了奖赏。从高密东北乡通往斯德哥尔摩的道路，漫长而又崎岖。

在这道路上，虽然不能说只是他孑然一身踽踽独行，但要征服一座座美学高峰，却只能依靠他个人的语言天才和创造力。当他站在斯德哥尔摩的领奖台上时，他也将汉语的语言之光带到了这个全球化的世界。是母语滋养了莫言的文学，同时，是莫言的文学给母语带来了荣耀。

第一章　莫言的乡村世界与文学地理

一

衡量一个作家成熟与否，有一个很重要的标志，就是看看这位作家是否拥有一个属于他自己的完整的虚构世界。一个成熟的作家，在他的作品中，会向读者展示一个完整的文学世界，在这个虚构的世界里，有着题材和主题上的丰富性和系统性，也有着相对整全的人物形象序列，甚至，它像真实的世界一样，有其一定程度上清晰的和可识别的空间形态。这个空间既是作品中人物活动和事件发生的空间，也是写作者生活感受和生存经验的收纳和承载之处。这个文学世界并不在于其空间的实际大小，方寸之间亦有大千世界之万千气象。成熟的文学世界有着自身内在的完整性和自足性，同时又向着现实世界充分地敞开。

文学的"地理学"从来就不简单。诗人和作家往往要精心选择某个地理空间，来建构属于自己的文学国度。不同的地理空间蕴含着不同的文化特质和精神面貌，因而也就给文学带来不同的美学效果。浪漫主义诗人和作家笔下的场景经常被安排在大自然中，如英国"湖畔派"诗人华兹华斯诗中的"湖畔"，法国浪漫派作家夏多布里昂的小说《阿达拉》和《勒内》中的"荒野"和"森林"。而英国作家笛福的《鲁滨孙漂流记》塑造了资产阶级萌芽时期的启蒙主义的个人形象——孤独、富于理性、崇尚个人自主精神和权利、恪守清教伦理观念。这样，只有那个与世隔绝的"荒岛"才是鲁滨孙最理想的生活空间。法国作家巴尔扎克小说中的空间主要是十九世纪的巴黎，那里的伯爵夫人的沙龙、交际花的客厅、交易所、银行、剧院……在这些地方才真正集中了发达资本主义时代的全部秘密：金钱的魅力和罪恶，以及在金钱漩涡之中浮沉的人性之真面目。试想，如果鲁滨孙·克鲁索不是在某个荒岛上，而是在十八世纪伦敦的某个贵夫人家的沙龙里，那他算个什么呢？一个粗鲁的、也许能给人带来一些谈资的乡下人罢了。同样，拉斯蒂涅倘若不是在巴黎，而是依然置身于他的故乡——一个偏远的乡间，那么，他很可能还是一个很不错的小伙子，年轻、英俊、聪明、招人喜欢、有上进心，难得的好青年。而巴黎重新塑造了他。文学中的地理环境勾画了人物的生存空间，它是人物的家园，它也在一定程度上塑造了不同人群的文化心理特征。

　　拥有一块属于自己的文学天地，一个独有的虚构世界，是许多作家的最高理想。文学史上有许多著名的作家都曾努力在自己的小说中营造一个文学"小世界"。我们在文学史上诸多著名作家那里，可以看到这样的文学世界。如列夫·托尔斯泰笔下的莫斯科上流社会，陀思妥耶夫斯基笔下的彼得堡涅瓦大街，奈保尔笔下的西班牙港米格尔街，乔伊斯笔下的都柏林，托马斯·哈代笔下的英格兰南部的"威塞克斯"地方，当然，还有加西亚·马尔克斯笔下的南美小镇马贡多，以及威廉·福克纳笔下的美国密西西比州约克纳帕塔法县的杰弗生镇，大江健三郎笔下的"峡谷村庄"——日本四国岛大濑村。在中国现代文学史上，也有类似的空间，如鲁迅笔下的"鲁镇世界"，沈从文笔下的湘西"边城世界"。莫言的同时代人，那些所谓"寻根派"的小说家，也都在不同程度上以各自不同的方式营造过自己的"文学世界"，如郑万隆的"异乡异闻系列"中的东北乡村，李锐的"厚土系列"中的山西乡村，李杭育的"葛川江系列"中的南方乡镇，以及韩少功笔下的"马桥世界"，等等。

二

从现代性背景下的文化地理学角度看，乡村世界的最显著的特征即是其边缘性。首先是地域上的边缘性。它们在地图上常常只是一块小小的地方——正如福克纳所说的"邮票大小的地方"，也许只是一个小黑点，甚至在一般的地图上有可能尚找不到它们存在的标记。它们远离其所属的国度的政治和文化的中心地带，仿佛是这个世界的尽头，或者某个被遗忘的角落。

值得关注的是，当代中国文学及艺术上的先锋主义运动，最初恰恰是从地缘上的边缘部分发动的。首先是西藏。西藏，是当代文学史上一次重大的文学事故。它不仅是一处高原或一个少数民族聚居地，更重要的是，它是"文革"后的文学想象力的重要来源。在某种程度上说，喜马拉雅山脉，雅鲁藏布江，乃至整个西藏文化，是"文革"后新文艺的发源地。

如何描述和呈现本土文化和自身的生存经验，这对于 1980 年代中期的作家来说，并非一件自然而然的事情。既有的文学观念和话语模式，支配着作家们的头脑。观念和叙事的惯性，使得作家们在处理现实经验的过程中，陷于麻木和陈腐的陷阱，而对西方文学的简单模仿，也难以改变这种局面。在此背景下，西藏因其地理上的特殊性和文化上的神秘性，拉开了与当时主流汉语文化圈之间的距离，也在一定程度上摆脱了主流汉语文学的书写惯性和观念约束，因此，它很自然地成为作家们挽救艺术想象力于枯竭的神奇空间，成为新的文化想象力的灵感来源。地理学上的偏移，成为当代文学偏移的一次重大的战略迂回。

事实上，西藏首先并不是作为文学形象出现在"文革"后，而先是作为视觉形象，出现在陈丹青、陈逸飞、何多苓、艾轩等人的绘画艺术中。当代中国艺术家在西藏发现了一个新的形象仓库和灵感源泉。随后出现在诗歌中，杨炼的长诗《诺日朗》（1983年），激发了人们对于文化神秘性的想象。一场规模巨大的"文化寻根运动"由此开始隐隐萌动起来。

西藏形象进入小说，则应归功于小说家马原、扎西达娃和马建。他们差不多同时以西藏为叙事空间。西藏在地理上的边缘位置和在文化上的陌异性，以及其在环境中所产生的特殊的时空经验和心理经验，都是他们构建新小说的基本材料。对于政治地缘区划而言，它是本土的，但对于文学想象和小说叙事而言，它则是陌异的。寻根作家和先锋作家在这里找到了由异域经验向本土经验转化的微妙的结合点和中转站。相比之下，这些作家们在处理相似的汉族文化主题时，则要麻烦得多。地理空间的陌异性不存在，只能诉诸时间的陌异性。寻根小说返回到过去，也就不难理解了。韩少功则走得更加极端，他把时空背景设置在古代，甚至是神话传说的年代，以寓言的方式来处理。他们将现实悬置起来，风干为若干文化代码，然后按某种观念模式加以拼接。这样，他们的小说看上去是在"寻根"，实际上往往成为无根的蓬蒿，转眼间就变得干涩枯黄起来。

1985年，扎西达娃在小说《西藏：系在皮绳扣上的魂》的一开头这样写道：

> 现在很少能听见那首唱得很迟钝、淳朴的秘鲁民歌《山鹰》。我在自己的录音带里保存了下来。每次播放出来，我眼前便看见高原的山谷。乱石缝里窜出的羊群。山脚下被分割成小块的田地。稀疏的庄稼。溪水边的水磨房。石头砌成的低矮的农舍。负重的山民。系在牛颈上的铜铃。寂寞的小旋风。耀眼的阳光。

这些景致并非在秘鲁安第斯山脉下的中部高原，而是在西藏南部的帕布乃冈山区。我记不清是梦中见过还是亲身去过。记不清了。我去过的地方太多。直到后来某一天我真正来到帕布乃冈山区，才知道存留在我记忆中的帕布乃冈只是一幅康斯太勃笔下十九世纪优美的田园风景画。①

　　一位身居拉萨的藏族人，为什么要通过秘鲁民歌来想象自己的故乡？为什么要通过秘鲁和安第斯山脉来比附自己正栖身其中的土地呢？这种地理学和空间形象上的相似性，使得描写西藏的故事，与其拉美原本相比，来得更为相像，更为逼真。在 1950 年代的拉丁美洲，风靡一时的"爆炸文学"，不仅激发了拉美文学的复兴，也对西方主流文学构成了强烈的冲击，乃至改变了全球的文学格局。在政治上和经济上处于依附性地位的拉丁美洲，却在文化上赢得了繁荣和支配性的影响，这给 1980 年代的中国作家以极大的刺激和启示。重新反观本土经验，回到本土文化的内部来，成为文学创造的原动力。

　　但是，这个拉美化了的西藏叙事，一方面提供了新的小说叙事的空间，另一方面，它仍旧是本土文化在西方现代主义文化语境下投射出来的一个模糊的影像。扎西达娃尽管充分地展示了西藏生活的真实空间，依然只是作为现代性语境下的一个有待改造的陌异的空间。尽管扎西达娃不是那个"叫马原的汉人"，但他却是一个"说汉语的藏人"。在小说中，对于西藏的环境，主人公"我"想到的却是萨尔瓦多·达利的《圣安东尼的诱惑》，藏人朝圣之地，"我"却是用"托马斯·莫尔创造的《乌托邦》"来比方。他试图用他的收音机里的声音，"一个男人用英语从扩音器里传来的声音"，取代藏人塔贝的"神的声音"。"这是在美国洛杉矶举行的第二十三届奥林匹克运动会的开幕式，电视和广播正通过太空向地球上的每一个角

---

① 扎西达娃：《西藏：系在皮绳扣上的魂》，载《西藏文学》1985 年第 1 期。

落报送着这一盛会的实况。我终于获得了时间感。手表上的指针和日历全停止了，整个显出的数字告诉我：现在是公元1984年7月北京时间29日上午七时三十分。"我"在电子手表上获得的时间感，与塔贝和婛等藏族人在皮绳结上的时间感形成反差，作者借此赢得了文化上的强势。更为重要的是，小说中的主人公"我"在最后对那位藏族女孩说："你不会死。婛，你已经经历了苦难的历程，我会慢慢地把你塑造成一个新人的。"确实如此，古老的西藏正在被新的文化叙事塑造成一个"新人"。地理学意义上的西藏，其文化的灵氛正在蜕变和消散。系在皮绳扣上的藏文化之"魂"，在新小说叙事中，实际上是正在等着或者已经被"电子化"了的幻象。

1980年代中期，这种自我"边缘化"的文学想象，是当代中国文学的一种普遍症候，以致这一类的文学总是带有浓重的人类学色彩。这一点，尤其在受"文化寻根运动"影响的第五代导演那里表现得更为明显。从陈凯歌执导的《黄土地》，到张艺谋执导的一批有影响的电影作品，都是这样。张艺谋的电影往往会选取"寻根派"或"先锋派"小说家的作品加以改编，而且往往会夸大其中的带有民俗学色彩的事件和情节，如改编自莫言同名小说的《红高粱》中夸张的酿酒民俗，改编自刘恒小说《伏羲伏羲》的《菊豆》中的畸形家庭，改编自苏童小说《妻妾成群》的《大红灯笼高高挂》中的多妻制和捶脚习俗，等等。借助于电影这种现代媒介，几乎可以视作人类学的人种志资料。因为这一点，张艺谋这一类电影被批评者指责为西方中心主义观念和美学趣味的迎合者。张艺谋在将小说"红高粱系列"改编成电影的过程中，被指过分夸张渲染了乡民的愚昧的习俗和荒谬的礼仪，而且在色彩、器物、仪式等方面，过分突出了其文化象征寓意，因此，张艺谋的电影以及莫言的原著遭到保守的民族主义者的强烈抨击。对于国族劣根性的暴露，让民族主义者极度的不适，因而是一种反应过激的民族主义情绪化的批评，而这实际上也同样出自强烈的民族自卑感。

在现代中国文学中，一直存在着一个基本的主题模式——"文明冲突"模式。这一模式肇始于十九世纪末二十世纪初，成熟于"五四"新文化运动期间，其理论前提即是近代以来进入中国的进化论的历史观。进化论有着严密的自然科学理论基础，生物学家达尔文认为，生物物种的演化乃是在时间进程中向着"合目的性"的状态发展和完善的过程，此称之为"物种进化"。这一生物学观念亦被用来解释人类社会的历史现象，进化也成了人类历史的基本规律。依照这一规律，历史被区分为若干"二元对立"的范畴，如"进步/保守""新/旧""文明/野蛮""现代/传统"……也就是说，古老的农业社会的中国乡村，在文化上即意味着"保守""荒蛮""蒙昧""落后"，是现代文明之光照耀不到的地方，它代表着没落的文化。"五四"以来的文学有许多这方面的描写。与传统文化相对立的则是现代文明，它常常体现在都市文化中，属于新的、年轻一代人的和希望的文化。

　　为了满足这一文化观念模式的需要，在作家们，尤其是左翼作家们的叙事性作品中，通常会制造一种"代际冲突"模式，也就是"新—旧"两代冲突的模式。在文学史上的农村题材作品中，有一个"父—子"关系模式。比如，茅盾的小说《春蚕》，赵树理的小说《小二黑结婚》，乃至柳青的小说《创业史》……老一代的、父辈的农民意味着"保守"和"麻木"，年轻一代的、子辈的农民则意味着"进取"和"开明"。两代的新旧在时间上的前后关系，成为文化精神的价值级差的依据。"寻根派"小说基本上沿袭了这种叙事模式。在"蒙昧""荒蛮""落后"等简单标签的掩盖下，乡间文化和农民生活的复杂性及其真实意义变得暧昧不明。

　　与此有所不同的是，沈从文在他的"边城系列"小说中，营造了一个远离尘嚣、远离现代文明的湘西"边城"世界。"边城"不仅在地理上处于边远地区，在文化上也与当时的主导性的潮流相去甚远。小说《边城》老少两代之间的和谐关系，是对"五四"文化精神的一次小小的偏离。尽管不能说是对新文化的批判，但可以看作是一定程度上的重新审视，重新发现，发现在现代性语境下的边缘地区和边缘文化的再生的可能性，以及对其文化价值的重新定位。这些作家通过对自己故乡的生活方式和一般生活状况的描写，传达了某种带普遍性的人性内容和人类生存状况，将一般的乡情描写转化为对人的"生存"的领悟和发现。在这些文学作品中，呈现出来的是另一个乡村。

三

莫言所创造的文学世界，则集中体现在他的故乡"高密东北乡"。这是一个古老、偏僻、闭塞而又贫穷的北中国的小乡村，从《红高粱》开始，成了莫言实现其雄心勃勃的文学计划的地方，也是莫言的写作走向世界的起始站。然而，这个地理位置偏僻、遥远的，在文化和政治地位上也相对边缘的小地方，究竟给莫言的写作带来了什么？

高密东北乡虽然没有什么异域色彩，也很难激起人们特别的美学想象，但其"边缘性"特质却是显而易见的。首先是地理上的边缘性。乡村，在文化地理上，总是一个边缘性的空间。与地理上的边缘性一致，乡村在文化上也是边缘性的。但对于文学来说，总有一种从边缘冲击中心地带的冲动。乡间的居民长期以来被视作一群固守村社和土地的保守主义者，他们被描述为顽固地拒绝加入现代主流文化所制造的"文明历史进化"运动，依然信奉着古老的生命原则和生存方式——自然的生命。他们像在这块土地上生活过的祖先们一样，依照自己的本能生存，他们劳作、休息、吃喝、交媾、生育、死亡和繁衍。他们的生存依赖于自然，寄生于自然，他们甚至就是自然中的一分子，如同草芥，如同蝼蚁，如同牛马一样。在文明人看来，是被文明所遗弃的生命尘埃。这些"生命尘埃"聚居在他们祖先的土地上，逐渐形成了自己的家族、传统、习俗、性格和语言。这就是他们的世界。

这个边缘的世界一再地被遗忘，被扭曲，被压抑到文明的最底层。他们总是与那些被制度化的文明认为是最污秽、最龌龊、最下流的事物联系在一起。莫言在《红高粱》中这样评价他自己的故乡——

> 高密东北乡无疑是地球上最美丽最丑陋、最超脱最世俗、最圣洁最龌龊、最英雄好汉最王八蛋、最能喝酒最能爱的地方。
>
> 　　　　　　　　　　　　　　　　　　（《红高粱》）

莫言在这个地方度过了自己的童年时期乃至青年时期，这个是他的生存经验的滋生地，也是其美学经验和文学想象力的发源地。莫言在谈到自己的小说与故乡的关系时，说：

> 是现实的高密养育了我，我生于斯、长于斯，喝了这个地方的水，吃了这里的庄稼长大成人。在这里度过了我的少年、青年时期，在这里接受了教育，在这里恋爱、结婚、生女，在这里认识了我无数的朋友。这些都成为我后来创作的重要的资源。我想我的小说中大部分故事还都是发生在这个乡土上的故事。有的确实是我个人的亲身体验，有的也是我过去生活中的真实的记忆。很多的邻居（男的女的）、我生活的村子中的人，都变成了我小说中的人物——当然经过了改造。另外我们村庄里的一草一木，例如村子里的大树、村后的小石桥，也都在我的小说里出现过。也就是说我在写作的时候，我的头脑中是有一个具

体的村庄的——这就是生我养我的村庄。或者说，整个高密东北乡，都是我在写作时脑海中具有的一个舞台。我想，从这个意义上说，真实的高密东北乡，养育了我，也养育了我的文学。[①]

这是一种人类性的情感经验，正如人文地理学家段义孚所说："更为持久和难以表达的情感则是对某个地方的依恋，因为那个地方是他的家园和记忆储藏之地。"[②] 段义孚将这种依恋称之为"恋地情结"（Topophilia）。然而，人们只有在这样一种情况下，才能真正看到自己的故乡中的那些令人依恋之处：他离开了故乡，获得了另一种观察的眼光，但依然对记忆中的故乡怀有热爱。这里是他的现实经验与童年记忆的汇合地，一切经验都成为财富。即便是痛苦和创伤性的经验，也会被改造成值得回味的记忆。当这些经验成为文学写作的基本材料时，即使是描写其他地方的人物，看上去也很像他故乡的人，也可以看到其乡亲们的影子。在带着"异乡"的经验"还乡"之际，这些经验和记忆，重构了他对故乡的感知。

当莫言再一次面对他的故乡的时候，童年记忆与现实经验在这里产生了冲突。现实的故乡有着另一番面貌。正如此时他本人，已不再是当年那个顽皮的小孩，这里的山川、河流、树木、田野，以及那些乡邻们，也不再是记忆中的那种面貌。这种经验冲突本身，成为他讲述故乡故事的原驱力。"恋地情结"重塑了他的故乡经验，甚至，在某种情况下，它是对故乡的一种全新的想象。对于这位高密东北乡的儿子来说，故乡回忆乃至"恋地情结"，首先是关于那一片土地的。乡村与土地结盟，形成了所谓"乡土"。"土地"意识是农民意识的根本，它与建构其上的乡村一起，成为古老文明的生

---

① 莫言、刘琛、Willem Morthworth：《把"高密东北乡"安放在世界文学的版图上——莫言先生文学访谈录》，《东岳论丛》2012年第10期。

② [美]段义孚：《恋地情结》，第136页，志丞、刘苏译，商务印书馆2018年。

存空间。基于土地之上，乡村社会的总体性，诸如血缘、家族、乡情，以及乡村社会，方得以形成。

但莫言所经历的，则是毛泽东时代的社会主义农村。这是一片被现代革命所改造过的土地。在社会主义的地域空间序列中，农村是一个有着特殊意义的空间。一方面，它是可以大有作为的"广阔天地"，另一方面，它同时又是一块属于所谓"农业户口"人群定居的地域。他们跟"城镇户口"的人不一样，后者吃的是"商品粮"，也就是说，粮食是以商品的形式存在，是通过政府统一发放的"购粮证"前往国有粮站购买。而农民，则种植粮食。生产出来的粮食一部分充公粮，一部分留下来作为自家的口粮（若有余粮，也可以卖给国家，以换取货币，供日常开支）。

农民是这个国家人口最为庞大的阶层，而且，在法理上，还是领导阶级，与工人阶级一起作为国家的领导者而存在。但实际情况却与此有所出入。经过土改的暴风骤雨和集体化的改造，中国乡村社会发生了翻天覆地的变化，至少从可见的社会结构上看，是这样的。经过社会主义改造，农村并不只是简单地依赖于土地的传统乡村社会，它首先是一个意识形态试验场。农村居民根据其家庭的经济情况，被划分为若干个阶级，如地主、富农、中农（富裕中农、中农、下中农）、贫农、雇农等。

鉴于中国农村相对贫困的现状，贫下中农是占据相对众多数量的农民群体。地主、富农则被视作敌对阶级，相当数量的中农则被属于"中间阶层"，也是文学中所谓"中间人物"的主要来源对象。根据卷入到社会主义改造过程的程度，农民可以分为"旧式农民"和"新式农民"。"旧式农民"除了地主、富农这种敌对阶级之外，更多的是那些仍坚持传统个体的小生产方式的人，这些人在所谓"十七年文学"中，往往被塑造成一种"中间人物"，诸如柳青《创业史》中的梁三老汉，赵树理《三里湾》中的马多寿、范登高，周立波《山乡巨变》中的"亭面糊"盛佑亭，浩然《艳阳天》中的

"弯弯绕",浩然《金光大道》中的秦富,以及电影《青松岭》中的钱广,等等。而"新式农民"相对较好地融入社会主义体制中,他们是推行农业集体化的积极分子。如梁生宝(《创业史》)、萧长春(《艳阳天》)、高大泉(《金光大道》)、王金生(《三里湾》)等。这些走在集体化"金光大道"上的"新人",一时间光芒四射,在荒凉贫瘠的土地上空展现出一片"艳阳天"。

实际上,由于生产力的低下,生产方式的变革依然存在相当大的困难。农村在很大程度上依然保持古老的小农耕作的生产方式及生活方式。这种生产方式跟社会主义上层建筑并不完全匹配。社会主义的人民公社制度,完成了生产关系的所有制改造,但并未彻底改变小农经济的生产方式。也正因为如此,在"文革"的极端年代,极左派意识到了"资本主义复辟"的危险性。关于这个问题,列宁提供了经典解答:"小生产是经常地、每日每时地、自发地和大批地产生着资本主义和资产阶级的。由于这一切原因,无产阶级专政是必要的。"[①] 消灭私有制,走农业集体化道路,割除所谓"资本主义尾巴",这种自上而下的变革,实际上使生产力低下的传统农村的生产状况雪上加霜。这种危机直到1978年开始的农村经济体制改革之后,才得以缓解。

当然,在中国当代文学中,农村题材具有相对主导的地位,这一点并不奇怪。这个农业人口最多的国家,大部分国民生活在农村,也就是说,农村生活是中国社会生活的主导性的部分。莫言和他的家庭基本上是农民。整个二十世纪的中国文学中,最发达的就是农村题材的作品。广大的农业世界为现代中国作家提供了丰富的文学资源。现代文学史上甚至形成过所谓的"乡土文学"流派。这种流派的影响一直延续到了1980年代中期。一般意义上的"乡土文

---

① [苏]列宁:《共产主义运动中的"左派"幼稚病》,见《列宁选集》第4卷,第181页,中共中央马克思恩格斯列宁斯大林著作编译局编译,人民出版社,1972年。

学"作家固然也以农村生活为描写对象,但这种意义上的农村乃是相对于其他生活领域(如都市、军营、知识界等)而言。这些生活领域区划,乃是国家行政架构的投射,它与文学自身所要触及的生活内容,并无根本性的联系。因此,所谓"乡土作家"特别地关心乡间在外观上和一般生活形式上区别于其他生活领域的特色,并一律带上较为浓重的"乡恋"色彩。他们有的以描写乡间的风土人情见长(如孙犁、刘绍棠等),有的以描写乡间的日常生活情状见长(如汪曾祺等),还有的则显得较为深刻一些,他们以描写特定背景下的乡间生活的变迁及其对乡间心理状态的影响为主(如高晓声、贾平凹等)。这些作家总是努力追求自己笔下的乡间的独特性,无论在风情、民俗方面,还是在人物形象及叙事语体等方面。1980年代中期所出现的所谓"寻根派文学",即是在这种文学背景下发展起来的。然而,这些特色表现得越突出,作品的普遍性意义却显得越薄弱。中国文化之"根"无可选择地存在于农村生活中。

但是,问题在于,特定区域的乡土特色过于强烈的色彩,掩盖了作品应有的更为深刻的主题。在相当长的时间里,中国的当代文学就是这样,朝着"越是民族的,就越是世界的"这一规律的反向发展。重新理解民族文化,重新发现民族性与普遍人性之间的复杂关系,重新寻找民族日常生活在现代世界中的位置和意义,这些便成了莫言一代写作者的重要任务。

四

"高密东北乡"是一个典型的北中国农村,它为莫言的文学写作提供了全部的原始材料。从题材方面看,莫言的小说大多与农村生活有关。他笔下的人物即便是那些城里人,多少也有一些农民气。尤其是一些通过各种手段进了城的乡下人,尽管他们总是努力掩盖自己身上的泥土气息，却往往在不经意中露出了本来面目。小说《红高粱》中所描写的虽然是一场发生在现代的战争，但看上去也是一场农民式的战斗。一支七拼八凑的"部队"，一群愚钝的乡民所组成的"杂牌军"，他们扛着些土枪土炮去跟日本军队作战，但看上去同平时他们去跟邻村的人械斗没什么两样，除了仇恨的性质差异之外。况且，战事亦非小说的关键，它只是一个叙事的动机和提供事件的背景，重要的是其中那些农民英雄的生存状况、生存方式和文化性格。

农村的事物也常是莫言笔下的表现对象。首先是农作物，如高粱（《红高粱家族》）、红萝卜（《透明的红萝卜》）、棉花（《白棉花》）、蒜薹（《天堂蒜薹之歌》）等，还有农家的家畜（猪、狗）、牲口（如马、羊、驴、骆驼）等动物。此外，农事活动，如修水库（《透明的红萝卜》）、磨面（《石磨》）、摇水浇菜（《爱情故事》）、修公路（《筑路》）、割麦（《我们的七叔》）、耕田（《生死疲劳》）等，也总是其作品中使人物活动得以展开的主要事件。这种种乡间的物和事，构成了莫言作品经验世界里最为基本的感性材料，从而给莫言的作品打上了鲜明的"农民化"的印记。

毫无疑问，莫言不是一个通常所谓的"乡土文学"作家。他的小说与一般"乡土文学"可谓大相径庭。现代文学史上的"乡土文学"作家是在一个历史主义观念的观照下来理解中国乡村的。他们往往将乡村理解为某一特定历史时期的存在，因而总是努力寻找所谓"时代特征"，乡村是作为某种"时代精神"的折射体而存在的，或者是"落后"的象征，或者是革命精神的实验场。其文化精神或"乡间性"充其量只是一些"乡土民俗"而已。莫言笔下所展现的是另一个中国农村：古老的、充满苦难的农村。这不是一个历史主义者眼中的某个特定时期乡间，而是一块永恒的土地。它的文化与它的苦难一样恒久、古远。时间滤去了历史阶段附着在乡村生活表面的短暂性的特征，而将生活还原为最为基本的形态：吃、喝、生育、性爱、暴力、死亡……这种主题学上的转变，一方面与"寻根派"文学对人性的探索有关（莫言在最初亦曾被视作"寻根派"之一分子）；另一方面，它又比"寻根派"更加关注生命的物质形态（比如人的肉体需要和人性的生命力状况等），而不是文化的观念形态（诸如善、恶、文化原型或象征物之类）。在物质化的生存方面，中国农民饱受苦难。他们的生存苦难与他们的文化传统一样古老，比任何其他的文明形式（无论是宗法制的还是公社制的）更接近他们生存的本质。这正如莫言在早期作品《售棉大路》中所描写的那样，丰收的农民喜气洋洋地交售棉花，同时却依然饱受恶劣的生存条件所带来的痛苦。这种痛苦，就如同那位卖棉花的姑娘因月经来潮所感受到的生理上的痛苦一样，是与他们的生命本身密不可分的，甚至可以说，是他们的肉体生命的一部分。这一点，只有深谙农民生活之真实面目而不被抽象的文化观念所迷惑的人，才能感受得到。

莫言的作品中的乡村题材，也与土地和农民密切相关。他熟悉当代文学史中的乡土文学和农村题材文学的传统，在某种程度上，他的写作是对这一文学传统的延续。然而，他更熟悉乡村生活和农民本身，或者说，他更愿意回到农民生活的本真状态和原初经验来展开文学写作。他与当代文学史传统之间，与其说是一种"延续"关系，不如说是"抵御"和"反叛"。他很清楚经过社会主义改造的农村，他更清楚农民与土地之间那种难以用任何外在的力量加以改造的联结关系，也熟悉土地对农民的根本性的制约，以致几经风雨的社会政治运动之后，那种无法摆脱的宿命般的命运轮回。与此同时，他也看到了某种改变的力量，这种力量并非来自农耕文化本身，而是来自外在的、却是诉诸人性深处放纵和贪婪之欲望的商业化大潮。当然，更重要的是，他在农民们的生活世界里看到了生生死死、忙忙碌碌、热爱与仇恨、痛苦与欢乐诸多的情感变迁。更为重要的是，看到了农民命运与土地相关既是耕种和劳作，同时也往往与贫困和饥饿紧密相连。从这些生存经验出发，莫言的关于乡村的文学也就超越了一般"乡土文学"的狭隘性和局限性，而达到了人的普遍性存在的高度。

《生死疲劳》是一部较为集中地写到当代农民生活，塑造众多农民形象的小说。《生死疲劳》最引人注目的是所谓"六道轮回"的生命观以及相应的叙事结构。轮回观念源自佛家，《生死疲劳》的命名据称就是出自佛典《八大人觉经》中的经文："多欲为苦，生死疲劳，从贪欲起；少欲无为，身心自在。"千百年来，这种观念浸透了中国乡村大地，是中国乡村古老的民间传统观念。这种观念将生命视作不停地轮回转世，转世投胎为诸如牛羊猪狗之类的动物或其他生命体。轮回观破除了传统的革命历史叙事的线性结构模式。这种建立在近代以来生物进化论基础之上的历史模式，与马克思主义的唯物论世界观结合在一起，深深地影响了当代中国文学叙事，尤其是历史叙事模式。而在所谓"轮回"的观念中，历史不仅没有进步与倒退之分，甚至，世界也没有人类和畜类之分。人的生命深处的动物性或畜生性并未因为历史进化或意识形态变更而改变，它倒是以不断转世的方式呈现出来。土改运动中被处死的地主西门闹，他死后阴魂未散，反复转世为各种动物：驴牛猪狗猴……这是一部当代中国乡村世界的"变形记"。西门闹的每一次变形，都是一场惊心动魄的斗争史，它们共同构成了二十世纪下半叶中国乡村社会的历史全景。但这种表面上的史诗化叙事，却是为一种价值论上的反讽而做准备的。

撇开《生死疲劳》中关于转世轮回方面的描写不谈，在小说诸多农民形象中，蓝脸的形象尤为令人印象深刻。蓝脸就是一个对于"集体化"道路顽固抵制的"单干户"的典型。当然，他是一个罕见的，或许是绝无仅有的"典型"，莫言将其称作"全国唯一"的单干户。这样的人物，在所谓"十七年文学"中，只能是一种"反面典型"。如果他在日后还能改变的话，那他可能还会被描写成所谓"中间人物"。这种农民往往并不十分情愿参与农村"合作社",他们更愿意单干,而且,在正常情况下,也更容易靠劳动致富。《生死疲劳》完全可以视作是对柳青的《创业史》及其相关的类似作品的一次颠覆性的改写。不过,在莫言之前,也有过类似的改写,在所谓"新时期文学"的最初阶段,相关题材的作品,在某种程度上说,都是以这种颠覆性改写来处理的。如高晓声的《李顺大造屋》等。这种改写顺应了"文革"之后的联产承包责任制等一系列农村改革措施,符合当时的政治正确,但从叙事话语层面上来看,无论是柳青还是高晓声,都是站在一个外在的立场上来描写人物,一个外在于人物的观念或意识形态的立场上,来描写诸如梁三老汉或李顺大这样的"落后农民",两位作家的差别在于他们所信靠的政治政策方面的不同。这两类文学是同一种文学,只是在政治立场上正好是反向的而已。

但是,莫言的改写并不只是在政治正确的叙事层面上来进行的。毫无疑问,莫言对蓝脸的遭遇有着深深的同情,或者,从某种程度上说,莫言试图在蓝脸身上张扬出他所理解的农民,这种农民是他真实见到的,与土地深深联系在一起的传统农民。他们确实是小生产者,但他们对资产阶级和资本主义没有兴趣,也一无所知。他们只不过是冥顽不化地固守农耕文明的传统,不肯割舍土地依恋。莫言对这一类农民是十分熟悉的,因为他的家庭的阶级成分就属于"富裕中农"。据莫言称,蓝脸的原型之一是莫言本人的爷爷管遵义。他是干农活的好把式,但就是不肯加入农业生产队,不接受集体化。就如同《创业史》中蛤蟆滩的"三大能人"一样勤劳、聪明、能干的庄稼汉。他的劳动技能出神入化,臻于艺术化的境界。他在这种劳动中获得了乐趣、体面和光荣,满足了自尊心,当然,也获得了丰收的回报。① 这种小生产者、自耕农的自给自足的生产方式,一直是中国传统的生产方式。至于这些默默无闻的农夫

---

① 参阅莫言、王尧:《莫言王尧对话录》,苏州大学出版社2003年。

们的生存经验和心理感受，实际上很少有文学作品触及。当然，革命文学试图触及这些方面，至少是在理论上试图这样做。但是，革命文学究竟应该怎样表达人性，表达怎样的人性，这些都是悬而未决的问题。小农的内在世界究竟怎样，也不是革命文学迫切需要关注的问题。莫言当然知道两种政治政策方面的不同，但他是站在人物的立场上来看待历史和现实，也就是说，他试图以蓝脸的内在视角来反映现实。虽然莫言安排了若干叙事人从外部描述蓝脸的经历，但这些外部叙事者因其视野被有意识地限制，这在客观上起到了对人物（蓝脸）的内在视角的映射作用，也就是说，有限制的多重的外部视角，成就了对象人物的内在和外在的丰满性，成为真正的叙事主体。

<h1 style="text-align:center">五</h1>

另一方面，莫言笔下的农民的"代际分歧"或"代际冲突"，是一个值得关注的问题。倒是那些背叛了父辈传统的新生代农民，轻而易举地成了重商主义大潮的弄潮儿，或者说是"新兴资产阶级"的代表。如《生死疲劳》中的西门金龙，《丰乳肥臀》中的司马粮，《四十一炮》中的罗小通、老兰等人。这些人物虽然仍属于农民，他们身上仍残存农民习气，但他们的生命之根已不复在土地之中。相反，他们破坏了植根于土地关系中而形成的传统乡村的伦理秩序，无节制的物欲成为大地的污染源。从他们的所作所为中，我们可以看到乡村世界的朽烂和崩溃的过程。

乡村的伦理秩序，首先是建立在自然血缘基础之上的家族内部秩序。"边缘化"的乡村世界有其自身繁衍和演变的世系链，也就是他们的家族系谱，比如，福克纳笔下的"约克纳帕塔法世系"和加西亚·马尔克斯笔下的"布恩迪亚家族"等。然而，在所有民族当中，对依据自然血缘关系建立起来的家族系谱表现出的尊重，没有一个民族能与传统中国相比。"修宗谱"与"修史"，是传统中国最绵远、最强大的传统之一。与土地意识联结在一起的自然血缘意识和家族观念，首先是自然的长幼秩序，以及相关的辈分和宗族，进而是道德层面上的"孝悌"观念，是乡土社会的伦理纽带和文化认同之基础。

然而，现代社会的革命的新文化消灭了建立在自然血缘基础之上的家族观念，代之以阶级意识。宗族观念被批判，宗谱被烧毁，乡村宗法制被公社制所取代，宗族系谱结构由社群的阶级结构所取代，社群关系也由其成员的阶级属性来缔结。革命意识形态敌视自然血缘纽带，主张在阶级意识基础上重新缔结乡村社会的人际关系，也重构了其代际关系。自然血缘基础上的伦理秩序被解构。《红旗谱》《创业史》等诸多带有家族史色彩的革命小说，都在不同程度上以意识形态化的方式，处理过这种传统家族伦理问题。最极端的例子是革命样板戏《红灯记》。该剧表现了一个完全依照阶级情感所缔结的革命家庭，祖孙三代没有血缘关系，但以家庭的面貌出现。在这个家庭中，阶级的基因通过革命意志"单性繁殖"，代代相传。然而，这就是莫言的乡村叙事所面临的文化和意识形态语境。

莫言的《红高粱家族》再一次将家族史问题凸显出来，成为文学叙事无可回避的问题。

由"我爷爷—我父亲—我"所连结起来的血亲链，有着强大的黏合力，也是其家族生生不息的生命力的表现。《红高粱家族》重新在文学中唤起人们对家族、血缘关系的意识。在这一点上，与稍晚一些的陈忠实的长篇小说《白鹿原》有相似之处。但二者之间的差别也是显而易见的。《白鹿原》以北方农村几个家族之间的情仇恩怨为叙事线索，有一种强大的"史诗化"的效果。但陈忠实依然在历史的宏大逻辑中展开对家族的叙事，从叙事逻辑和时空结构上看，更接近于《红旗谱》。家族史乃是大历史的镜像和缩影，是外部世界的大历史逻辑的投影。只不过在政治评判的价值尺度上，有了某种程度上的扭转。《红高粱家族》的叙事驱动力却是家族得以形成的根本性的生命因素。它一开始就突显出家族记忆与大历史记忆在时间上的分歧。小说的一开头便写道："一九三九年古历八月初九"——这一双重混搭的纪年法，将历史与现实、记忆与叙事之间的差异关系凸显出来。叙事的现代纪年与事件的传统纪年。突出这一纪年差异，乃是为接下来的文化冲突与代际冲突等一系列颠覆性的主题做铺垫。

《生死疲劳》中出现了一个相对混乱的家庭秩序。蓝脸本是地主西门闹家的雇工，在西门闹被镇压后，蓝脸不仅娶了其主人的姨太太，而且还收养了主人的儿子西门金龙。收养固然可以理解为出自人道，但使得其家庭关系变得错综复杂。西门金龙为了剔除自己身上的所谓"剥削阶级"的血统，洗清自然血缘对阶级意识的"污染"，其政治表现显得极度反常，近乎一种政治洁癖。在蓝脸仍坚持其"单干户"立场，拒绝加入人民公社的情况下，西门金龙表现出一种"弑父"冲动，几乎与养父蓝脸发生了生死决绝的冲突。阶级意识扭曲了西门金龙的亲情意识。

在小说《枯河》中，小虎的哥哥也有着同样的阶级焦虑。由于家庭的中农成分，使得他在政治上被边缘化，成了有政治"原罪"的阶层——这一点，莫言本人亦深有体会。小虎无意中让村支书的女儿摔死之后，哥哥意识到自己参军的希望归于破灭。这让他满心绝望和怨恨，因此极力怂恿父亲惩罚弟弟——"砸死他算了，留着也是个祸害。本来我今年还有希望去当个兵，这下子全完了。"哥哥成了父亲打死弟弟小虎的帮凶。外部世界的阶级政治，间接地渗透到家庭内部，家庭内部变成了一个意识形态的战场，阶级斗争的实验地。少年小虎则是这种残酷的社会观念的牺牲品。

近代以来的中国乡村，是一片浸透着汗与血的土地。文学家往往容易将中国农村社会理解成一个悲惨世界。那些远离乡村生活的人习惯这么看，以便自己高居于农民之上，并垂怜于他们。乡村社会固然充满了生存的艰辛和痛苦，他们的悲惨遭遇一言难尽，但与苦难杂糅在一起的往往还有一种生活和快乐，这正是乡间文化的复杂性所在。中国乡间文化自古以来就是这么一种苦难与快乐的奇特的混合物。1980年代中期的"文化寻根运动"对此特性有所发现，但"寻根派"作家无法理解这一特性的吊诡之处，因为他们往往抱定某种僵死的文化理论模式和简单的历史进步论观点，而不能容忍乡民在苦难与快乐相混杂的泥淖之中生存的现状。

莫言的早期作品在一定程度上带有"文化寻根运动"的痕迹。不过，莫言的意义在于，他没有简单地追随"文明冲突"模式，而是卸去了种种遮蔽在农村文化上的观念外衣，将农民生活的最基本的方面暴露出来了。《红高粱家族》从表面上看是一个抗战题材的故事。这类题材倘若从文化层面上加以处理，则极容易变成一个古老文明与现代精神相冲突的寓言，如"文化寻根派"的电影《黄土地》那样。但莫言在这部小说中更重要的是描写了北方中国农村的生存状况：艰难的生存条件和充满野性的顽强生存。

在这里，莫言引出了一个关于"原始生命力"主题。这一主题首先可以通过其所描写的野生的"红高粱"这一富于象征寓意的意象而得以确立。莫言笔下的高密东北乡虽然是一个偏僻的北国乡村，但那里的生活并非一片宁静。它既有原始的单纯和质朴，又充满着喧哗与骚动。这些野生的、蓬勃的"红高粱"，既是农民们赖以生存的物质食粮，又是他们生存活动的现实空间——他们在高粱地里野合和打埋伏。这里是性爱与暴力、生命与死亡的聚合地。"红高粱"蓬勃的野性和旺盛的生命力，成为北中国农民的生命力的象征。《红高粱家族》显然超越了其题材所固有一般意识形态和文化历史观念的含义，而是展现了中国人的生存活动与生存环境之间的复杂关系，并包含了更为深刻的关于生命力的寓意。

与此主题相关，莫言笔下的主要人物往往不是那种由正统文明观念所认定的所谓"历史主体"，而是那些被主流历史排斥在外的人群。在《红高粱家族》中，参与那场英勇战斗的主角是一帮由土匪、流浪汉、轿夫、残疾人之流拼凑起来的乌合之众。然而，正是在这些粗鲁、愚顽的乡下人身上，莫言发现了强大的生命力。站在正统的文化历史观念立场上看，这些人是历史的"边缘性人物"，即便在乡间，他们仍属于边缘人群，与传统的宗族中心的社会秩序有所偏离。在重宗法的北方乡村，他们的生存方式和行为，大大僭越了文明的成规。他们随意野合、杀人越货、行为放诞、无所顾忌，是未被文明所驯化的野蛮族群。在他们身上，体现出了生命力的破坏性因素。莫言赋予这种破坏性和生命强力以精神性，升华为一种"酒神精神"，正如他在作品中将那些野生的红高粱酿成高粱酒。这一由物质向精神的转换，透露了民族文化中所隐含的强悍有力的生命意志。

六

莫言笔下的另一类形象——妇女，同样也表现出对生命强力的赞美。甚至可以说，莫言将生命力的颂赞，更多地寄寓于妇女形象上。如《红高粱家族》中的奶奶、二奶奶，《食草家族》中的二姑，《姑妈的宝刀》中的孙家姑妈，特别是《丰乳肥臀》中的母亲上官鲁氏以及她的女儿们。这些女性尽管命运多舛，但她们都有着大胆泼辣的性格，敢作敢为的精神，而且，还有着健壮的体格和旺盛的生殖力。她们是生命的创造者和养育者。在莫言笔下的"我爷爷"等男性先辈们身上，显示了民间生命强力狂暴的和破坏性的一面，而在女性身上，则显示了生命智慧的和生产性的一面。

莫言笔下的富于生产力的母性形象，在《丰乳肥臀》中达到了辉煌的高度。作者将"大地式"的旺盛的生殖力和广博的母爱赋予了那位饱经苦难的母亲上官鲁氏。《丰乳肥臀》从表面上看，也有一个家族史框架，但这个框架显得更为特别。它以母系形象作为家族史的核心，这就带有对中国传统乡村社会宗族秩序的挑战意味。男性中心地位是宗族伦理秩序的权力基础，也是宏观历史的权力基础。而在《丰乳肥臀》中，一个母亲及其八个女儿才是家族史诗的基干框架。由这些女人们的种种遭遇和命运，影射出整个家族，乃至现代中国的历史变迁。尽管其间也充斥着阶级冲突、政治斗争、灾难、战争等大历史的内容，但基于母系的历史，首先关涉的情欲、爱恋、生殖与繁衍等诉诸身体的生理学和赤裸生命的内容。这些内容在宏大历史叙事中，往往是被压抑、掩蔽和扭曲的部分。更具反讽意味的是，在《丰乳肥臀》中，最小的独生儿子上官金童。作为家族唯一的男性子辈，他似乎是挽救这种过分阴性化的、衰颓的家族的唯一希望。可是，在整部小说中我们可以看到，上官金童却是一个笑话般的存在，是一个无能的、寄生于母亲和姐姐们身上的、可怜而又可笑的存在，一个苍白空洞的男性符号。

在《蛙》中的姑姑万心身上，莫言反讽式地处理了同样的问题，展示了女性及生命主题的内在矛盾。万心因为年轻时的情感挫折，一直单身，既无情爱生活，更无生育经验。她从接生婆成长为乡村的妇产科医生。她一生接生无数，是新生命的接纳者和守护者。与此同时，另一方面，她作为计划生育政策的忠实执行者，又是新生命的毁灭者。姑姑是一个正直的人，也是一个公义的人。从根本上说，她是现代文明"反自然"的力量。她虽然掌握了现代接生技术，但她也通过同样的技术来阻遏自然生殖。她对生命的理解是唯物论的和技术性的，是对民间生育观和生命观的颠覆。在对于制度法则的坚持中，她展现了铁一般的意志和行动力。但她缺乏爱。没有爱的公义，近乎残酷。万心并没有生育经验。她却作为产科医生，扭曲的情感和制度性的因素压抑甚至阉割了她的母性本能，制度理性成为生育本能的反面。而她在接生过程中，通过对他人生育的接纳，获得了对其本人在情感、情爱和生育等方面的匮乏和缺失的替代性的满足。她所接生的儿童都由身体各器官命名，他们的名字分别是胆、肝、鼻、足、脚、手、拳、脸、额、腮、耳、眉、牙……整个高密东北乡的新生命，就由这些身体器官所组成，或者说，这些新生儿就是高密东北乡，乃至整个世界的器官，他们构成了高密东北乡的生命整体，如同一个人，同一个生命共同体。然而，这种解剖学式的器官罗列，既可以视作是生命体诸器官之间的联结和合成，又暗示着生命体的肢解或解体。这是莫言的生命观念的内在矛盾之处。

然而，奇妙的是，这个生命共同体的核心部分，却是姑姑——万心。《蛙》反讽式地赋予姑姑以心脏的命名。心作为生命的核心器官，生命和爱的源头。姑姑身上有一种超凡的生命强力，这种强力既是生产性的，又是毁灭性的。即便她本人没有生育过，其生产力仍是强大的，她通过对成千上万的生命的接纳，成了当地的"生育之神"。姑姑对生命之爱是深邃的，又是残酷的。她的出现，或令人欣喜，或令人胆寒。她的身上沾满了血污，既是诞生的血污，又是杀戮的血污。她同时带来生之渴望和死之无情，这样两种完全对立的属性，同时出现在她一个人身上，好像民间传说中的地狱中的"死亡之神"一般。民众对这种人物抱有敬畏。他们手上有生死予夺之大权。民间偶像崇拜往往首先是对威权的崇拜，与之相关的是对暴力的崇拜。这可以看作是莫言小说中的传统的民间化思维的有力证据。

更令人惊奇的是，她最终企图在对死去婴儿的偶像膜拜中，赎回自己一生中杀生的罪愆。在她晚年的时候，她被死去的胎儿的化作青蛙的亡灵所纠缠，蛙声的吵闹，让她无法安眠，成为她的噩梦。作为侄子的蝌蚪，不断地安慰姑姑——

姑姑：睡不着的时候，我就想，想自己的一生，从接生第一个孩子想起，一直想到接生最后一个孩子，一幕一幕，像演电影一样。按说我这辈子也没做过什么恶事……那些事儿……算不算恶事？

蝌蚪：姑姑，那些事算不算"恶事"，现在还很难定论，即便是定论为"恶事"，也不能由您来承担责任。姑姑，您不要自责，不要内疚，您是功臣，不是罪人。

姑姑：我真的不是罪人？

蝌蚪：让东北乡人民投票选举一个好人，得票最高的一定是您。

姑姑：我这两只手是干净的？

蝌蚪：不但是干净的，而且是神圣的。

（《蛙》第五部）

侄子蝌蚪当然无法定罪，更无权赦罪。如果是罪，必然要受罚。姑姑所受的罚，已经证实了她的罪的存在。她的良心折磨着她，让她醒悟，自责。忏悔的泪水或许具有某种程度的洗涤和洁净的功效，或可洗去一生的血污。《蛙》在世界的恶的浊流泛滥中，还保留了一丝良善的希望。姑姑身上仍闪现出母性本能对于生命的依恋和眷顾，甚至是敬畏。这是莫言内心世界悲悯的一面。他并没有简单地将罪和人性之恶，甚至并未归结为一种对制度的批判，虽然《蛙》中包含这一成分。罪的最高惩罚指向的是死。最终，姑姑以一次失败的自杀，替代性地赎回了自己的生命。这让人联想起鲁迅笔下的祥林嫂的故事。祥林嫂最终也是被罪愆和地狱恐惧所折磨，她试图通过"捐门槛"来为自己脱罪，但终究未能逃脱死灭的厄运。但是，无论是姑姑的侥幸还是祥林嫂的毁灭，关乎灵魂、关乎地狱、关乎罪与罚、关乎毁灭与救赎，诸如此类的生存的终极性的问题，对于莫言、对于鲁迅，乃至对于任何一位中国作家来说，依然是一个悬而未决的难题。

在另一处，莫言写到了母亲形象的另一种"衰变"现象。在《欢乐》中，齐文栋的母亲是一位衰朽的、丧失了生育力的母亲。作者特别地描绘了这位老年妇女的颓败的身体：因生育过度、生存的艰辛和时间的侵蚀而变得不堪的身体。

    ……跳蚤在母亲紫色的肚皮上爬，爬！在母亲积满污垢的肚脐眼里爬，爬！在母亲泄了气的破气球一样的乳房上爬，爬！在母亲弓一样的肋条上爬，爬！在母亲的瘦脖上爬，爬！在母亲的尖下巴上、破烂不堪的嘴上爬，爬！母亲嘴里吹出来的绿色气流使爬行的跳蚤站立不稳，脚步趔趄，步伐踉跄；使飞行的跳蚤仄了翅膀，翻着筋斗，有的偏离了飞行方向，有的像飞机跌入气涡，进入螺旋。跳蚤在母亲金红色的阴毛中爬，爬！——不是我亵渎母亲的神圣，是你们这些跳蚤要爬，爬！跳蚤不但在母亲的阴毛中爬，跳蚤还在母亲的生殖器官上爬，我毫不怀疑有几只跳蚤钻进了母亲的阴道，母亲的阴道是我用头颅走过的最早的、最坦荡最曲折、最痛苦也最欢乐的漫长又短暂的道路。不是我亵渎母亲！不是我亵渎母亲！！不是我亵渎母亲！！！是你们，你们这些跳蚤亵渎了母亲也侮辱了我！我痛恨人类般的跳蚤！写到这里，你浑身哆嗦像寒风中的枯叶，你的心胡乱跳动，笔尖在纸上胡乱划动……

（《欢乐》）

莫言预感到自己这样描写母亲形象，会引起一些将母亲当作歌儿来唱的人的不满。人们需要一个美妙的、丰硕的和满是爱心的女神般的母亲。他们爱这样的母亲，尽管他们实际的母亲可能恰如莫言所描绘的那样。莫言将真实的母亲形象描绘出来，人们便无法忍受这种真实性。然而，正是这样一位颓败的母亲，成为少年齐文栋唯一的保护者。在这个形象中，包含着作者复杂的情感：既有对"大地—母亲"广博的爱的祝祷和感恩，又有对生命力衰颓的追悼。莫言笔下的这种母亲形象是令人震撼的，是中国文学史上前所未有的。或许她与鲁迅在《野草·颓败线的颤动》中所塑造的那个历尽苦痛和屈辱而颓败的"垂老的女人"的剪影般的形象有相似之处。在艺术史上，则有罗丹的雕塑《老妇》与之相类似。在当代艺术史上，画家罗中立的油画《父亲》曾经描绘过衰老的父亲形象，一度引起广泛关注，但莫言笔下的母亲比罗中立的父亲更加丰富，更加真实，更加具有表现力，也更加震撼人心。

七

莫言的"恋地情结"与其作品在叙事上的"童年视角"密切相关。研究者很容易发现，莫言笔下经常以儿童为故事主角，或者以儿童为其故事的叙事人。儿童的经验方式与生活空间之间的关系有其特殊性。段义孚将其总结为一种"开放"的方式。

> 对于七八岁到十二三岁的孩子们来说，基本上就是生活在一个鲜活的世界中的。与还在蹒跚学步的幼儿不同，少年们已经摆脱了对周边事物的依赖，他们已经可以自己归纳空间的概念，辨识其不同的维度。……所以他们对待世间万物的态度和方式是完全开放的。[1]

在儿童，尤其是小男孩眼中的世界，有着一种全新的面貌。它既是对于成人眼中的固化的世界形象的改造，又能唤起人们返回生命之原初经验，回到童年时代对环境的好奇心和发现的热情。这种

---

[1]〔美〕段义孚：《恋地情结》，第83页，志丞、刘苏译，商务印书馆2018年。

好奇心和热情，正是文学的基本动力。

　　"小男孩"在莫言那里形成了一个庞大的形象群。这类"小男孩"形象的最初的典型是《透明的红萝卜》中的黑孩。除了黑孩之外，莫言笔下的"小男孩"形象还有许多，如小虎（《枯河》），豆官（《红高粱》《高粱酒》等），铁孩（《铁孩》），上官金童、司马粮、孙姑妈的三个哑巴儿子（《丰乳肥臀》），"孪生兄弟"（《食草家族·复仇记》），少年金刚钻、少年余一尺、"小妖精"、"长鱼鳞皮肤的少年"、"我岳母的小叔叔"（《酒国》），少年罗小通（《四十一炮》），甚至"少年莫言"（《生死疲劳》）以及许多作品（如《罪过》《夜渔》《猫事荟萃》《梦境与杂种》《石磨》《五个饽饽》《大风》《金鲤》等）中的"我"，等等。这些"小男孩"的共同特征是：十二三岁、倔强、粗野、机敏、沉默寡言、生命力旺盛，而且有时还会恶作剧，差不多就是所谓的"顽童"。莫言在小说《牛》中，叙事人"我"可以说看作是这样一种少年的典型：

　　　　那时候我是村里调皮捣蛋的少年。

　　　　那时候我也是村里最让人讨厌的少年。

　　　　这样的少年最令人讨厌的就是他意识不到别人对他的讨厌。他总是哪里热闹就往哪里钻。不管是什么人说什么话他都想伸过耳朵去听听；不管听懂听不懂他都要插嘴。听到了一句什么话、或是看到了一件什么事他便飞跑着到处宣传。碰到大人他跟大人说，碰到小孩他跟小孩子说；大人小孩都碰不到他就自言自语，好像把一句话憋在肚子里就要爆炸似的。他总是错以为别人都很喜欢自己，为了讨得别人的欢心他可以干出许多荒唐事。

　　　　　　　　　　　　　　　　　　　　　　　　（《牛》）

　　这一年龄阶段的儿童，尤其是男童，无论是在生理上还是在心理上都尚未成熟。他们急欲进入成人世界，一窥成年人的生活奥秘，却又无法真正掌握成年人的交往规则和生存原则。他们在成人中间，往往只能带来混乱，以致令人厌烦。另一方面，他们没有资格享受成人的权利，却必须首先承受成人世界的生存痛苦，而且，可以说，他们是那个时代苦难生活的最大受害者。《猫事荟萃》《酒国》等作品中对孩子的饥饿感的描写和发育不良的黑孩，均表明了这一点。而莫言本人以及那个时代几乎所有的中国孩子一样，也是如此。莫言在回忆自己少年时代的饥饿记忆时，写道：

很多文章把三年困难时期写得一团漆黑，毫无乐趣，这是不对的。起码对孩子来说还有一些欢乐。对饥饿的人来说，所有的欢乐都与食物相关。那时候，孩子们都是觅食的精灵，我们像传说中的神农一样，尝遍了百草百虫，为扩充人类的食谱作出了贡献。那时候的孩子，都挺着一个大肚子，小腿细如柴棒，脑袋大得出奇。我是其中的一员。我们成群结队，村里村外地觅食。我们的村子外是望不到边的洼地。洼地里有数不清的水汪子，有成片的荒草。那里既是我们的食库，又是我们的乐园。我们在那里挖草根挖野菜，边挖边吃，边吃边唱，部分像牛羊，部分像歌手。我们是那个时代的牛羊歌手。我难忘草地里那种周身发亮的油蚂蚱，炒熟后呈赤红色，撒上几粒盐，味道美极了，营养好极了。那年头蚂蚱真多，是天赐的美食。村里的大人小孩都提着葫芦头，在草地里捉蚂蚱。我是捉蚂蚱的冠军，一上午能捉一葫芦。我有一个诀窍：开始捉蚂蚱前，先用青草的汁液把手染绿，就是这么简单。油蚂蚱被捉精了，你一伸手它就蹦。我猜它们很可能能闻到人手上的味道，用草汁一涂，就把味道遮住了。它们的弹跳力那么好，一蹦就是几丈远。但我的用草汁染绿了的手伸出去它们不蹦。为了得到奶奶的奖赏，我的诀窍连爷爷也不告诉。奶奶那时就搞起了物质刺激，我捉得多，分给我吃的也就多。蚂蚱虽是好东西，但用来当饭吃也是不行的。现在我想起蚂蚱来还有点恶心。

（《会唱歌的墙·吃事三篇》）

只有经历过那个饥饿年代的人，才能够真正领会到这种感受。评论家从莫言笔下发现了其感官感受力和想象力的丰富性，但这与其说是关于"丰富"的，不如说是关于"匮乏"的。

然而，对于一个儿童来说，还有一重苦难，与饥饿可以相提并论，那就是来自成年人的暴力惩罚。这些"小顽童"固执地坚守着人类的原始本性。为此，他们常常受到来自成年人世界的严厉惩罚。对于这些"小顽童"来说，文明即意味着压抑和惩罚。小孩子在莫言笔下总是一种被压抑的形象与反抗的形象。

在莫言的小说中的"小男孩"形象，构成了成人的制度化文明的反面，充分地体现了对文明社会伦理原则的拒绝。文明的压抑机制和文明与生命力之间的冲突，在这些"小男孩"形象中表现得更为充分。这样，在成人与儿童之间便存在着一个"权力结构"，"父／子"关系表现为"施暴／受暴"关系。在《红高粱家族》这样的历史故事中，莫言尚且假想了一种理想的父子关系（余占鳌与豆官之间的带有较多父爱成分的保护性关系），而在现实生活题材的作品中，父子关系则呈现为一种紧张的对抗性的关系。这种关系在黑孩和《枯河》中的小虎身上，达到了残酷的程度——他因为犯下了过错而被自己的父兄殴打致死。莫言毫不留情地将这一场的殴打细致地描写出来了——

父亲挥起绳子。绳子在空中弯弯曲曲地飞舞着，接近他屁股时，则猛然绷直，同时发出清脆的响声。他哼了一

声，那句骂惯了的话又从牙缝里挤出来。父亲连续抽了他
四十绳子，他连叫四十句。最后一下，绳子落在他的屁股
上时，没有绷直，弯弯曲曲，有气无力；他的叫声也弯弯
曲曲，有气无力，很像痛苦的呻吟。父亲把变了色的绳子
扔在地上，气喘吁吁地进了屋。

（《枯河》）

在我看来，这一段所描写的场面，残酷程度和震撼力，不亚于
《红高粱》中的剥皮和《檀香刑》中的木桩酷刑。

另一方面，同样是在这些小男孩们身上，莫言发现了潜伏在脆
弱的外部形象之内的顽强的生命力。莫言在《枯河》中，这样描写
小虎的形象："他是个黑黑瘦瘦，嘴巴很大，鼻梁短促，目光弹性
丰富的从来不知道什么叫生病的男孩子。他攀树的技能高超。"这
一形象，与《透明的红萝卜》中的黑孩，简直就像是孪生兄弟。黑
孩在打了多日的摆子之后，变得更加单薄瘦弱了。当他站在成人们
出工的队伍中时，生产队长不禁大为惊讶："黑孩儿，你这个小狗
日的还活着？"严酷的生存环境，让这类小男孩变成了"小精灵"
式的人物，以适应丛林原则支配下的外部世界。他们以各种不同
的方式表现出生命意志的顽强。与这个小男孩相近的形象还有《酒
国》中的那位嘴叼柳叶小刀，身生鱼鳞般皮肤的少年侠客。他的存
在，一度引起当局的惶恐不安。黑孩同样也显示出坚韧的反抗意
志，只不过他以其特有的方式反抗：他沉默。这个"被后娘打傻
了"的小男孩始终一言不发，与外部世界的聒噪和喧嚣形成了鲜明
的对照。黑孩的沉默意味着对外部世界（即成人世界）的拒绝：通
过拒绝语言，来拒绝与成人世界交流，拒绝成人世界的文明规则。
这是一种出自本能的决绝态度。从另一方面，则反映文明对生命力
的压抑的程度。

黑孩用沉默来拒绝与外在的成人世界的交流，拒绝进入成人

生活的运作规则之中，作为代偿，他的受压抑的生命意志转向更为内在的发展。最明显的表征之一，即是转向了幻想。幻想，是像黑孩这一类少年最常见的意识状态，黑孩经常沉浸在自己的幻想世界中，这个世界正如他幻想中的红萝卜一样，"金色的，透明""晶莹剔透"，是一个丰富、纯净、美丽的梦幻世界。它反衬出外部现实世界的平庸、肮脏、丑陋和残暴。莫言的许多幻想性的作品，如《翱翔》《梦境与杂种》《怀抱鲜花的女人》，以及《丰乳肥臀》中的一些段落，都表现了幻想与现实这两个世界之间的对立，并借对幻想世界的肯定来实现对现实世界的批判。

尽管外部世界存在着一种强大的压抑力，但生命本身却有着更为强大的代偿机制。在那些小男孩身上表现为感官系统的异常发达。感觉器官的灵敏和反常，是莫言笔下的小男孩的共同的生理特征。比如，黑孩有着超常敏感的听觉和视觉，《酒国》中的少年"金刚钻"有着神奇的嗅觉，《红耳朵》中的王十千长有一对硕大无朋、有灵性、感情丰富、"古今未有过的"红耳朵。短篇小说《铁孩》则赋予两个年龄更小的小男孩以特异的身体功能——吃铁。他们吃掉炼铁的高炉和铁块，吃掉钢轨和机器，吃掉追捕他们的民兵的枪管。大人们惊恐地把他们认作"铁精"。他们以报复的手段来抗拒来自成人世界的强暴。不过，在小说的结尾，这两个反抗的"小精灵"终究未能逃脱成人的惩戒：人们用狡计将他们俩捕获。这些孩子的感官系统较少受到成人文明化意识的干扰，更多地保持着原始的敏锐、丰富和自由的状态，它更直接地向外部物质世界敞开。莫言赋予这些孩子们以夸张的感官，并通过他们的感官感受到了个神奇的世界。

对于生命力（无论是其破坏性方面还是其生产性方面）主题，莫言始终是以一种肯定的态度来表现。但值得注意的是，这一肯定性的主题却又是通过父辈形象才得以展开。在《红高粱家族》中，作者（叙事人）乃是站在子辈的位置上来追忆父辈的故事。

与"五四"以来主流的历史叙述模式不同，《红高粱》中是一个逆向的"父—子"关系模式。这一纪年方式的差异表明了"父"与"子"之间的时间差异，也就是一种历史距离。"父辈"的生活状况以过去时态存在，而"子辈"则只能依靠对"过去时态"的"父辈"的辉煌生命的追忆而苟活。"红高粱家族"的族系构成是："我爷爷"余占鳌——"我父亲"豆官——"我"。就生命力角度言之，这一"族系链"明显地存在着一个"生命力"指数的级差，它表现为"力的衰减"。"我爷爷"是一位匪气十足、野性蓬勃的英雄，"我父亲"的勇敢则在一定程度上仰仗着"我爷爷"的余威。"我爷爷"带领一群乡民用土枪土炮袭击装备精良的日本军队，虽然很难说是漂亮的大胜仗，但也算得上是一场小小的胜利。而"我父亲"（及其小伙伴们）带着"我爷爷"的战利品——一批枪支弹药，却只是在对一群丧家犬作战。在这场并不体面的战斗中，"我父亲"自己还损失了两枚睾丸中的一枚。"我父亲"的负伤是意味深长的，它也许就意味着其生殖力（生命力）的减半。至于"我"，现代文明社会中的一分子，在作者看来，则是更为内在和更加彻底地被"阉割"了。与"父辈"的生机勃勃的感性生活相对照，现代的子孙辈"满脑子机械僵死的现代理性思维"，有着"被肮脏的都市生活臭水浸泡得每个毛孔都散发着扑鼻恶臭的肉体"，"显得像个饿了三年的白虱子一样干瘪"。[①] 回到"红高粱"的隐喻世界之内，作者则将现代的"子辈"比作劣质、芜杂、缺乏繁殖力的"杂种高粱"。

　　跟近代以来，尤其是新文化运动以来的进化论历史观有所不同，在这里并没有像往常一样讴歌历史进步，至少在历史之主体——个体生命——的层面上，没有沿用进化论的历史模式，相反，他引入的是"退化模式"，或者说，他表达的是一个"历史退化"

---

① 莫言：《红高粱家族》，第 122 页，上海文艺出版社 2012 年。

的主题。退化主题在新文化运动以来的文学作品当中，很少出现这一历史叙事。只是偶尔闪现过，如，鲁迅在小说《风波》中，从一位老太太口里发出"一代不如一代"的感慨，但这仅仅是作为一个讽喻手法，这一感慨在日后成为守旧、僵化的代称。而且，这位名叫"九斤"的老太太，也只不过是发出一声老人惯常的感慨而已，并无严格的历史学的依据和论证。但在莫言这里，"一代不如一代"并不是一个历史感慨，而是一种现实批判，其锋芒指向的是当下以及自身。

"生命力退化"主题在莫言笔下是一个十分重要的主题。这一主题最初出现在《红高粱》中，它是以文化批判的方式出现的，并与所谓生命力主题联系在一起。在这部作品中，莫言对现代人在生命力形式上的退化现象予以了批判。在强壮的父辈及其辉煌的历史面前，子辈显得软弱而又委琐。莫言借家乡的高粱品种的变迁，提出了这一批判。

> 我反复讴歌赞美的、红得像血海一样的红高粱已被革命的洪水冲激得荡然无存，替代它们的是这种秸矮、茎粗、叶子密集、通体沾满白色粉霜、穗子像狗尾巴一样长的杂种高粱了。
>
> ……
>
> 杂种高粱好像永远都不会成熟。它永远半闭着那些灰绿色的眼睛。我站在二奶奶坟墓前，看着这些丑陋的杂种，七短八长地占据了红高粱的地盘。它们空有高粱的名称，但没有高粱挺拔的高秆；它们空有高粱的名称，但没有高粱辉煌的颜色。它们真正缺少的，是高粱的灵魂和风度。它们用它们晦暗不清、模棱两可的狭长脸庞污染着高密东北乡纯净的空气。
>
> （《狗皮》）

在这里，作物物种的退化是对人种退化的暗示。然而，退化这一主题的复杂性在于：现代文明的进步性与原始生命力之间构成了一对矛盾。在莫言笔下，现代文明总是以人的生命力的萎缩为代价换取器物文明的进步。比如，在《狗皮》和《红蝗》中，作为后辈的"我"的形象与故乡的先辈的形象形成了鲜明的对照。前者代表着现代都市的文明生活，而后者则代表着一种传统的、古老的和原始的乡间生活。前者形象委琐，性情阴沉，而后者则显得健康开朗，生机勃勃。莫言写道：

> 一队队暗红色的人在高粱棵子里穿梭拉网，几十年如一日。他们杀人越货，精忠报国，他们演出过一幕幕英勇悲壮的舞剧，使我们这些活着的不肖子孙相形见绌，在进步的同时，我真切感到种的退化。
>
> （《红高粱》）

孱弱的不肖子孙，在《红高粱家族》中尚且是一个隐匿的形象，而到了《丰乳肥臀》中，则被直接揭露出来。生命力在上官金童那里退化到婴儿状态。这一如同贪婪的虱子一般寄生在大地—母亲身上的"巨婴"，吸干了母亲的身体。

由此可见，"生命力主题"在莫言那里同时还包含一个深刻的"文明批判主题"。与"寻根派"的一般立场不同，莫言并未以简单的历史主义眼光来看待"文明"进程，没有将"文明"处理为"进步／保守"二元对立的单一模式，而是"文明"放到"生命力"的对立面，把它看成是一个"压抑性"的机制，并由此发现现代人普遍的生存困境。

在《食草家族》的《生蹼的祖先》一篇中，莫言对"退化主题"涉及得更深。小说写了一个手指间长有蹼膜的小女孩。"蹼膜"作为食草家族（进而也是整个种族）的"徽章"，显得十分耀眼。在弗兰茨·卡夫卡《诉讼》中，有一个名叫莱妮的姑娘，也生有带蹼膜的手指。"她伸出右手的中指和食指来，在这两个手指中间，有一层蹼状皮膜把这两个手指联结在一起，一直连到短短的手指的最上面那个关节。"①瓦尔特·本雅明认为，卡夫卡的这一细节涉及人的"史前史"记忆。②从胚胎学角度看，指或趾部位有蹼膜存在，是胚胎组织分化和发育不完全的结果。胚胎发育过程基本上是对物种进化过程的一次重演，人体肢体蹼膜的存在，可以看作是进化的"遗迹"，遗传学上称之为"返祖现象"，仿佛是对原始祖先的形象记忆的再现。这种令人不安的生理缺陷保存在家族的遗传基因中，它会在某一代身上表现为"显性遗传"。这些"遗迹"，或者说是原始性的残余，暴露了人的原始本性中的动物性的一面。蹼膜在这里是对人种进化之"不完全性"的暗示。《酒国》中的那个将儿童的外貌与老人的智慧集于一身的"小妖精"形象，包含着对民族传统文化和生活智慧的讽喻。他与那个生蹼膜的小女孩属于同一族群。莫言在这里对这个与"文化寻根"理论相关的主题作了一种"反讽"的处理。种族沿着与"进化"相反的方向发展，并以身体的生理学特征的变化表现出来。

八

生命之"退化"现象，乃是从人性中心偏离，向着物种链之低端部分逆行，动物的世界逐渐显露出来。莫言笔下的乡村世界的另

---

① ［奥］弗兰茨·卡夫卡：《诉讼》，见《卡夫卡小说选》，第 397 页，孙坤荣等译，人民文学出版社 1994 年。

② 参阅［德］瓦尔特·本雅明：《弗兰茨·卡夫卡》，陈永国译，见《本雅明文选》，陈永国、马海良编，中国社会科学出版社 1998 年。

一个构成，便是动物。首先是家畜，其次是乡间常见的小型野生动物。这些动物，或者已被人类驯化，成为人类生活密不可分的部分，如同他们的家庭成员一般，或者长期处于人类生活空间的周边，与人类有着程度不等的接触，它们甚至也多少习得了人性。尤其是家畜，它们被人类驯化，通人性。它们与它们的小主人——儿童、少年——尤为亲近，或者说，人类儿童与它们更接近，无论是心智、行为，还是对文明秩序的接受度。我们甚至可以从它们身上看到人类童年时期的影子，看到了人类自身的某种危险的缺陷。它们就是人类心智和文明进化过程中，被压抑下去的无意识和本能部分。成年人对小孩子不满的称呼，往往就是称其为"小畜生"。从这种意义上说，动物主题是小男孩主题的变体和延续。

视角问题是现代小说叙事的根本问题之一。动物进入莫言的文学世界，首先关乎视角问题。以动物的视角看世界，跟以儿童视角（伊塔洛·卡尔维诺《树上攀缘的男爵》），侏儒视角（君特·格拉斯《铁皮鼓》），傻子视角（雅罗斯拉夫·哈谢克《好兵帅克历险记》），白痴视角（威廉·福克纳《喧哗与骚动》），疯子视角（鲁迅《狂人日记》），甚至死者视角（奥尔罕·帕慕克《我的名字叫红》），等等，其叙事学意义相近，在传达世界观念方面的意义是一致的。从塞万提斯的《堂吉诃德》开始，甚至从更早一些的所谓"流浪汉体小说"开始，"低姿态"的叙事，是小说艺术的伟大传统。也就是说，小说的叙事者以一种低于平常人的视角和理解力，来看待外部世界。它传达了一种特殊的与世界亲近的方式。讲述者以一种低平的、甚至是微微仰视的角度来看待世界。这样，一方面它使得文学同任何一位普通读者站在同一位置上，而不是以一种高高在上、无所不知的方式俯瞰世界。另一方面，它也在提醒人所可能身处的卑贱的生存境遇。低微视角保留了世界的未知性，进而也就保留了新奇和发现的乐趣，对未知的和可能性的世界之探索与冒险。这是小说艺术的魅力所在。另一方面，低微视角对人类理性中心提出了质疑和挑战，至少提供了另一重可能性的参照，是对人类自身理性认知的某种程度上的纠偏和修正。它从另一角度上修补和充实了人性内容。

生活在乡村的莫言，熟悉动物世界，如同他熟悉乡村的人群一般。他甚至在谈到文学写作时，也都在不经意中要以动物来做比方。他在《捍卫长篇小说的尊严》一文中写道：

> 长篇小说是包罗万象的庞大文体，这里边有羊羔也有小鸟，有狮子也有鳄鱼。你不能因为狮子吃了羊羔或者鳄鱼吞了小鸟就说他们不悲悯。你不能说他们捕杀猎物时展现的高度技巧、获得猎物时喜气洋洋就说他们残忍。只有羊羔和小鸟的世界不成世界；只有好人的小说不是小说。即便是羊羔，也要吃青草；即便是小鸟，也要吃昆虫；即便是好人，也有恶念头。站在高一点的角度往下看，好人和坏人，都是可怜的人。小悲悯只同情好人，大悲悯不但同情好人，而且也同情恶人。[①]

这里虽然是谈论长篇小说文体特征和叙事伦理，但他却用自然界的诸动物之间的关系来形容。长篇小说是一个庞大而又芜杂的世界，正如它所要呈现的生物世界一样。

不过，文学中的动物问题并不只是一个视角问题，甚至更为重要的也不只是作为一个叙事学问题而存在。从根本上说，它是一个生命伦理问题。

尼采将动物和人一同视作物种进化链条中的中间环节。在他看来，人是一个不完满的物种，从蠕虫和动物的世界里脱离出来，但仍残存着动物性痕迹。人类驯化动物，而人类自身也被驯化，被自

---

① 莫言：《捍卫长篇小说的尊严》，见王德威等：《说莫言》，第3-4页，上海书店出版社2013年。

己的观念形态和文明及制度所驯化。如同在人类眼里，虫豸、猿猴不过是一个笑料一样，在尼采所谓的"超人"眼里，人类同样是一个笑料。[①] 人类与动物有着相同的起源。甚至，人类所引以为傲的德性，也不过是种种动物性的表征而已。尼采写道：

> 正义（Gerechtigkeik）、明智（Klugheit）、节制（Mäßig-keit）、勇敢（Tapferkeit），总之一切我们所谓的苏格拉底美德，其起源是动物性的，都是促使我们寻找食物和躲避敌人的同一种本能的产物。只要我们记住。万物之灵的食物种类更多，他关于什么对他有害的观念也更高级和更精微，那么，把整个道德现象说成是动物性的也许并无不妥。[②]

尼采的道德批判建立在对人作为物种与生物界之间的关联基础之上。在他笔下，动物隐喻总是关乎人性的。鹰、蛇、骆驼、狮子、苍蝇，以及相关的小丑和婴孩，等等，成为人性诸因素的表征，进而作为其生命哲学和道德哲学的重要范畴。

与尼采的方式相似，或者说，受到尼采的影响，鲁迅笔下的动物也总是作为人的伦理讽喻而存在。在《朝花夕拾·狗猫鼠》一篇中，鲁迅表达了他嘲狗、仇猫和爱鼠的情绪，并将这些动物隐喻指向人群的品格。《华盖集·夏三虫》中的苍蝇、跳蚤、蚊子，以及其他作品中的山羊、蛇，乃至各种鬼怪，等等，亦是如此。他的最著名的"痛打落水狗"（《坟·论"费厄泼赖"应该缓行》），更是将动物生命伦理化，成为其生命伦理批判的典型篇章。

弗兰茨·卡夫卡笔下也有一个动物庄园：大甲虫（《变形记》），"巨鼹"（《乡村教师》），到处挖洞的大型啮齿动物（《地洞》），怪

---

① 参阅［德］尼采：《查拉图斯特拉如是说》之"查拉图特拉如是说序言"，孙周兴译，上海人民出版社 2009 年。

② ［德］尼采：《朝霞》，第 66 页，田立年译，华东师范大学出版社 2007 年。

异的、不知名的、似猫又似羊的怪物（《杂种》），能说人话而且滔滔不绝的狗（《一条狗的研究》），能言善辩的沙漠豺狗（《豺狗和阿拉伯人》），几乎成为人类的类人猿（《为某科学院写的报告》），栖居于犹太会堂里的不知名的"紫貂般大小的动物"（《教堂里的"紫貂"》）。动物与人类之间，只有一纸之隔，正如那个撰写科学报告的猿猴所说："要模仿这些人真是易如反掌。"① 如果如进化论所认为的人类是动物进化的结果的话，它们变成人类，所要学的并不太多。在小说《地洞》中，那只动物所建立起来的地下世界，如同迷宫一般，其复杂性比起人类的理性设计有过之无不及。当类人猿完成了向人类的跃进之后，人类进化之路便已经走完——"我的路已经走完了，只除了争取自由，但这本来不是我所选择的目标。"② 某种程度上也可以说，人类要向动物退化，很可能也是轻而易举。格里高尔·萨姆沙一觉醒来，就变形了，成为一个大甲虫。在犹太会堂里，在这个神圣的殿堂里，却存在着一个怪模怪样的动物，它与会众共处，甚至可以说与上帝共处，而且与上帝共处的时间比人类还长。它常常对人类敬虔的信仰生活形成了某种程度上的搅扰，尤其是对女性会众。然而，它似乎已经习惯了与人类共处，或者说，会众也已习惯了与它共处。会众和拉比也曾试图把它从这里赶走，但长期以来都一直无法抓住它。它成了会众信仰生活中的一部分，无法摆脱的部分，而且这个部分比会众的生命还要古老。③ 这样一个形象鬼魅而且行动飘忽不定、难以把捉的生物，正是人类的信仰生活中的不安定的因素，是内心世界罪愆的象征。它与《先知书》和《启示录》中的神圣动物异象——狮子、羔羊等——形成了鲜明的对照。或者可以说，它就是人类生命中原始的，无法摆脱的无意

---

① ［奥］卡夫卡：《为某科学院写的报告》，见《卡夫卡小说选》，第213页，孙坤荣等译，人民文学出版社1994年。

② 同上，第216页。

③ 参阅［奥］卡夫卡：《教堂里的"紫貂"》，见叶廷芳主编：《卡夫卡全集》（第一卷），洪天富、叶廷芳等译，河北教育出版社1996年。

识。一旦脱离了与上帝之间完全同在的关系，灵里的原始罪性就如同这个生物一样，成为一种搅扰和诱惑。

动物性为人性描绘出了一幅地形图。居于中央位置的是人类理性，动物诸种属处于边缘地区，而且分层级向四周扩散，逐渐脱离理性之光照，慢慢沉入野性的昏昧和黑暗当中。想象某种动物属性，实际上也是关于人性之可能性的想象。想象力的冒险，乃是进入了世界的幽暗部分，来探索人性的未知领地。博尔赫斯的《想象的动物》正是这样一本书。动物是人类的边界。但这是一道模糊的边界，是一道奇妙而又危险的边界。中国上古典籍《山海经》中，暗含了对这种危险性的模糊的认知和直觉。从明确的中心地带出发，向四周边缘地带的推进，就可能进入到一个未知的、陌异的，充满怪异生物的世界。

九

莫言笔下的动物形象更多的是常见的家畜，这相对算是熟悉的和令人安心的。莫言从小在家乡务农，对家畜和乡间野兽并不陌生。那些家养的牲畜，也已经适应了人类的生活，它们与其主人，尤其是与其小主人——儿童和少年之间的关系密切。他们共享食物和家园，也与它们的主人一起，承担着生存的辛劳和苦楚。尤其是那些大型家畜，还不得不承担沉重的劳役。而对于一个生存权利都由成年人所支配的儿童来说，他们的处境与动物和家畜没有太大差别。他们有着相同的命运，也往往相依为命。另一方面，在动物身上，依然存留着生命的原始野性。人类驯化动物，即是要制约或去除这种野性部分，将其纳入到人类建立起来的合乎文明规范的生命秩序当中。这是动物的悲哀。

当然，动物虽然可以看和听，但不能说话。这些"沉默的朋友"，在一定程度上成为被伤害与被欺凌，而又缺乏话语权的阶层的象征。只有内心还抱有纯粹的同情心的儿童，才能够听到沉默之幽深处的声音。鲁迅曾经描述过人类情感不相通的情形，他写道："楼下一个男人病得要死，那间壁的一家唱着留声机；对面是弄孩子。楼上有两人狂笑；还有打牌声。河中的船上有女人哭着她死去的母亲。人类的悲欢并不相通，我只觉得他们吵闹。"[1] 世界虽然喧闹，但人与人彼此却不能有情感上的互通，更何况人与动物之间。而儿童与动物之间的相通性，甚至比他们与成人世界来得更充分。动物的沉默无声，与儿童如"黑孩"的那种沉默无声，在深层意义上说，是一致的。他们的命运也是相似的。也只有像"我"这样的被成人世界排斥、欺凌和殴打的"小顽童"，才能够听到动物生命内在的声音，领会它们的感受。正如《透明的红萝卜》中的黑孩，能听到蚂蚱、鸭子等动物的说话。莫言在这里，借着顽童"我"之口，也是借着动物之口，传达了对人类世界的暴力和野蛮的强烈批判。他通过这一类小说来担当弱小的、受压迫的生命的代言人。而莫言本人也如他笔下的黑孩一样懂兽语，至少他自以为是这样。他在散文《狗·鸟·马》中，记述了一次在国外旅行的经历。他遇到一位带着五条狗的流浪汉，随行翻译向他转译了流浪汉的话之后——

　　　我问：狗呢，狗说什么？
　　　翻译笑着说：我不懂狗语。
　　　我说：你不懂我懂，狗必定是说，可怜可怜这个无家可归的人吧！[2]

　　这种说法固然可以理解为玩笑话，但有一点可以肯定，莫言对

---

[1]　鲁迅：《而已集·小杂感》，见《鲁迅全集》第三卷，第531页，人民文学出版社1981年。
[2]　莫言：《狗·鸟·马》，见《会唱歌的墙——莫言散文选》，第49页，人民日报出版社1998年。

动物的情感和表达极其关注，并试图领会它们的"语言"，与它们沟通。

另一方面，动物也跟儿童一样，常常成为人类残暴的受害者。《生死疲劳》中被屠杀、分尸的驴，以及《酒国》中被虐杀的驴。尤其是《生死疲劳》中所写到的人对于耕牛的暴虐行径，令人触目惊心。西门闹转世为牛，他的倔强如牛的性格没有改变，而且变本加厉。诡异的是，他却落到了自己的儿子西门金龙的手里。在这头牛拒绝为人民公社犁田，拒绝接受公社社员的使唤时，它受到了西门金龙和其他使牛汉子们的残暴对待。施加在动物身上的暴力，也是人类残暴性的体现。虐杀动物，尤其是虐杀家畜，离人类同类相残不远。《檀香刑》中所展示出来的人类酷刑施加于他人身体的暴力，不过是《生死疲劳》中的施加于牛身上的暴力的极端化而已。

然而，即便如此，还有一种精神是暴力甚至死亡也不能征服的，那就是宁死不屈的意志和尊严。在这头由西门闹转世的西门牛的身上，这种精神闪出了耀眼的光辉——

> 西门牛，你抖抖颤颤地站立起来，你肩上没有套索、鼻孔里没有铜环、脖子上没有绳索，你作为一头完全摆脱了人类奴役羁绊的自由之牛站立起来。你艰难地往前走，四肢软弱，支撑不住身体，你的身体摇摇晃晃，你的被撕裂的鼻子滴着蓝色的血、黑色的血汇集到你的肚皮上，像凝滞的焦油一样滴到地上。总之你体无完肤，一条体无完肤的牛能够站起来行走是个奇迹，是一种伟大的信念支撑着你，是精神在行走，是理念在行走。……牛走出人民公社的土地，走进全中国唯一的单干户蓝脸的那一亩六分地里，然后，像一堵墙壁，沉重地倒下了。

> （《生死疲劳》）

西门牛在人类的暴虐中倒下了，为了尊严，为了自由，也为了忠诚。这是人类才具有的品格，或者，更严格地说，这是人类中伟大的悲剧英雄才具有的品格。莫言赋予一头耕牛以英雄般的品格，其中包含着强烈的人性批判。在文学的世界里，莫言经常站在动物一边与人类为敌。站在动物一边，也就意味着在一定程度上站在人性的对立面。站在人性对立面，也就意味着对人性状况的不满。当然，也不难看出，它在某种程度上正是牛的主人——当代中国农民之命运的真实投影。

莫言还经常写到动物相对自由自在的生活，作为对人类现实生活状况的对照。他同时也写到动物对人类的抵抗，悲剧性的抵抗或人类面临失败的荒诞可笑的局面。在另一处，仍然是牛这种大型家畜，成为莫言小说中的智勇兼备的形象。《牛》中有一头名叫"双脊"的牛，是一头英武的牯牛，它强壮、勇猛、性欲旺盛，而且满有超常的智慧。但它却与其他公牛一起，面临着被人类阉割的命运。兽医老董同志虽然劁牛无数，但"双脊"与他斗智斗勇，竟让老董同志落了下风。最后，人们不得不在麻药的帮助下，将其去势。作为旁观者的叙事人——小顽童"我"，却听到了公牛们的詈骂，它们的詈骂中满是对人类卑劣行径的愤怒谴责和对自身悲惨命运的哀伤。《生死疲劳》中也出现了一位跟老董相似的人物——一个专门盗割公猪睾丸去下酒的许宝。许宝有一手取卵绝技，但却是一个天生没有睾丸的阉人。他终于遭猪王（也就是西门闹转世的"猪十六"）报复而死。猪王甚至趁势带领众猪揭竿而起，造了人类的反。"猪十六"也就成为猪类的革命领袖，跟乔治·奥威尔的小说《动物庄园》里的猪革命家"拿破仑"一样。

在《狗道》中，写到人与野狗的较量，人也常常落败。狗比人厉害。可是，在《猫事荟萃》中，莫言把猫写得比狗还要厉害。狗是猫的天敌，但实际上狗却常常在猫爪下吃亏不小。相比之下，猫更具妖性，如同精灵一般，狗反而显得憨厚笨拙。而另一方面，

《狗道》中的三支野狗队伍，却尽显人性的狡诈、凶残和野蛮。或者将动物性的某些方面发挥至极致，成为人类本性中的某种特性的镜子。对"狗道"的讽喻性的描述，实际上乃是对所谓"人道"的犀利批判。动物是一面镜子，在它身上，可以照见人性的诸面相：既有良善、顽强和尊严以及对自由之渴望的一面，又有野蛮、残暴、奴役他人或甘于受奴役的一面。莫言借此来揭示人类生存经验中的某些更深层的，近乎生物本能的部分。

替动物代言，在观念上解决得最彻底的是"投胎转世"。中国传统文化中的转世投胎的观念为这一难题的解决提供了帮助。投胎为动物，但实际上还是人。借人之口，说出动物的内心，或者借动物之口，说出人话来。《西游记》及诸多民间传说中，充分展示了这一文化传统。无论是猴子、鱼类、龙马，还是猪，它们都有着部分的人的性格和近乎人类的外形，代表着不同类型的人。

沦落至"畜生道"，是对人性中的罪孽的惩罚，也是将人类生存中的苦难部分加以极端化，以突显其生存的某一部分的本质。多道的轮回，意味着人类存在的多重属性，也是生存的多重苦难和人性中的多重罪孽。在《生死疲劳》中，莫言延续本土的关于人的投胎转世的观念。西门闹死后分别转世投胎为驴、牛、猪、狗、猴和病婴，这本就是一条完整的生物物种链。当然可以说它们代表打量世界的种种畸零视角，毋宁说是世界本身所包含的种种病态面相。

通过《生死疲劳》等作品，莫言建立起一个属乎文学的"生命动物园"。在动物世界里，他看到了生命的原初状态，并赋予这种原初生命以伦理价值。这种价值甚至高过他身处其中的人类世界的价值。

莫言笔下的动物形象，与他笔下的儿童、妇女、农民，以及整个乡村世界，成为他的文学世界的基本构成。这些空间上的边缘性、政治上的异质性、文化上的草根性和物种上的低端性的事物，以及由这些事物所呈现出来的有别于主流社会的文化秩序，乃是莫言的文学世界基本面貌。莫言本人从这片土地上诞生，也在这里成长，他依恋这片土地。这里是其生存经验的发源地，也是其美学经验的滋生地，也是其文学生命力的源泉。他的全部文学都是这里生长出来的植物。这里是一个虚构出来的、然而却又真实无比的世界，其间充满了世界万物的声响：马的嘶鸣，驴的吼叫，牛的哞鸣，狗的狂吠，猪的唉哼，虫的鸣唱，男人的吆喝，女人的呢喃，孩童的哭喊，少年的嬉笑，情人的呢喃，长者的叹息，艺人的吟唱，还有一种"沉默"的轰鸣，以及一个名叫"莫言"的讲述者的唾沫横飞的聒噪……然而，正是这样一个喧哗与骚动的活生生的人间，成为莫言的生活世界，也是他的文学世界。如果说，莫言是当代中国文学的巨人的话，他与他的故乡——高密东北乡的这片土地之间的关系，就好比是"地之子"巨人安泰与"大地—母亲"之间的关系，大地是他的生命源泉，也是他的力量的提供者。一旦双脚脱离了大地，他将变得软弱无力，不堪一击。

第二章　莫言的感官经验及物化世界

一

公元 1960 年代最初的年头，饥饿的风暴席卷中国大地。北方乡村一个叫高密的地方，一个男孩打量着眼前的这片贫瘠荒凉的土地，饥饿使他忘记了一切，眼前的事物全都幻化为可供充饥的食物。在他的眼里，世界一分为二——可吃的和不可吃的。为吃而劳心，为吃而奔忙，是这位少年的生活的中心事务。许多年之后，这位饥饿的男孩终于不再为吃饱肚子而犯愁，而且，还能够过上相当体面的生活。然而，物质匮乏的经验，进而是精神生活贫瘠的经验，构成了他的经验世界的基本内容。当然，这些其实也是那个时代的人，尤其 1950 年代生人的共同的生活经验。只不过，这位饥饿的少年日后将这些经验，写进了自己的文字当中，并形成了一个时代的文学最奇妙的景观。

这个少年就是后来成为作家的莫言。

毫无疑问，饥饿的经验是莫言文学中所传达的最重要的生存经验之一。但我们不能因此而得出结论说，是饥饿造就了作家，更不能说为了成为一位作家，就必须得挨饿。文学与挨饿之间并无必然的联系，但对于莫言这个特殊的个体而言，少年时代匮乏与饥饿的经验，却是滋养其文学造诣的重要养分。饥饿使得他更为深切地体会到肉身生命的状况：它的脆弱、它的坚韧、它的难以遏制的欲望和本能，以及它对人的意志顺服或背叛，简而言之，物质性的肉身生命存在的真实性。这对于一个作家而言，实在可以说是一笔宝贵的经验财富。

在莫言笔下，吃的场面屡见不鲜。在他的成名作《透明的红萝卜》的开头部分，生产队长正是一边咬着手里的高粱面饼子，一边去敲出工钟的。吃，在这里比一天内的任何一种工作都要来得早。是吃——而不是钟声——召唤着劳动的人群，并提醒着劳动的必要性。在这篇小说中，直到队长的吃的活动终了之时，钟声才敲响，并且，吃的活动的余绪仍然长时间地延宕，比钟声的余响还要来得更悠长些。莫言特别地写到队长的吃的活动结束时的情形：

> 走到钟下时，手里的东西全没了，只有两个腮帮子像秋田里搬运粮草的老田鼠一样饱满地鼓着。
>
> （《透明的红萝卜》）

"像……老田鼠一样"，这是一个绝妙的比方。的确，在人的全部生存活动中，唯有在吃的活动方面与动物的差别最小，它体现了人的需求的最基本的和最重要的方面。这个比方提醒人们对自身的肉体需求和动物性因素的关注。正是因为这些原因，村民们才闻钟而动。他们汇集到村口的大钟下，"眼巴巴地望着队长，像一群木偶……一齐瞅着队长的嘴"。然而就是这张正在咀嚼着食物的嘴巴，即将向他们发出劳动分工的指令。

村民们渴望劳动，他们是热爱劳动的人群。但首先他们是饥饿的人群，是渴望食物的人群。事实上，在任何"劳动"主题的背后，都暗含着一个"饥馑"的主题，或一个关于"粮食"的主题。对粮食的需求驱使人们变得勤劳，饥饿使人们不得不终日劳作，像蚂蚁或田鼠一样地忙碌。只有那些不事劳作而又能饱食的旧式文人

（所谓的"劳心者"）和"大跃进"时代的官方文人，才不懂得，或者是装作不懂得这一点。这些人更乐意将劳动处理为审美的对象，甚至把它想象为艺术本身。劳动还是新政权意识形态的伦理尺度，劳动者以及劳动本身，甚至类似于劳动者的蜜蜂、蝴蝶之类的动物，总是被他们描绘成道德楷模和美学典范。

在唯物论的意识形态体系中，劳动的价值得到了一定程度上的夸张，并被赋予形而上学的含义。一方面，将劳动视作人类历史的源头和驱动力，另一方面，又将劳动视作人的存在的核心价值。马克思主义关于劳动的观念来源于德国古典哲学。德国古典哲学中的"劳动"概念，是作为人类普泛性的生存活动的"实践"概念的演化。劳动是人的本质，是人作为主体存在的自由实现。正如马克思所指出的，"黑格尔站在现代国民经济学家的立场上，他把劳动看作人的本质看作人的自我确证的本质"。① 而恩格斯进一步指出：劳动创造了人。与此相关的是所谓"劳动异化"。马克思认为，异化劳动则是对人的自由本质的辖制。"动物和自己的生命活动是直接同一的。动物不把自己同自己的生命活动区别开来。它就是自己的生命活动。人则使自己的生命活动本身变成自己意志的和自己意识的对象。他具有有意识的生命活动。这不是人与之直接融为一体的那种规定性。有意识的生命活动把人同动物的生命活动直接区别开来。正是由于这一点，人才是类存在物。或者说，正因为人是类存在物，他才是有意识的存在物，就是说，他自己的生活对他来说是对象。仅仅由于这一点，他的活动才是自由的活动。异化劳动把这种关系颠倒过来。"② 或者说，在马克思看来，如果能够颠覆私有制条件下的"异化劳动"，劳动本身具有一种解放性的力量，是通往人性自由的"实践"活动。马克思甚至想象出在未来的共产主义社

---

① ［德］卡尔·马克思：《1844年经济学哲学手稿》，第101页，中共中央马克思恩格斯列宁斯大林著作编译局译，人民出版社2000年。

② 同上，第57页。

会，人类充分的自由劳动的情形："在共产主义社会里，任何人都没有特殊的活动范围，而是都可以在任何部门内发展，社会调节整个生产，因而使我有可能随自己的兴趣今天干这事，明天干那事，上午打猎，下午捕鱼，傍晚从事畜牧，晚饭后从事批判，这样就不会使我老是一个猎人、渔夫、牧人或批判者。"①

但对于莫言来说，劳动并非一个形而上学的命题。而是一个与具体个体肉身存活息息相关的生存实践，对此，他本人有着伴随切肤之痛的体验。他似乎并不关心劳动的自由本质，而是其可能带来的物质所得，以及未来可能的"不劳动"的自由。莫言当然很清楚劳动对于一个普通人的真实含义，因为他首先懂得劳动与饥饿之间的内在关联。对于一个生活在二十世纪五六十年代中国乡村的普通人，尤其如此。即便参加人民公社的集体劳动，也不是你想怎样干就怎样干，是否上午打猎下午捕鱼，也不取决于你的个人兴趣。倘若没有一大早生产队长的敲钟和分工安排，你将无活可干。如果你随意按个人兴趣去捕鱼打猎的话，你就很可能成为生产队的社员们"晚饭后从事批判"的对象了。他们必须通过参加农村人民公社的生产劳动，方可能获取必不可少的食物，不然就得挨饿。

饥饿，正是莫言那一代人最为深刻的记忆。正当他们的身体最需要食物的时候，他们却只能跟父辈们一道挨饿。他们用自己的身体和生命，验证了唯物主义的正确性。"因为生出来就吃不饱，所以最早的记忆都与食物有关。"② 莫言本人能够真正充分地获取必要的食物，也只能到他参军之后。③ 事实上，在当时有千千万万的农家子弟入伍当兵，为的就是能吃上一顿饱饭。甚至，他的文学活

---

① ［德］马克思、恩格斯：《德意志意识形态》，见《马克思恩格斯全集》第3卷，第37页，中共中央马克思恩格斯列宁斯大林著作编译局编译，人民出版社1956年。

② 莫言：《吃相凶恶》，见莫言：《会唱歌的墙——莫言散文选》，第85页，人民日报出版社1998年。

③ 参阅莫言：《神聊》之"封底"，北京师范大学出版社1993年。另见莫言：《吃事三篇》，载莫言：《会唱歌的墙——莫言散文选》。

动的最初动机，也都可以归结到"吃"上面。莫言毫不隐讳地承认道："为过上一天三顿吃饺子的幸福生活而写作。"[①] 对于莫言来说，写作，也是一种劳动，是他儿时农业劳动的延续，同时又是一种替换。这种替换，避免了野外劳作的艰辛，而且相对而言，借此填饱肚子的可能性更大。青年时期尚在务农的莫言，从旁人口中得知这种可能性是完全存在的。一位见多识广的老右派告诉他，倘若写出一本书来，"岂止是可以不在农村劳动，什么都有了，你想吃饺子，一天三顿都可以吃。"[②] 这在当时的农民听来，简直就是天方夜谭。

二

当然，村民们对于钟声本身也并非漠不关心。当钟声不只是召唤劳动而还提示食物时，情况便有所不同——"发放救济粮的钟声敲响时，连躺进棺材里的人也会蹦出来。"[③] 粮食才是钟声的本质。正是因为饥饿的经验，使得莫言像那些注视队长的嘴的村民们一样，对食物有着特别的兴趣。粮食（如高粱、红萝卜、蒜薹等）及其衍生物（如酒等），还有其他农作物（如棉花等），也就自然而然地成为莫言作品中最基本的描写对象。莫言笔下的人物也常常是通过与食物的接触来与整个世界打交道的。不仅如此，他甚至在描述其他事物的时候，也总是有意无意地要借用食物来打比方。例如：

> 小福子双唇紫红，像炒熟了的蝎子的颜色。
>
> （《罪过》）

---

① 莫言：《我为什么写作——在绍兴文理学院的讲演》，载《传记文学》2012 年第 11
期。

② 莫言、王尧：《莫言王尧对话录》，第 78 页，苏州大学出版社 2003 年。

③ 莫言：《忘不了吃》，见莫言：《会唱歌的墙——莫言散文选》，第 97 页，人民日报
出版社 1998 年。

我看到小福子的身体愈来愈薄，好似贴在锅底的一张烙饼。

（《罪过》）

　　孩子们宛若一大串烤熟的羊肉，撒了一层红红绿绿的调料。

（《酒国》）

　　这样的比喻在莫言笔下比比皆是。食物在作者与世界之间架起了一座桥梁，它是主体与对象之间的中介物。在莫言眼里，整个世界宛如一张硕大无朋的餐桌。世上万物只分为"可吃的"和"不可吃的"。只有借助食物，世界才变得容易理解。关于食物的经验，即是其关于世界的经验；关于食物的认知，即是其对外部世界的认知路径。他通过表现人与食物之间的关系来表现人的生存经验。"食物主题"乃是莫言笔下的基本主题。

　　"食物主题"（或曰"吃的主题"）可谓是一个真正中国化的主题。中国素有"吃的国度"的美誉，人们通常把"吃文化"（另一个更为优雅的名字叫作"饮食文化"）视为中国文化的重要内容，并引以为傲。古代中国人是世界上最讲究饮食的民族之一，他们在饮食方面将中国人的想象力和创造性发挥到了极致。上古典籍《礼记》中就有大量的关于各种场合的正确饮食，不同目的的筵席上的食谱以及餐桌礼仪规则等方面的记载。吃什么与如何吃以及正确的餐桌礼仪，是中国传统文化日常生活规范里的重要内容。而在食物烹饪方面，则更是费尽心机。即便是君子，也对此关注有加，甚至掌握良好的烹饪技能，乃是君子的分内之事。虽然孟子认为，君子当"远庖厨"，但孔子却并不避讳他对烹饪之事的了解，反而认为是一件值得一提的有意义的事情。当有君王向他咨询军事问题时，

79

他的回答是："俎豆之事，则尝闻之矣；军旅之事，未之学也。"[①]
上古时代中国人之所以重视烹饪和饮食，跟祭祀活动有关，而像孔子这样的上层知识分子，是十分重视祭祀活动的。鼎鬲等作为国家礼仪之重器的青铜器，同时也是炊具之一种。正如法国汉学家谢和耐（Jacques Gernet）所说的："毫无疑问，在这方面中国较之于其他文明显出了更大的发明创造性。"[②]张光直也认为："中国人之所以在这方面表现出创造性，原因也许很简单：食物和吃法，是中国人的生活方式的核心之一，也是中国人精神气质的组成部分。"[③]

在美学上，味觉经验一般被视作生理性的感官经验，因而属于较低级的感知，而且，由于它不同于视觉和听觉，对人的理性和心理的影响不大，故很难转化为审美性的经验。在这一问题上，托马斯·阿奎那的观点很具代表性。阿奎那认为："我们只说景象美或声音美，却不把美这个形容词加在其他感官（例如味觉和嗅觉）的对象上去。与美关系最密切的感官是视觉和听觉，都是与认识关系最密切的，为理智服务的感官。"[④]德国古典美学基本上支持阿奎那的说法，如黑格尔就认为："艺术的感性事物只涉及视听两个认识性的感觉，至于嗅觉、味觉和触觉则完全与艺术欣赏无关。因为嗅觉、味觉和触觉只涉及单纯的物质和它的可直接用感官接触的性质，例如嗅觉只涉及空气中飞扬的物质，味觉只涉及溶解的物质，触觉只涉及冷热平滑等性质。……在艺术里，感性的东西是经过心灵化了，而心灵的东西也借感性化而显现出来

① 《论语·卫灵公第十五》。
② ［法］谢和耐：《蒙元入侵前夜的中国日常生活》，第99页，刘东译，江苏人民出版社1995年。
③ ［美］张光直：《中国文化中的饮食——人类学与历史学的透视》，郭于华译。转引自［美］尤金·N.安德森：《中国食物》，第257页，马孆、刘东译，江苏人民出版社2003年。
④ ［意］圣·托马斯·阿奎那：《神学大全》（第二卷），朱光潜译。转引自北京大学哲学系美学教研室编：《西方美学家论美和美感》，第67页，商务印书馆1980年。

了。"①古典美学重视美感的精神性，将美感，尤其是艺术美感视为诉诸心灵或灵魂性的经验，也正因为如此，艺术审美是一种高级的精神活动。

诚然，一般而言饮食行为确实很难算作审美活动。首先是诉诸物质性的欲望满足。饮食的美感是一种肉体上的愉悦，它在其根本上更接近于动物性的本能。在味觉愉悦消失之后，其美学价值便荡然无存。但在中国传统美学中，对味觉经验——"五味"——的关注却显得特别强烈，它至少是一种与其他感官经验——"五色""五声"等——完全等值的经验。《左传》有句曰："天有六气，降生五味，发为五色，征为五声，淫生六疾。"②"五味""五色""五声"等同为"气"所生，不仅如此，味觉与其他感觉一样，也可以是美学的对象。所谓"甘美""甜美"，亦是对味觉经验的美学上的肯定。③如果剔除掉味觉和嗅觉方面的内容，中国古典美学将显得苍白空洞。

如果我们抹开这个极度发达的"吃文化"表面的那些绚烂色彩，就会发现，其核心则是"果腹"问题。谢和耐甚至认为，这本就是因为中国食物的"低营养、长期匮乏和饥荒"所导致的结果。④然而，面对"果腹"这一性命攸关的问题，过分精致的饮食美学不仅显得虚假，而且多余。在二十世纪的中国，饥饿问题一度变得极其严重，最终引发了一场空前的大灾难。面对数以千万计的因饥饿而消失的生命，任何一位只要有起码的道德感的作家在写到那一特殊历史时期的时候，都不得不认真对待。甚至，连张贤亮这样一位倾向于将困顿和饥饿浪漫化的作家，也一再地对"食物"这样一种

---

① ［德］黑格尔：《美学》（第一卷），第48-49页，朱光潜译，商务印书馆1959年。（着重号为原文所有）

② 《左传·昭公元年》。

③ 关于这一问题的更详细的论述，可参阅李泽厚、刘纲纪：《中国美学史》，第1卷，第二章"孔子以前的美学思想"，中国社会科学出版社1984年。

④ ［法］谢和耐：《蒙元入侵前夜的中国日常生活》，第99页。

有些俗气的物质表示格外的关注。在其小说《绿化树》中，主人公章永璘就不得不面临食物短缺的考验，乃至为填饱肚子而终日奔忙操劳，费尽心机。当然，"食物"在张贤亮那里经过了一番"玄学"的烹调，变成了一道"象征性"的菜肴。张贤亮笔下的食物逐渐脱离了其物质性，成了一个隐喻，或一个启示。这样，张贤亮像变戏法似的越过了过于物质化的食物，而转向对精神性"食物"的膜拜。长期以来，有关方面也经常鼓励饥饿的人民这样做，正如被奉为人民的精神楷模的士兵雷锋所说："人不吃饭不要紧，不学习毛主席著作不行。"物质食粮只能徒增肉体的重量，使人屈就于万有引力，向下堕落；"精神食粮"则相反，它可以帮助人们摆脱肉体的重量，克服引力，向高渺的精神王国飞升。所以，张贤亮尽管也格外地关注食物，但他显然将它看作是一种仅仅是为了满足本能需求的，有待"扬弃"的低级物质。引导其主人公章永璘往上"飞跃"的是"精神食粮"——某种神圣的典籍（在这篇小说中选取了马克思的著作《资本论》）。每当章永璘在肚子略微有些饱的时候，就要捧读《资本论》，企图从上层建筑和形而上学层面来解决物质生产的问题。食物（还有性欲对象）只是章永璘追求"精神升华"的动力和跳板。"升华"一旦完成，食欲对象和性欲对象（女人）便变成了渣滓，被迅速抛弃。[1] 这就是一个张贤亮所称的"唯物论者"的颇为怪异的"启示录"，它在某种程度上也代表了那一代知识分子的物质观念。实际上，无论从哪方面讲，章永璘的处境都是完全生物性的，他的作为知识分子的智性，也只能用来谋取更多的食物，或者更合理地安排有限食物的分配方式。在饥饿面前，他的用来体现精神性升华的政治经济学，其实不过是一层奶油裱花而已。

---

[1] 参阅张贤亮：《绿化树》，载《十月》1984 年第 8 期；张贤亮：《男人的一半是女人》，载《收获》1985 年第 5 期。张贤亮将《绿化树》《男人的一半是女人》等以右派分子章永璘为主人公的一系列小说，统称为"唯物论者的启示录"。

莫言对食物的关注则带有明显的农民特征。他首先忠于食物的物性本质，所关注的恰恰是食物的物质性。在莫言笔下，食物并不是一个抽象的象征物，这也不符合莫言从事文学写作的初衷。相反，食物在莫言那里首先是一个物质性的存在。正因为其作为物质的实在性，它才被用来作为其他事物的喻体。食物在劳动者那里，首先是在农民那里，才真正显示出其物质性的本质——它首先是可吃的。其次，如果达到一定的量的话，它是可以吃饱的。一般说来，农民不会去劳神种植任何象征性的粮食。他们只对粮食的质料性因素感兴趣。食物的质料性方面，首先是作用于人的感官，而不是精神。它是感官欲望（食欲）的对象，而不是什么认知的对象或沉思的对象或"精神升华"的对象。莫言正是如此迷恋于食物的质料方面。他经常十分详尽地描绘食物的感性形式，还不厌其烦地描述某一道菜肴的烹调方式及过程。当然，他更感兴趣的还是与具体的食物的直接的、实实在在的接触——进食行为。例如，他在《酒国》中，就细致入微地描写了食物与器官接触时的感受：

喝！酒浆蜂蜜般润滑。舌头和食道的感觉美妙无比，难以用言语表达。喝！他迫不及待地把酒吸进去。他看到清明的液体顺着曲折的褐色的食道汩汩下流，感觉好极了。

（《酒国》）

这完全是一个饕餮之徒、一个酒鬼的感受。可是，它却出现在主人公丁钩儿的身上。丁钩儿是一位省级高级侦察员，一个正派的、体面的、有身份的社会精英人士。这种职业和身份的人是不应该过分专注地去体验这种感觉的，何况他还有公务在身，并且这项公务正是对一桩与饮食有关的罪行的侦察。然而，他终于没有能够抵御食物和酒的美味的诱惑——他甚至喝得酩酊大醉。食物和酒破坏了他理智的防线，使他迷失了一个意志的"自我"。但同时，进食的快感促使人们去发现自己的肉体，肉体的感受是那样地强烈和令人迷醉。它唤醒了潜伏在自己身上的另一个"自我"——肉体的"自我"。这是一个意外的"自我发现"。

值得注意的是，这一"自我发现"，不同于 1980 年代以来思想文化界所张扬的那种"自我发现"。后者是在精神领域里的发现，是"形上学"意义上的。这个精神性的"自我"并不以高粱、玉米等物质为食，而是吞噬"理念""三段论""主体性""主义"，就好像传说中的"藐姑射之山"上的神人一般，靠吸食西北风维生。① 从表面上看，对肉体性"自我"的发现应该远比对精神性"自我"的发现来得容易，但在当代中国的情况却正好相反：精神的解放有时可以公开地，甚至是在官方的默许之下，通过大众传媒直接地进行大讨论，而肉体的解放则不得不在民间的、遮遮掩掩的状态下进行。而在公开场合和官方舆论中，身体面貌的变革，如发型、服装、美容以及对美食和身体享乐的追求等，常常遭到严厉的批判，甚至是禁止。人们总希望自己获得某种精神性的深度，而对自身的肉体则要尽量表示厌弃。而当权者则认为，肉体形态及其装饰物与当下的道德规范不相符乃至相反，有可能危及精神，成为精神不洁的"污染源"。进而，肉体上的越轨——不检点，乃至放纵——则有可能是思想上背叛的信号。比如，在 1980 年代初中期的屡次"清除精神污染"的运动中，官方舆论将喇叭裤、牛仔服、女性的披肩发、烫发、化妆和佩戴首饰等，都视作"资产阶级精神污染"而加以批判，甚至禁止。而且，许多在政治思想上很开明的知识分子，在心理上亦对这种新型的生活方式表示反感，并认为这是不道德的，尽管他们在政治上并不支持"清污"运动。由此可见，文明在

---

① "藐姑射之山"出自《庄子》。《庄子·逍遥游》："藐姑射之山，有神人居焉，肌肤若冰雪，绰约若处子。不食五谷，吸风饮露。"亦作"列姑射山"。《列子·黄帝篇》称："列姑射山在海河洲中。山上有神人焉，吸风饮露，不食五谷，心如渊泉，形如处女。"

肉体上的压抑似乎比在精神上、政治上的压抑来得更深。这一点，与 20 世纪末以来大众文化极度的肉体放纵和欲望宣泄的状况，有着强烈的反差。另一方面，这种极度的放纵，又正是曾经的掩盖、伪饰和压抑的反弹。

在莫言笔下，肉体的"自我"是充分自足和自主的。这种"形下学"（而不是"形上学"）意义上的肉体的自主性构成了人的"自我意识"的核心部分——

> 那一点遥远的、明亮的金黄与他内脏中珍藏的那点微弱的金黄遥相呼应，唤起了他内脏的知觉。像电从高处往低处流动一样，像水从高处往低处流动一样，强烈的光就是高的光也在向弱的光也就是低的光流动。你的心里的光明缓慢地扩大着地盘，驱除着黑暗。你感觉到自己的心跳了。肺叶开始扇动了。空虚显示出了饱受折磨的胃袋的轮廓。绞痛宣告肠子的存在。周身的冰凉告诉你有皮肤和肌肉。运动的艰难对你说明你有腿。口腔里的声响告诉你牙齿在何方。你终于完善地重新体会到人体的基本结构。

> （《十三步》）

肉体性的深层"本体知觉"提醒着人的自身的存在，并且它在莫言的主人公那里首先是一种痛苦的知觉，从中我们也可以看出其主人公的生存之艰难性。肉体不尊崇任何高深的或浅显的哲学，它只服从身体器官和系统的指令，只相信"器官的"哲学。如果说，莫言的文学有着某种哲学意味的话，那么，它首先是一种舌头和肠胃的"哲学"，是消化器官的"哲学"。

三

在莫言笔下，身体各部分的组织器官总是堂而皇之地出现。首先并且占主导地位的是消化器官。这是一个属乎肉体的、粗俗的、卑下的、有时令人难于启齿的器官系统，在身体的伦理等级中，处于最低下的位置。但是，在莫言那里，它却获得了与身体的其他器官（无论其为"高贵"或是"卑贱"）平等相处的权力。而在消化器官中，首当其冲的当然是口腔。莫言甚至还专门对"吃"进行了一番词源学考察——

> "吃"字拆开，就是"口"和"乞"，这个字造得真是妙极了。我原以为"吃"是"喫"的简化，查了《辞海》，才知"喫"是"吃"的异体。口在乞求，口在乞求，一个"吃"字，馋的意思就有了，饿的意思就有了，下贱的意思也就有了。[①]

吃与口有关。正如《透明的红萝卜》中的村民们注视着队长的嘴一样，《欢乐》中的主人公齐文栋对老母亲的嘴予以特别的关注。通过那张牙齿脱光、说话漏气、"破烂不堪"的嘴，齐文栋发现了母亲的衰老。嘴部的衰老，也就是生命能量的摄入口的机能下降，随之而来的必将是整个机体无可挽回的衰颓。这是真正的"衰老"！在《丰乳肥臀》中，口腔的机能则显得更为重要。主人公上官金童通过口腔建立了自己与母亲的身体之间的联系，并在成人之后依然维持着这一联系，是一条真正的"生命线"。他是一个寄生于母体之上，靠着口腔吮吸母亲乳房的"巨婴"。更重要的是，口腔不仅是上官金童摄取能量的器官，而且还是他的（几乎是唯一的）感

[①] 莫言：《忘不了吃》，见《会唱歌的墙——莫言散文选》，第91页。

官，他依靠口腔来感知外部世界，口腔是他感知和进入外部世界的通道。在这里，口腔是作为一个欲望的器官而存在，借用一个弗洛伊德化的表述——口腔是这个人物的"力比多"（Libido）中心，或者说莫言这些作品集中表达了人物的力比多的"口腔阶段"（Oral phase）。[①]

对力比多的口腔阶段的关注，意味着对人的"自我意识"的基础的原初性和肉体性的关注。一般而言，儿童在婴儿期过去之后，力比多中心就会发生转移，从口腔移向肛门以及性器的部位。如果这一阶段因各种原因，发生了中心转移的阻遏，即会造成所谓"口腔期固置"现象，这种现象表现在心理上，即是更关注口腔和味觉的感受，倾向于以身体性的关照来处理与他人之间的关系。学者孙隆基谈到中国文化的深层心理时，指出它有一种欲望"口腔化"的倾向，"在他们的人格构成中，具有很严重的口腔期的遗留。这种遗留在任何人身上都会有，差别只在多少。不过，就整个中国文化来说，却确实遗留得比别人多。"[②] 在孙隆基看来，中国文化的"口腔期固置"，是中国人的性格和心理的深层根源。

人们也很容易发现莫言在修辞上的强烈的感官色彩，他所惯用的食物譬喻也好像是只有将事物变成可食用的物质，才能被意识所"吸收"，就如同上官金童一样。消化道的机能转化为"自我"的生存机能，仿佛只需从消化道的活动中便可获取关于外部世界的全部经验和知识，或者说，他用消化道的活动（这纯粹是一个肉体性的活动）替代了通常的意识活动。在小说《罪过》中，莫言暗示了这一肉体与意识之间的隐秘关联——

我每天都跟我的肠子对话，他的声音低沉混浊，好像

---

① 参阅［奥］西格蒙特·弗洛伊德：《性学三论》，见《弗洛伊德文集》（卷五），车文博主编，九州出版社 2014 年。

② ［美］孙隆基：《中国文化的深层结构》，第 95 页，广西师范大学出版社 2004 年。

鼻子堵塞的人发出的声音。

……

我伸手抓过那鳖裙，迅速地掩进嘴里。

从口腔到胃这一段，都是腥的、热的。

我的肠子在肚子里为我的行动欢呼。

（《罪过》）

这是一位饥饿的少年的感受。在这里，消化器官被赋予了独立的生命，成为主体的另一个"自我"。肠子独立于主体，拥有自己的意志，它像头脑一样地思考，并能与主体对话。甚至是它驱使着主体去"抓取"和"吞食"物质，而生命主体本身则完全是被动的，成了这种肉体化的欲望的执行者。或者可以说，肉体化的欲望才是真正的"主体"。

从上面所引的这段文字中，我们还可以看到，主人公"我"对于食物的态度是贪婪的。贪婪正是莫言笔下感官经验的基本形态之一。这位贪婪的少年摄食方式是掠夺、饥不择食和吞噬。莫言在回忆自己少年时代因为饥饿而变得贪婪的经历时，提到他经常抢堂姐的那份食物吃，以致没少挨骂。

母亲常常批评我，说没有志气。我也曾多次暗下决心，要有志气，但只要一见了食物，就把一切的一切忘得干干净净。没有道德，没有良心，没有廉耻，真是连条狗也不如。街上有卖熟猪肉的，我伸手就去抓，被卖肉人一刀差点把手指砍断。村里干部托着一只香瓜，我上去摸了一把，被干部一脚踢倒，将瓜砸在头上，弄得满头瓜汁。那些年里，我的嘴巴把我自己搞得人见人厌，连一堆臭狗屎都不如。吃饱了时，我也想痛改前非，但一见好吃的，立刻便恢复原样。长大后从电视上看到鳄鱼一边吞食一边流泪的可恶样子，马上就联想到自己，我跟鳄鱼差不多，也是一边流泪一边吃。[1]

饥饿和食欲，让少年饥不择食，而且道德律令和美学形象，乃至最最基本的羞耻心，都给食欲让路。少年的脆弱肉体完全无力抵御食物的诱惑。对于饥饿者来说，进食只能是完全的动物性的表现。莫言很少会写悠闲而体面的用餐。在他的笔下，吃总是如同一场战斗。在《食草家族》的第五章中，二姑的两个莽儿子就是怀抱着顶上了火的枪在"消灭"食物。即使是像《酒国》中所写的几次盛宴，食客们也都是"犹如风卷残云"般地扫荡饭菜。莫言特别地写到那些平素优雅风流的服务小姐们，她们在扫食残羹时"吃相都很凶恶"。这种种不堪的"吃相"，把贪婪的经验推向了喜剧性的高度。通过这种喜剧化的"吃相"，呈现了肉体经验的贪婪性，它也暴露出人性另一面的本质：本能的动物性。

中国古代的传说无比深刻地将贪吃的神祇塑造成人兽混合的形象——饕餮。作为贪婪之神的饕餮有着一张巨大无比的嘴和惊人的食量。中国文化中对于贪吃相对比较宽容，不像基督教文化中将贪吃看作是一种罪，而只是当作一般性的道德缺陷而已。但从饕餮这个原始的灵异生物身上，依然可以看到其中所隐含的人对于自身动物性本能（首先是食欲）的恐惧。这种难以节制的本能冲动，脱离了人的意志的支配。它所蕴含的原始野蛮的冲动性的力量，也随时可能冲毁人类脆弱理性和道德的堤防。

在《酒国》中，高级侦察员丁钩儿自始至终都在与各种饮食打交道。他所侦察的案发地点酒国市，整个儿就是一个大吃大喝的国度，一个"饕餮国"。这里的人吃各种各样的食物，对同一种食物又有各种各样的吃法。这里的酿酒业也异常发达，甚至还有一所酿造大学。而丁钩儿所要侦察的则又是一桩所谓"吃红烧婴儿"的

---

[1]　莫言：《忘不了吃》，见《会唱歌的墙——莫言散文选》，第99页。

案件。丁钧儿一俟踏上酒国市的土地，就开始了与可怕的食欲的斗争。一方面是与酒国市的饮食文化的斗争，另一方面，更重要的却是与自己的食欲的斗争。这位老牌的高级侦察员一直在用自己强大的理智，去克服肉体的欲望。然而，他失败了。他人的贪婪的食欲也刺激起了丁钧儿的食欲，他被自己的食欲所打垮。当他沉湎于饮食的快感时，他的意志则完全被自己的欲望所吞噬了。

在莫言那里，贪婪的欲望同样也在动物身上发展到了极致。《狗道》中的那些饿狗的"吃相"可谓是真正的、登峰造极的"凶恶"。而从食谱方面看，狗的食谱与人的食谱最为接近（除了"吃屎"这一点之外）。更可怕的是，它在饿急了的时候还会吃人。因而，《狗道》中的"饿狗"形象，也可以看作是对人的某种本性的暗示。

欲望的贪婪性夸张了器官的机能。但在莫言那里，被夸张的不仅是消化器官，也包括全部的感觉器官。在一些特别的情况下，比如没有获得食物的权利的情况下，食物并不是作为吃的对象，而是巧妙地转变成为"注视"和"嗅"的对象。

> 那是十六只眼睛。十六只黑沙滩村饥肠辘辘的孩子们的眼睛。这些眼睛有的漆黑发亮，有的黯淡无光，有的白眼球像鸭蛋青，有的黑眼球如海水蓝。他们在眼巴巴地盯着我们的餐桌，盯着桌子上的鱼肉。
>
> （《黑沙滩》）

> 我闻着扑鼻的香气，贪婪地吸着那香气，往胃里吸。那时我有一种奇异的感觉，感觉到香味像黏稠的液体，吸到胃里也能解馋的，香味也是物质。
>
> （《罪过》）

同样的描写还出现在《酒国》中，如"第一章"中的正在挨饿的少年金刚钻即表现出神奇的嗅觉，他能够嗅出村子的另一头生产队支书家里煮羊肉的香气和酒香。这种超常的嗅觉，毋宁说更接近于动物。在《四十一炮》中，莫言就将人对食物的贪婪和灵敏的嗅觉，与饥饿的动物联系在一起——

> 不知是肉的气味吸引还是父亲和野骡子姑姑的叫喊声吸引，从黑暗中涌出许多孩子，锢在蒙古包的周围，趴在森林小屋的门缝上，撅着屁股，眼睛透过缝隙，往里张望着。后来，我想象，狼也来了，不止一只狼，而是一群狼。他们应该是嗅着肉味来的吧？狼来了，孩子们逃跑。他们矮小笨拙的身影在雪地上蹒跚着，在他们后面，留下了鲜明痕迹。群狼蹲在我父亲和野骡子姑姑的蒙古包外，贪婪地磨着牙齿。
>
> （《四十一炮》）

饥肠辘辘的儿童们退场，更加饥饿的狼群登场，二者之间的关系与其说是更替，不如说是递进，是饥饿经验的递进，是感官强度的递进，更是贪婪强度的递进——由饥民向饿狼的跃进。

而在《透明的红萝卜》中，黑孩的被扩大了的感官能力则表现在听觉方面，他能听见超出人类听觉能力之外的隐秘的声音——

> 他听到黄麻地里响着鸟叫般的音乐和音乐般的秋虫鸣唱。逃逸的雾气碰撞着黄麻叶子和深红或是淡绿的茎秆，发出震耳欲聋的声响。蚂蚱剪动翅羽的声音像火车过铁桥。
>
> （《透明的红萝卜》）

《红耳朵》中的那个名叫王十千的小孩，则长着一对有灵性、有情感、能自主运动的、硕大无朋的耳朵，就像传说中的圣人老聃一样。这些形状和功能均被夸张的感觉器官几乎脱离了正常状态的身体，而具有了自己的意志，成为独立的机体。被夸张的感官的意志即是贪婪。贪婪的经验支配了主体的整个肉体。我们当然不会忘记，贪婪经验的对象首先是食物。同时，正是在食物不能成为吃的对象的时候，才转而成为视和嗅的对象，也就是说，在无法满足味觉和消化器官的欲望的情况下，贪婪经验才显得更加强烈，并转移到其他的感官上来。莫言在《猫事荟萃》一文中，在描写了主人公异常发达的嗅觉之后，直截了当地点明了这种奇异感觉的根源：

> 在我二十年的农村生活中，我经常白日做梦，幻想着
> 有朝一日放开肚皮吃一顿肥猪肉！
>
> （《猫事荟萃》）

莫言作品的评论者大多都注意到了莫言笔下的"感觉的奇异性"和"通感"等艺术手段，并认为，这是作者对生命自由状态的呈现。[1] 莫言本人在各种场合也提到了诸感官之间的相通性，这对于他的写作有重大影响。他甚至提到用"鼻子"写作——

> 关于用鼻子写作，其实应该是另外一次演讲的题目，
> 今天只能简单地说说。所谓用鼻子写作，并不是说我要在
> 鼻子里插上两支鹅毛笔，而是说我在写作时，刚开始时是
> 无意地、后来是有意识地调动起了自己的对于气味的回忆
> 和想象，从而使我在写作时如同身临其境，从而使读者在
> 阅读我的小说时也身临其境。其实，在写作的过程中，作
> 家所调动的不仅仅是对于气味的回忆和想象，而且还应该

---

[1] 参阅孟悦：《荒野弃儿的归属——重读〈红高粱家族〉》，载《当代作家评论》1990年第3期。

调动起自己的视觉、听觉、味觉、触觉等等全部的感受以及与此相关的全部想象力。要让自己的作品充满色彩和画面、声音与旋律、苦辣与酸甜、软硬与凉热等等丰富的可感受的描写，当然这一切都是借助于准确而优美的语言来实现的。好的小说，能让读者在阅读时产生仿佛进入了一个村庄、一个集市、一个非常具体的家庭的感受，好的小说能使痴心的读者把自己混同于其中的人物，为之爱，为之恨，为之生，为之死。[①]

但是，感官的异常发达未必总是对生命的自由状态的呈现，有时倒是相反——它恰恰是生命被扭曲和欲望被压抑的结果，至少，可以说是生命的物质条件"匮乏"的结果。在充分自由的生命状态下，"感官"（如庄子所认为的那样）往往被视作意志的累赘而被废黜。而在莫言的笔下，发达的感官所提供的是贪婪经验，在这些经验的背后，却隐藏着一个"匮乏"主题。从这一角度看，贪婪的经验在莫言那里则又被推到了一个悲剧性的高度。贪婪是饥饿对人的本能的侵犯，而生命则通过其代偿性的机能（"通感"等），对自身（首先是对肉体的欲望）做出了悲剧性的肯定。这是一种关于欲望的"匮乏经济学"。

"匮乏经济学"本身即是一矛盾体。匮乏所带来的并不仅仅是通常所认为的"消瘦"和"萎缩"，有时却反而是"肿大"和"膨胀"。从有机体的病理学角度看，身体由于某种元素的匮乏，有可能导致局部器官组织的肿胀和增生。比如，刘恒在小说《狗日的粮食》中所描写的那个女人脖子上的赘肉——也就是所谓"瘿袋"，即是由于身体缺乏碘元素所致。而就像是经济学中的"通货膨胀"一样，在极度饥饿的状态下，机体的反应却是肌体组织的高度水肿，即"浮肿症"。这一点，凡是经历过大饥饿时代的中国人应该是记

---

① 莫言：《用耳朵阅读》。

忆犹新。

四

食物匮乏与食欲之间的矛盾，也磨砺了人们对食物的想象力。它往往使人们对食物的想象力极度膨胀。这一点，在当代中国许多作家的笔下有过不少精彩的描写。例如，在余华的小说《许三观卖血记》中，有一个著名的片段显示了中国的烹饪学和人对于食物的想象力的神奇之处：在大饥饿的日子里，许三观为全家人做口头烹调红烧肉、清炖鲫鱼和炒猪肝的表演，其烹调工艺流程之复杂和精细程度，令人惊叹。对烹饪过程的精细具体的描述，需要讲述者对食材有着极为充分细致的了解，而且熟悉它的品质和美味生成的每一个环节，同时也延缓了人们对于真实事物的渴望。当然，它只是暂时的延缓，在这之后，则是更为强烈的食欲。

更为触目惊心的还是冯骥才的纪实性系列作品《一百个人的十年》中的一个故事。这篇故事写的是1960年代劳改营中的一位犯人，他在被活活饿死之际给家人的一封信中，通过想象，开列了一份内容庞杂、几乎无所不包的菜单——

我父亲还从我兄弟尸体身上，发现一封信贴在肚皮上。这封信写得真是太好了，任何作家都想不出来。要说文学性，也是最高的。恐怕连托尔斯泰、曹雪芹他们也写不出来。这封信是写给他老婆桂英的。你听，他是这样写的——

"桂英：

我实在饿坏了，快给我送点吃的来吧！我要馒头、大米饭、菜团子、大饼卷油条、肉包子、炸酱面、炸鱼、炸虾、炸果仁、煮螃蟹、炖肉、炒鸡蛋、烧豆腐、锅贴、饺子、糖包子、炒虾仁、爆肝尖、葱爆肉、酱牛肝、猪头肉、涮羊肉、回锅肉、麻花、炖鸡、炖鸭子、炖肘子、独面筋、炒肉片、煎饼、烩饼、烩大肠、红烧羊肉、红烧牛肉、红烧鸭子……如果没有，提两个糖饽饽来也行。快点吧！快点吧！求求你了！"①

"文革"时期身陷囹圄的作家林昭，在狱中也开列过几乎同样的菜单：

> 见不见的你弄些东西斋斋我，
> 我要吃呀，妈妈！
> 给我炖一锅牛肉，煨一锅羊肉，煮一只猪头，
> 再熬一二瓶猪油，烧一副蹄子，烤一只鸡或鸭子，
> 没钱你借债去。
>
> 鱼也别少了我的，
> 你给我多蒸上些咸带鱼，鲜鲳鱼，
> 鳜鱼要整条的，鲫鱼串汤，
> 青鱼得蒸，总要白蒸，不要煎煮。
>
> 再弄点鲞鱼下饭。
> 月饼、年糕、馄饨、水饺、春卷、锅贴、
> 两面黄炒面、粽子、团子、粢饭糕、臭豆腐干、
> 面包、饼干、水果蛋糕、绿豆糕、
> 酒酿饼、咖喱饭、油球、伦教糕、开口笑。
>
> 粮票不够你们化缘去。

---

① 冯骥才:《一百个人的十年》,载《收获》1989 年第 4 期。

酥糖、花生、蜂蜜、枇杷膏、

烤麸、面筋、油豆腐塞肉、蛋饺，蛋炒饭要加什锦。

香肠、腊肠、红肠、腊肝、金银肝、鸭肫肝、猪舌头。

黄鳝不要，要鳗鱼和甲鱼。

统统白蒸清炖，整锅子拿来，锅子还你。

妈妈你来斋斋我啊，

第一要紧是猪头三牲，晓得吧妈妈？

猪尾巴——猪头！猪尾巴？——猪头！猪尾巴！——猪

头！猪头！猪头！

肉松买福建式的，油多一些。

买几只文旦给我，要大，装在网袋里好了。

咸蛋买臭的，因可下饭，装在蒲包里。

煮的东西都不要切。

哦，别忘了，还要些罐头。

昨天买到一个，酱汁肉，半斤，好吃，嵌着牙缝了！

别的——慢慢要罢。①

　　中国古代的许多文献和文学作品中也常常会有各种各样食谱的记载。除了前文所述的《礼记》外，一些笔记著作，也常常描述筵席菜肴，比如《武林旧事》中就详细记录过筵席上的二百多种菜肴。小说《红楼梦》也有不少食物罗列。当然，这些记载与风格学无关。中国古代有一个著名的寓言，叫作"画饼充饥"，本意是嘲笑那些靠空想聊以自慰的人的故事，但在二十世纪五六十年代的中

---

① 林昭：《斋斋我呀，妈妈！——狱中给母亲的信》，转引自许觉民（编）：《林昭，不再被遗忘》，第 189 页，长江文艺出版社 2000 年。

国，它却是现实生活的写真。这个寓言也道出了匮乏经济学的本质。也许，这正是中国传统中发达的"吃文化"的真正起因。因匮乏和饥饿而刺激起来的丰富的食物想象。谢和耐即持这一观点。他指出："中式烹调之所以既美味又丰富，还有另一层原因：它基于一种古代农民的传统，这种传统产生于歉收、干旱和饥荒频仍的周围乡村，一旦灾祸来临，人们就会巧妙地利用一切可能食用的蔬菜、昆虫和动物内脏。"[1]

莫言同样也常常喜欢编制菜单。在《酒国》中，他常常不厌其烦地罗列餐桌上的内容。例如：

> 第二层已摆上八个凉盘：一个粉丝蛋拌海米，一个麻辣牛肉片，一个咖喱菜花，一个黄瓜条，一个鸭掌冻，一个白糖拌藕，一个芹心，一个油炸蝎子。
>
> （《酒国》）

菜单，或者说，食谱，是对食物的系统性的罗列。这种"罗列"，在莫言那里被风格化了。对事物（首先是食物）的铺张的叙事，成为莫言话语的独特标志。它披露了莫言小说叙事之文体学的秘密。对于事物的罗列，是建立有关某类事物的知识系统的初步。儿童在语言习得和事物认知的初期，往往通过童谣来罗列自己已经认识的事物，强化对事物的认知和记忆。罗列，有助于对事物的计算和显示，并使事物更加直观化。它使得罗列者对于自己所据有的事物能够一目了然。世界以物化的形式呈现，成为可以被感知的世界，然后通过命名，而成为名词和概念，这是关于世界的知识的起源。这一点，在欧洲"百科全书派"的理性主义的知识论及其相关的"博物学"上，表现得最为典型。近代"博物学"对于物质世界的分类学考察，是建立现代知识主体的一场启蒙运动。欧洲十七世

---

[1] ［法］谢和耐：《蒙元入侵前夜的中国日常生活》，第99页。

纪以来的知识论模式，知识理性的秩序由古典时代的神学秩序，转化为启蒙时代的逻各斯秩序。这是现代知识体系的一场重大的革命性的变化。米歇尔·福柯在谈到近代博物学所建构起来的知识论时，指出——

> 从十七世纪后半期起，博物学就开始根据自然物的可见性质来对其进行分析和归类。……博物学自命的任务是给它们定位，把它们改写成话语，将它们加以对照或综合，目的在于一方面能够确定有生命物的相邻关系或亲缘关系（从而确定宇宙的统一性），另一方面能够迅速地辨识每一个个体（从而辨识他在宇宙中的独特位置）。[①]

然而，对于莫言来说，他笔下的叙事主体（一定程度上也是其本人）在"宇宙中的独特位置"，就是其在食物链中的位置。因而，他的知识系统，首先是关于食物的知识系统。他与其他生命体的"相邻关系或亲缘关系"，就是"可吃"或"不可吃"的关系。只有在这种情况下，他才具有了某种程度上的所谓"主体性"。如果"把它们改写成话语"的话，干脆就是一张"菜单"。在这里，食谱和知识系谱之间有着某种隐秘的相关性。食谱就像是一部辞典。尽管是关于食物系统的辞典，但它却有着与任何一部辞典一样的结构的编排规则，同样体现了人对外部世界事物秩序的理解。不过，它不是建立在理性主义的知识论基础上的，而是依照一种欲望的逻辑，是关乎食物的物质系谱。中国古代类书基本上也是一种初级的百科全书。在通常情况下，人们总是将知识与食物相提并论。比如，将知识喻为"精神食粮"，对知识的接收过程则被比喻为"尝试""吃透"和"吸收"，就如同对待食物一样。而对于莫言来说，

---

① ［法］米歇尔·福柯：《临床医学的诞生》，第97页，刘北成译，译林出版社2001年。

这两类食粮显然是同样的重要，并且，两者之间有着充分的一致性。一位小学肄业的年轻人要成为杰出的作家，其在知识方面的饥渴无疑是惊人的。莫言只有成为一个彻头彻尾的"饕餮"，才能补足其少年时代在物质和知识两方面的匮乏。

莫言曾回忆自己儿时在家"读闲书"的经历，与他偷吃食物如出一辙。他跟在二哥身后求书看，就像一个跟在身后讨零食的小男孩一般。

> 他看书时，我就像被磁铁吸引的铁屑一样，悄悄地溜到他身后，先是远远地看，脖子伸得长长，像一只喝水的鹅，看着看着就不由自主地靠了前。……我总是能把我二哥费尽心机藏起来的书找到；找到后自然又不顾一切，恨不得把书一口吞到肚子里去。[①]

物质和知识的双重匮乏，导致了双重的"贪婪"经验。而且，他也意识到这是一种近乎动物的本能式的欲望，求食的动物一般，"渴求"和"吞食"那些难得的"精神食粮"。

与此相关的是，"贪婪"经验促成了莫言文体上的扩张性特征。与此相关的是，他笔下的强盗形象（如《红高粱家族》中的人物）。强盗的特征即是极度贪婪的"攫取"和"占有"。就像强盗们坐地分赃盘点自己的劫掠所得一样，莫言总是这样清点自己的经验"账目"。他的经验世界通过食物系统向周边扩张。"强盗"形象是莫言的扩张型的"自我意识"的表征，它与莫言的那种放纵的文体恰恰是互为表里的。

张开"口腔"要么是为了进食，要么是为了说话。而一张巨大的"口腔"的吞入与吐出，则是其功能的两个方面。令人惊奇的是，莫言恰恰是当代作家中语汇最丰富的作家之一。在语言风格

---

① 莫言：《童年读书》，见《会唱歌的墙——莫言散文选》，第 176 页。

上，他滔滔不绝，大肆铺陈，运用反复重叠的句式和丰富的感性词汇。处理词，就如同处理食物一样。莫言在形容一个事物时，经常将形容词句罗列穷尽，形成一种他特有的"堆砌"风格。

> 我难过得想流泪时，我的眼睛就猛然忆起雁血的颜色，雁血的温度，雁血的气味。红色的雁，滚烫的雁，芳香的雁。
>
> （《十三步》）

> 您的来信如同一瓶美酒，如同一声春雷，如同一支吗啡，如同一颗大烟泡，如同一个漂亮妞……
>
> （《酒国》）

> 空气中弥漫着河水的腥气和蝗虫粪便的腥气与沼泽地里涌出来的腥气，这三种腥气层次分明、泾渭分明、色彩分明、敌我分明、绝对不会混淆，形成了腥臊的统一世界中三个壁垒分明的阵营。
>
> （《红蝗》）

罗列，甚至堆砌，固然可以被理解为知识习得和理性建构的初级阶段，但也可以看作是一种夸耀，对于物化世界的理性掌控的夸耀。在"大跃进"时代和"文革"时代，汉语经历了一个极度膨胀的阶段。新时代涌现了大量的新词汇。官方主流文化借助传媒，将新时代的新词汇倾泻到新社会的每一个角落和每一个国民的耳中、心中。极度膨胀的语汇，充斥于一代人的意识中，好像一个语词和知识上的"暴发户"。另一方面，这种情况与那些时代人们在精神上的"匮乏"恰成对照。罗列和堆砌，有时并不一定指向丰富，相反，它很可能是"匮乏"和"空虚"的症候。"文革"大字报的语言就具有这种特征——

> 你是革命者么？你就必然欢迎革命的造反，拥护革命的造反，参加革命的造反，一反到底！
>
> 你是反革命么？那就出于阶级的本能，就必然咒骂造反，反对造反，抵制造反，镇压造反。
>
> ……
>
> 一听革命的造反就心惊肉跳，就皱眉头，就暴跳如雷，就骂街，就歇斯底里大发作的先生们，不是反革命就是糊涂虫！[①]

对于这种语言模式，莫言当然是十分熟悉的。他本人在尚为顽劣小儿之时，就曾模仿成年人，以"大字报"的方式跟老师捣乱。当然，这并不意味着莫言小说的文体属于"大字报"文体，但此二者之间却有着十分微妙的关联。莫言刻意选择一种夸张的词藻堆砌的方式，在一定程度上有一种"讽喻性"的效果，或者说，他是对革命时代的主流语言的"滑稽模仿"。如此来看，夸张的词藻堆砌有两方面的功能。一方面是莫言本人的无意识状况的表征，他以夸张的渲染，来传达一种"匮乏"的焦虑。另一方面则是在传达一个时代在精神和语言方面的"匮乏／膨胀"悖论的讽喻。

与成熟时期的作品相比，莫言的早期作品《透明的红萝卜》倒是显得比较克制。这部作品在文体上是有风度的，甚至是羞涩的。它就好像是不愿意让人们联想到过度的"匮乏"，不愿意在众人面前暴露出贪婪的欲望。黑孩显然不是一个肚皮充实的孩子。从他的头颈与身体的比例来看，属于"二度营养不良"的病孩。但在作品中，这个孩子总是避免开口说话。也许是担心一开口就会涉及

[①] 清华大学附属中学红卫兵：《三论无产阶级的革命造反精神万岁》，载《红旗》1966年第11期。

"吃"的问题。另一方面，红萝卜在黑孩那里被转化为梦想的对象，而不是充饥的对象。红萝卜并非最好的果腹之物，亦算不上是什么特别可口之物。但作者却赋予它以浓烈的浪漫色彩。正因为如此，这部作品才会在崇尚浪漫诗意的1980年代中期博得了热烈的喝彩。而像《欢乐》《红蝗》《爆炸》《球状闪电》这一类的作品，则完全"暴饮暴食化"了。那些可以说是"馋相毕露"的描写，常常引起一些体面人（特别是知识分子）的不快。小知识分子往往信奉一种建立在一般修辞学基础上的"节俭"和"优雅"的美学，与任何放肆、粗暴和坚硬的美学格格不入，因而，他们大多会对《透明的红萝卜》有所偏爱，而对那些"暴饮暴食化"的作品则大为不满。当时就有评论家从一般修辞学而不是风格学立场出发，指责莫言毫无节制地"滥用意象"和"堆砌词藻"，不符合一般修辞学原则和维特根斯坦的语言学观点，并认为这违背了"一些最起码、最基本的艺术规范"，是对读者和"大众语言"的不尊重。[1]

然而，莫言的这种"暴饮暴食化"的语体所具有的讽喻色彩，并非一般语言学所能解释。真正重要的是，这种"堆砌"，并不指向语义上的强化，相反，它过分"膨胀"的表达，反而使得语义被稀释，以致苍白，甚至沦为空洞。这使得"堆砌"更像是一种"挥霍"。通过不断膨大的堆砌，将语义挥霍一空。同样，"挥霍"的心理学基础未必是基于"充裕"，相反，倒是出自曾经的"匮乏"。"挥霍"一方面是所有者对自己由"匮乏"变为"充裕"的炫耀。另一方面，"挥霍"即是"浪费"，是对过度"充裕"的所有物的否定性的使用。对于一个经历过极度的"匮乏"的人来说，现有的"充裕"已然全无意义。莫言在关于开放年代的叙事中，经常写到那些经济上的暴发户的行为。这些曾经为匮乏和饥饿所苦的

---

① 贺绍俊、潘凯雄：《毫无节制的〈红蝗〉》，载《文学自由谈》1988年第1期。相关观点另可参阅大卫：《莫言及其感觉的宿命》，载《文学自由谈》1988年第1期；朱向前：《天马行空——莫言小说艺术评点》，载《小说评论》1986年第2期。

农民，在经济上发达，物质上"充裕"之后，他们往往倾向于放肆地挥霍，极度地放大物质消费的欲望，如《酒国》中的余一尺、《四十一炮》中的罗小通、《生死疲劳》中的西门金龙等人。这一点，与莫言在语体上的刻意"堆砌"互为表里。或者说，莫言刻意夸张的"堆砌"语体，正是对一个欲望"挥霍"时代的症候性的揭示。莫言的这些夸张的言辞，表达了一种意义的"肿胀"状态。"肿胀"的句法瓦解了主流话语的谨严、庄重、节制的话语形态，让语言呈现出"虚胖"，它是因匮乏和饥饿而导致的语言的"浮肿症"。浮肿的话语充塞其间，使世界显得滑稽而又可悲。

"肿胀"的言辞在被过度"挥霍"之后，终究要归于沉寂。无言的沉寂必将宣判话语的"喧嚣"为无意义。言说在其根本之处往往变成了其意义的反面，成为对自身的否定，正如保罗·瓦莱里所说的："语言正在被雇用来使人沉默，它正在表达无言。"① 因而，这些夸张的言辞的真实意义倒不在于话语所表达的语义本身，而在于对其从采用的话语的意义"空虚"的暴露，在于这些空虚的话语"喧嚣"终结之际所出现的"沉默"。我们注意到，莫言本人的笔名及其个人性格②与其写作的话语风格之间，存在着一种带有讽喻性的矛盾。这一点似乎就是要向人们提示着言辞的意义之空虚。

毫无疑问，黑孩的那种纯洁少年的虚无缥缈的梦幻，给作品带来了无穷的魅力。它显示了在一个充斥着贫穷和暴力的国度里，"诗意地栖居"之艰难以及"乌托邦"思想生成之可能性。而《欢乐》《红蝗》等作品则破坏了这种浪漫梦想，破坏了人们对秩序、诗意和平和境界的渴望。它们触动了人们内心的某种隐忧——令人不快的贪婪和令人不安的放纵，正是当代知识分子内心的严重焦

---

① 转引自［美］诺尔曼·布朗：《生与死的对抗》，第79页，冯川、伍厚恺译，贵州人民出版社1994年。

② 赵玫在《淹没在水中的高粱——莫言印象》一文中称："莫言不爱讲话，不爱笑，习惯在各方面包括在面部表情上节制自己，那一天我突然想到，'黑孩儿'也是这样的。"载《北京文学》1986年第8期。

虑。莫言曾在《吃相凶恶》《吃的耻辱》等相关散文中，故意以一种草根立场，来挑衅雅致的美学。

<h1 style="text-align:center">五</h1>

莫言的小说表现出了对食物极度夸张的想象力。小说《藏宝图》中，由一个牛皮哄哄的农民大谈"吃经"：奇特的餐馆，神秘的厨师，传说中的菜肴，美妙的老虎肉饺子，神奇得近乎天方夜谭的老虎须……一顿海阔天空的胡吹乱侃，令人眼花缭乱。故事由一个人人都想知道的秘密——一张"藏宝图"——所引发，然而，这位农民真实的叙事动机却无非是为了蹭别人一顿吃。因而，"藏宝图"可视为一个隐喻，关于人的深层欲望——食欲——的一个隐喻。食欲作为一种基本欲望引发叙事，并成为事件发展的基本推动力。

在《酒国》中，莫言还详尽地描述了一场盛大而又精彩绝伦的"全驴宴"。在这场盛宴中所显示出来的烹饪术之丰富和高明，几乎可以同任何一门艺术相媲美，真正是令人叹为观止——

> 先是十二个冷盘上来，拼成一朵莲花：驴肚、驴肝、驴心、驴肠、驴肺、驴舌、驴唇……全是驴身上的零件。……
> 红烧驴耳，请欣赏！
> "清蒸驴脑，请品尝！"
> "珍珠驴目，请品尝！"
> ……
> "酒煮驴肋，请品尝。"
> "盐水驴舌，请品尝。"
> "红烧驴筋，请品尝。"
> "梨藕驴喉，请品尝。"

"金鞭驴尾，请品尝。"

"走油驴肠，请品尝。"

"参煨驴蹄，请品尝。"

"五味驴肝，请品尝。"

……

"龙凤呈祥，请欣赏！请品尝！"

（《酒国》）

依然是罗列和堆砌，同时，看上去又似乎是在故意炫耀自己的烹饪学知识。一头驴的身体被按照器官解剖学肢解为若干部分，每一器官都成为一道菜肴的原料。而驴的器官只不过是一个借喻，它们可以是任何一种生命机体的器官的一种替代。这一点，在小说的另一处得到了印证。在酒国市的罗山煤矿的餐厅里，有一道菜，叫作"红烧婴儿"（丁钩儿的调查活动也就是因这一道菜而引起的）。这一次是对人的身体各部分的解剖学展示——

金刚钻用筷子指点着讲解：

"这是男孩的胳膊，是用月亮湖里的肥藕做原料，加上十六种佐料，用特殊工艺精制而成。这是男孩的腿，实际上是一种特殊的火腿肠。男孩的身躯，是在一只烤乳猪的基础上特别加工而成。被你的子弹打掉的头颅，是一只银白瓜。他的头发是最常见的发菜。……"

（《酒国》）

吊诡的是，烹饪学知识与解剖学知识是如此之一致。它几乎就是一门特殊的解剖学。值得注意的是，"全驴宴"不仅是供"品尝"的，而且也是供"欣赏"的，是被艺术化的"器官解剖学"。这也就意味着烹饪学不仅是关于身体解剖的知识，而且也是一门"解剖的艺术",它使被肢解的器官组织转变为美味和充满想象力的、美的造型。在另一些地方,莫言则写到肢解技术本身的艺术化。比如,在《酒国》的第四章中,有两位女厨师手持利斧去卸一头受伤的骡子的四肢。她们身穿白大褂,看上去像煞"白衣天使",以致群众都误以为受伤的骡子即将得救。她们肢解骡子的动作准确、麻利,"围观的人似乎都被这女人的好手段镇住了"。这种残酷的"艺术"手段也可以用在人体上。《红高粱》中的罗汉大爷被俘后,日本兵强迫屠夫孙五活剥他的皮——

> 孙五操着刀,从罗汉大爷头顶上外翻的伤口剥起,一刀刀细索索发响。他剥得非常仔细。
> ……他的刀法是那么精细,把一张皮剥得完整无缺。
>
> (《红高粱》)

孙五的剥皮技术可谓炉火纯青。就像传说中的庖丁一样,他将杀戮变成了一门艺术。而"屠夫之父"庖丁也许就是中国传统医学解剖学的真正祖师。在这里,故事的背后隐藏着一个关于"杀戮(吞噬)—医疗"的主题。在中国现代文学史上,这一主题最初出现在鲁迅那里。鲁迅的小说《药》即是对这一主题的最完整和最深刻的表达。[①]

《檀香刑》将杀戮技术上升到了美学的高度。刽子手赵家作为皇家刑罚执行者,他对人体各部分的解剖学结构和生理功能了如指掌,但人体在他那里,只是作为被惩罚的对象。他关注的只是如何针对机体制造痛苦,以达到惩罚的目的。

类似的杀戮技术的渲染,在同时代作家余华那里也曾有过。在余华的小说《往事与刑罚》中,那个"刑罚专家"对制造痛苦的技

---

① 关于这一问题的更深入的论述,可参阅张闳:《血的精神分析——从〈药〉到〈许三观卖血记〉》,载《上海文学》1998年第12期。

术有异乎寻常的兴趣，并且努力使之成为一门科学。而在他的《现实一种》中，最后的尸体解剖也同样展示了一种基于系统解剖学的场面。身体在暴力化的临床医学的处理下，濒于解体，而这也是"现实一种"。莫言笔下的身体解体则更为直接，也更为残酷，看上去更像是一场屠杀。在《十三步》中，火葬场整容师对于尸体的美化技术亦臻于炉火纯青，她甚至可以根据需要，轻易地将死者的外貌修整成另一个人。倘若肉身形象是确认生命个体的物质基础的话，那么，被整容师所整形的尸体的归属就成为问题。

作为身体的一部分——血——在莫言笔下，也成为一种被"物化"的对象。在莫言笔下，血的意念依然残存着神话学的痕迹。"红高粱"这一核心意象也始终在不断地暗示着对先辈热血的记忆，并通过一种象征性的功能转换，成为种族的"图腾"。但是，作品中的另一些描写却使主题的发展悄悄地偏离了原来的方向——

流出的鲜血灌溉了大片高粱地，把高粱下的黑土地浸泡成了稀泥，使他们拔脚迟缓。腥甜的气味令人窒息……

（《红高粱》）

血在这里首先是一种黏稠的液体，它的黏稠性造成了对行走的阻碍。当然，它同时也阻碍了自身的神圣化进程，其黏稠的物理特性提醒人们：血不过是一种物质。此外，血的另一类物理特性——"腥甜的气味"则更加直接地作用于人的感官，并造成感受者生理上的不适。这一点，在如下一段中表现得更为充分：

父亲伸手摸去，触了一手粘腻发烫的液体。父亲闻到了跟墨水河淤泥差不多、但比墨水河淤泥要新鲜得多的腥气。

（《红高粱》）

这种令人遗憾的物理特性，暴露了事物的"物性"本质，它引导事物走向了神圣化的反面。当然，这也可以说是人的感官生命背叛了意志，生理背叛了伦理。事物的物质性的一面一旦被呈现出来，关于事物的神话也就立即陷入了荒诞和尴尬的境地。要么，神话的实质本就是荒诞，是一幻象和空虚。

身体的解体，是对生命存在的主体性哲学的彻底解构。物化的身体不仅缺乏精神性的维度，它还会发生病变，如同一般物质的朽坏、腐烂和瓦解。在另一处，莫言的确就把医学概念与饮食问题混杂在一起，暗示了这二者之间的内在关联。他根据身体的"器官病理学"罗列了一长串各种各样的疾病，并将这些疾病比作一道道美味佳肴——

> 发疟疾、拉痢疾、绞肠痧、卡脖黄、黄水疮、脑膜炎、青光眼、牛皮癣、帖骨疽、腮腺炎、肺气肿、胃溃疡……这一道道名菜佳肴等待我们去品尝，诸多名菜都尝过，唯有疟疾滋味多！
>
> （《红蝗》）

对于话语的"浮肿症"而言，意义的沦丧和空虚，才是其本质。而对于物化的身体而言，病态才是其（部分的）本质。身体的物质性，终将指向其核心部分——疾病。

巴赫金在论及拉伯雷的小说与欧洲中世纪和文艺复兴时期的民间文化之间的关系时，发现了拉伯雷笔下的"解剖学特色、狂欢节厨房气氛和江湖医生的风格"。[①] 在巴赫金看来，拉伯雷的小说《巨人传》中对身体的解剖学和"厨房化"的处理，乃是视身体为一种完全"物质化"的机构，是一种完全可以由人自身所支配的、甚至

---

① ［俄］M.巴赫金：《巴赫金文论选》，第168页，佟景韩译，中国社会科学出版社1996年。（着重号为原文所有）

是可食用的"物"。拉伯雷以"物化"的肉体因素，试图表达中世纪教会神学关于"灵魂"对"肉体"的支配的解释，并强调肉体存在的合理性地位。甚至还刻意地将身体器官及其功能加以极端化的扩张，以物化肉身之"巨大"，来充塞世界空间。从对物化身体的夸张性的处理这一点上看，拉伯雷可以说是莫言的先驱。拉伯雷笔下的肉体，以其终将朽坏和解体的短暂性，向"身体复活""灵魂得救"以及"永生"的观念，提出了挑战。诺贝尔文学奖评委也注意到了莫言与拉伯雷之间的关联，他们在给莫言的诺贝尔奖的授奖词中写道："他是继拉伯雷和斯威夫特之后，也是继我们这个时代的加西亚·马尔克斯之后比很多人都更为滑稽和震撼人心的作家。"这一描述是准确的。

巴赫金在论到拉伯雷作品的物质形象时写道："在拉伯雷的作品中，生活物质和肉体因素——身体本身、饮食、排泄和性生活——的形象占据了绝对压倒的地位。"① 巴赫金在拉伯雷那里所发现的风格的诸方面，在莫言的笔下体现得几乎同样地完整而且充分。在莫言那里，这些风格特征集中在"筵席场面"上。"筵席"在鲁迅那里被描述为一个令人恐怖的残酷场面——吃人。"吃人"是鲁迅对中国传统文化的一个基本判断，也是鲁迅作品中的一个基本主题。鲁迅在一篇文章中曾用"吃人的筵席"来指称在传统文化支配下的中国社会生活。② "吃人的筵席"成了中国传统文化扼杀人性的一个悲剧性的场景。而在莫言那里，"筵席"却被充分喜剧化了。莫言本人的喜剧化风格在筵席场面中达到了极致。但是，莫言的喜剧化风格与拉伯雷有所不同。拉伯雷笔下的筵席（及厨房）的喜剧性是对神学关于生命的精神化理解的戏谑性反讽。拉伯雷的世界充满了肉欲的快乐，是对肉体和物质性世界的积极肯定。而莫言

---

① ［俄］M.巴赫金：《巴赫金文论选》，第116页，佟景韩译，中国社会科学出版社1996年。（着重号为原文所有）

② 参阅鲁迅：《坟·灯下漫笔》，见《鲁迅全集》，第1卷，人民文学出版社1981年。

的世界却更多地包含着现实生活的残酷性，它是一出"残酷的"喜剧。这种喜剧带来的结果主要并非快乐，而是关于世界的荒诞感，它更接近于欧仁·尤奈斯库笔下的世界。如果说，"吃人筵席"在鲁迅那里主要还是一个文化隐喻的话，那么，它在莫言笔下就不只是隐喻，同时还是一定程度上的现实，进而也可以说，是人性中"吃人"之恶的意念的想象性的实现。莫言笔下的餐桌几乎变成了一张解剖台，一块屠夫的砧板。在《酒国》的"魔厨"式的筵席上，在《十三步》停尸房的解剖台上，在《檀香刑》活剐人体的行刑台上，黑孩眼中的那些诗意盎然的食物及其浪漫主义的饮食观，转眼间沦为空无和虚幻。

六

几乎所有的读者都注意到了莫言小说语言的强烈的感官色彩。对感官经验的大肆铺张，几乎成了莫言小说叙述风格的独特标志。在一些作品（如《欢乐》《爆炸》《球状闪电》《红蝗》《十三步》《酒国》《四十一炮》等）中，对感官经验的自由渲染甚至代替了叙事，而成为小说的核心成分。叙事主体无论其为何种身份、何种处境、何种视角和何种言说方式，无一例外地都被铺张的感官经验所覆盖。

肉体感官所指向的，首先是世界的物质性，物化的世界方可被感知。感官的触角伸向物化世界的每一个角落。感官经验成为叙事的动力，也构成了叙事话语的基本色彩，也是其叙事结构的中心。极度膨胀的感官成了真正的叙事主体，它使叙事的历时性转化为当下的、共时性的生命感受，同时，由生命的感官中心向外膨胀，扩张至极限，直至爆裂。由理性的总体化原则构建起来的叙事链断裂为瞬间感官经验的碎片。这些感官爆炸的碎片，色彩斑斓，四下弥散，光焰四溅。莫言笔下的世界变成了一个感官王国，一个由瞬间的感官经验碎片拼合起来的物象世界。这样一个富于刺激性的、支离破碎的感官世界，映现了主体内部的基本状况：那是一个充满着焦灼和渴望的、骚动不安的世界。它与凡·高笔下色彩强烈、颤动振荡的世界，那些波动的天空，漩涡般的星系，金黄刺目的麦田，海浪般翻滚的土地……颇为相似。在这些强烈的色彩、声响和气浪里，蕴藏的是主体生命自身强大、蓬勃的、原始性的生命强力。

通过感官化的经验世界，莫言肯定了人的感官生命和肉体存在，也从根本上肯定了人的生命力。在这里，也寄托了莫言本人对生命的理想：通过感官和肉体的充分解放，达到生命的自由状态。放纵的感官化的言说，将肉身生命从物质匮乏的焦虑、饥饿的恐惧、文化和传统的压抑、理性的限制，还有政治意识形态的囚禁等诸多禁锢性的因素中解放出来。

第三章　莫言的伦理僭越与文化批判

一

《红高粱家族》是莫言最著名的和最具代表性的作品之一。1980年代中期，因为这部作品，莫言得以跻身于当代著名作家的行列，这也是他向世界文学大舞台所迈出的关键性的一步。

这是一组有关家族历史记忆的叙事性作品。在维系家族史记忆方面，高粱这一普通的农作物起到了至关重要的作用。毫无疑问，高粱是相当"民族化"的食粮。尤其是在北中国，它至今依然是最重要的作物之一。在诸多农作物当中，高粱显得有些特别，首先，是它在外观上就显得不同一般。它比任何一种粮食作物长得都要高大，好像作物中的长颈鹿一般。在成长期，高大的高粱秆子和叶子茂密青翠，宛如绿色的帐幕，民间将其称为"青纱帐"。"青纱帐"能遮蔽任何人和物，是隐蔽、埋伏的好地方。秋天来临，成熟期的高粱的秆子和叶子开始萎黄，而在高高的秆子的顶部，成熟了的高粱穗子呈金红色，如同一支支火炬一般，显得格外醒目。大片大片火红的高粱维持着人民的生存，同时又以其顽强、蓬勃的生命力，养育了人民的精神。从某种程度上说，不同的地理环境决定着不同的劳作方式，形成了各民族不同食谱和饮食习惯，而这些最基本的生存活动又造成了不同的文明和文化伦理观念。莫言他熟悉故乡的农作物，而这些农作物比他的生命更久长。它们是他父辈的粮食、祖辈的粮食、祖先的粮食。这些掩蔽过他的青纱帐，曾经掩蔽过他的父辈、他的祖辈、他的祖先们。在那里发生的一切：劳作、收获、觅食、沉思、斗殴、凶杀、偷情、野合……无论什么，都是他的故乡和他的生命经验的一部分。他从高粱这一普通的粮食作物中，听到了祖先生命声音的回响，看到了一个民族的形象。火红的高粱被当作民族精神的象征物。

饮食符号可以说是一种最典型的文化象征符号。克洛德·列维－施特劳斯（C. Levi-Strauss）关于人类符号系统的研究表明，食物、烹饪、餐桌礼仪以及相关的观念系统是不同种群的文化观念和人性的最具有象征性的符号系统。[①] 而从中国的上古典籍《礼记》的记载来看，"食"也属于"礼"的重要组成部分之一。

人类文明史与其饮食的历史总是紧密相连的。在人类文明的初始阶段，火帮助人类走出了蒙昧时代，而火给人类的生存活动所带来的最大变化却是在饮食方面。它导致了饮食上的"生食／熟食"的分野——这就是人类文明史的开端。人类从此结束了茹毛饮血的时代。"生食／熟食"的分野为人类的饮食确定了最初的和最基本的原则。人类先祖在食物的"可吃性"问题上，仍表现出相当谨慎的态度。而这也正是人类文明的伦理学的基础。这一饮食原则使人类在一定程度上摆脱了自身肉体之本能对饮食要求的支配，也就是说，人不再仅仅是依照肉体需求，对食物做出"可食用的／不可食用的"简单区分，而是遵照一定的价值标准，即遵照"应当食用的／不应当食用的"原则来区分。从某种程度上说，人类文明的伦理学诸范畴即是建立在这样一种最基本的"二元对立"的经验模式基础之上的，由此可以将事物划分出一系列"二元对立"的范畴——"清洁／污秽""精神／肉体""崇高／卑下"，等等。甚至，身体的"上

---

① 参阅［法］克洛德·列维－施特劳斯：《神话学：生食和熟食》，周昌忠译，中国人民大学出版社 2007 年。

身／下身”的区分也被打上了伦理的烙印。饮食禁忌甚至是伦理禁忌的来源之一。在希伯来《圣经》中，律法对于“可吃／不可吃”的区分，就相当严格。祭司阶层——利未族——掌管饮食禁忌的原则及其具体细节，他们根据向神献祭的祭品的要求，将祭祀规条引申到世俗生活中，形成了一套饮食禁忌原则。这一套禁忌相当复杂，但其根本性的原则就是——“洁净”。

> 我是耶和华你们的神，所以你们要成为圣洁，因为我是圣洁的，你们也不可在地上的爬物污秽自己。[①]

> 要把洁净的和不洁净的，可吃的与不可吃的活物，都分别出来。[②]

是神确立了“洁净／不洁净”的神圣原则，因为神要求圣洁，属神的事物当“分别为圣”。现代世俗社会对于食物的区分，在一定程度上依然基于“洁净”原则。只不过对于“何为洁净”的理解，与上古时代有所不同。现在卫生学重新定义了“洁净”，根据病原生物学和营养学的原则，重新确立了生理学基础上的清洁、卫生、健康的标准。未被病原生物污染，而且对人体所需的营养成分符合标准的食物，就是洁净的和健康的。

在中国传统文化中，也有各种饮食禁忌。这些禁忌不是出自神，也不是出自现代食物科学，而是与中国传统文化中对身体及健康的观念相关。传统中国文化中的食物往往被区分为“热性”和“凉性”，对应着同样被区分为“热性”或“凉性”的体质，不同体质呈现不同的健康状况和体征。从这种观念出发，饮食不仅有果腹充饥的功能，而且还具有一定程度上的医疗功能。而且，在传统

---

① 《圣经·利未记》（和合本），第11章第44节。

② 《圣经·利未记》（和合本），第11章第47节。

中医学看来，人体如同一个活性的"气"之容器，它可能因某种情况而出现充盈或亏损，健康的状况即是这种"虚／实"矛盾处于一种平衡状态，一旦失衡，就会出现病态。而饮食可以通过滋补或修复，以调节身体的"虚／实"平衡。因此，吃之事非同小可。食疗和养生，成为食物在果腹充饥之外的重要功能。

二

但在 1980 年代中期的文化背景下，人们对于作为食物的高粱本身的性质和功能并不感兴趣，倒是高粱的衍生物——高粱酒——格外地吸引了人们的注意力。在北方，高粱是最常用的酿酒材料。高粱秆子高大，而产量并不高，人们之所以还种植高粱，部分原因是高粱秆子可以作为燃料，还有其他经济用途。高粱本身实际上很少作为主食。在稻米、小麦广泛种植的情况下，高粱更多地被用于制作副食、动物饲料、制糖和酿酒。尤其是酿酒方面，中国人喜饮的白酒，主要以高粱为原料。在莫言的《红高粱家族》中，有一篇的篇名就叫作《高粱酒》。高粱是属于"自然的"，高粱酒才是"文化的"。食用高粱，这属于自然的本能；饮用高粱酒，才称得上是人类文化的一部分。高粱仅仅是一种普通的食物，高粱酒却使饮食活动具有了某种深度的文化内涵。或者说，酒文化是一般意义上的饮食文化的核心和精髓所在。正是因为这一点，莫言的这一类作品才被大众化的文化媒体——电影——所关注，并且，在 1980 年代中期的"文化寻根"热潮中，成为一部文学"样板"。不过，那场声势浩大的"文化寻根"运动多少有些过于迷恋现代文化人类学的一些理论咒语，这使得运动本身有着巫术般的狂热和仪式化倾向。在这样一种情形下，"寻根"者对于民族文化的真正面目并不十分清楚，也未必有太大的兴趣。他们只需要铺陈一些民俗学意义上的风情、习俗，渲染一些吸引观光客的自然风光，再借助某些象征性的物事和仪式化的行为，来完成对所谓"民族文化精神"的"招魂"。这在一定程度上，似乎也可以看作是莫言讲述"红高粱"故事的动机，至少人们会将它与上述文化观念联系在一起。

不过，以食物作为祖先崇拜仪式和招魂仪式的物品，却正是中国传统祭祀文化的一部分。中国人倾向于相信，人在阴间的生活，也跟在阳间一样，需要吃吃喝喝，而且应该是头等大事。而他本人在《红高粱》的"题记"中，也有过相近的表述："谨以此书召唤那些游荡在我的故乡无边无际的通红的高粱地里的英雄和冤魂。"①

然而，"吃"的文化现象一旦涉及酒，问题就开始变得复杂起来。我们不知道人类是自何时开始发明了酒的酿造。但无论如何，酒是一种了不起的发明。酒的出现，无疑给人类生活带来了一种崭新的面貌。酒是一种奇特的物质，是一种对粮食经过发酵和蒸馏的工艺之后所提取出来的特殊的液体。它似乎可以算作饮料，但又不同于一般的饮料。它是用粮食（或其他植物）经过特殊的加工（发酵）后的提取物，故被认为是粮食的"菁华"。尤其是白酒，白酒工艺还加上了蒸馏技术，使得其酒精度大大提高，变得更醇更香。这种粮食的特殊衍生物显然不是用来充饥的，但也不完全是用来解渴的。其中所含有的主要化学成分为乙醇。乙醇俗称"酒精"，对人的神经系统有一种特殊的刺激作用，可以使饮者的中枢神经系统高度亢奋，并可产生一种特殊的欣快感，尤其是在引用过量的情况下，饮酒者可能会表现为运动神经失调，步态踉跄，即所谓"醉酒步态"。语言方面则可能会出现思维奔逸、言语频繁，滔滔不绝而缺乏逻辑性。进一步转入对神经系统的麻痹，使之进入一种深沉的昏睡状态，人事不省。长期饮酒，则会对酒精产生不同程度的依赖，形成"酒瘾"。当然，长期过量的酒精摄入，还容易造成神经和内脏器官，特别是肝脏的病理损害。

---

① 莫言：《红高粱家族》"扉页"，上海文艺出版社 2012 年。

酒是一种介乎一般饮料与兴奋剂和麻醉剂之间的特殊液体。酒精使人产生的特殊感觉，让人感到仿佛可以摆脱自己肉体的重量，而能够在空气中飘浮，好像没有重量的灵魂，这也就是酒徒们所熟悉的"飘飘欲仙"的感觉。故古人将酒的创造归于神灵，古希腊有酒神狄俄尼索斯（Dionysus），古中国也有酒神杜康。酒给人类带来了一种美妙的新体验，人们往往十分迷恋这种神奇的液体，会热切地追求它所带来的美妙的体验。因为它能够制造快乐的幻觉，使人们暂时摆脱生存的压力，逃避生存的责任和忘却生存的痛苦，古人乃有"何以解忧，唯有杜康"之说。另一方面，也正因为酒对神经系统的这些功能，某些民族的宗教戒律认为酒是可以迷乱人的本性的物质，是魔鬼的饮料，至少也可以说是奢侈品。酒在伦理上是危险的，因而要予以限制或禁止。即便是在现代社会，含酒精的饮料也只限于成年人饮用。官方有时也会因此感到麻烦，在某些特定的情形下，官方有可能会将酿酒业国有化，以控制酒的生产和销售，或将酒（以及其他含酒精的饮料）定为不合法的饮料而加以禁止。周代的政府首脑周公即以殷人嗜酒为戒，主张禁酒，告诫国人只在祭祀仪式中方可饮酒——"越庶国饮，惟祀"。[1] 也就是说，对酒的饮用也被纳入国家制度的控制之下，成为国家制度化文化——礼——的组成部分。

餐桌礼仪确立了饮食的伦理原则，酒的出现，则有可能对这一原则形成破坏，因而，它更需要纳入到礼仪秩序当中。酒所带来的理性的迷乱，是一种令人不安的因素，因而，禁忌是尤为必要的。这在一定程度上也是出自人对于自身肉体欲望（比如食欲、性欲）的恐惧。出于现实生存的需要，生存活动的感官"唯乐原则"被压抑下去，代之以"唯实原则"。这同时也意味着对自身肉体的贬低与遗忘。人的感官活动开始有了某种禁忌。在"吃"的活动方面，肆无忌惮的茹毛饮血和暴饮暴食的欲望被转移到诸如饕餮之类的形

---

[1] 《尚书·酒诰》。

象上，并赋予欲望以一种恐怖的外表。在这一类形象身上，集中了动物性的和非理性的本能的力量，正如莫言在《红蝗》中所写到的可怕的、无所不食的蝗虫那样。它提醒人类务必远离自身的动物性本能。饮食禁忌为"吃"的感官活动划定了一个伦理限度。"吃"的禁忌反映了人对于摆脱自身的动物性的要求。唯有酒能够在一定程度上帮助人们超越"唯实原则"，而暂时地达到对"唯乐原则"的实现。

饮酒，显然是人类"吃"的活动中的最特殊的和最人类化的行为之一。正如莫言本人在《酒国》中所说："人类与酒的关系中，几乎包括了人类生存发展过程中的一切矛盾及其矛盾方面。"[①] 因为"酒"具有一种特殊的文化功能：它被想象为使文化向自然靠近和沟通的催化剂。饮酒不仅仅是果腹和解渴，而成为文化的一部分。由于酒的特殊的神经生理方面的功能，它在民间的和国家的仪式化活动中，扮演着某种特殊的角色。比如，在宗教仪式和节日庆典活动中，酒往往是实现"人—神"沟通和肉体与快乐沟通的必不可少的媒介。[②] 因而，酒的酿造以及饮用往往有许多复杂的和仪式化的程序。在小说《高粱酒》中，莫言再现过这种酿造仪式。[③] 而酒在饮用时仪式化的程序，则是中国的"饮食文化"中的一种特殊而又讲究的艺术。它几乎是中国人在任何一种饮酒的场合，哪怕只是小酌几杯的情况下，都是必不可少的程序，尽管人们又常常感到不胜其烦。另一方面，这种仪式也是营造饮酒气氛，刺激饮酒欲望，以及增加饮酒乐趣的必要而又有效的手段。在小说《酒国》中的酒国

① 莫言：《酒国》，第 143 页，南海出版公司 2000 年。

② 参阅周策纵：《中国古代的巫医与祭祀、历史、乐舞及诗的关系》，载《清华学报》新第 12 卷，第 1—2 期合刊，1979 年。

③ 电影《红高粱》基本上就是根据这一篇的主要内容改编而成的，其中的酿酒过程乃至酿酒者的日常生活，在电影中都被有意地夸张为某种"仪式化"的过程，并成为"新潮电影"中的经典性的场面。从中也可以看出 1980 年代中期的"文化寻根"热潮对"新潮艺术"的影响。

市人的盛筵上，这种仪式化的饮酒方式达到了无以复加的程度。酒国市人发明了花样百出的饮酒方法，并个个都有特定的名称，如"梅花三弄""潜水艇"等。

对饮酒行为的过于夸张的艺术化，也许是中国文化特有的现象。由于酒具有对神经系统的麻痹作用，所以，人们很容易产生对酒的崇拜（以及某种程度上的"食物崇拜"）。英雄豪杰是那些能够克服酒精作用力的人。对酒力承受的程度，成了一个人的意志力的标准。民间传统中有"英雄海量"一说。"千杯未醉"是饮中豪杰，易醉而贪杯是"酒鬼"，"斗酒诗百篇"是"酒仙"。在对待"性欲"方面亦是如此。英雄坐怀不乱，色鬼贪恋美色。依照中国传统的道德标准，英雄海量，证明他具有支配食物的能力，能够控制食物，对抗原始本能的威胁，一个人的意志力能够支配肉体和本能的欲望（食欲和性欲），使饮酒者不至于神志迷狂，接近女色而不至于过分沉湎，这样方可显出英雄本色。征服酒，就意味着能够征服自身的肉体和欲望，进而，也就有了征服和支配他人的能力和权力。烂醉如泥的酒鬼被食物轻而易举地打垮，一如贪恋女色的色鬼被女人所打垮，进而，也就大大增加了被外部的敌人打垮的危险。小说《三国演义》中的关羽被视作真英雄，首先是因为他"温酒斩华雄"的勇武，同时也因为他"千里送嫂"的忠贞。而吕布虽然勇猛过人，号称"人中豪杰"，但因为贪恋酒色而又缺乏忠诚，终究算不上真英雄。《水浒传》里的好汉，如武松、鲁智深等，也个个是酒量和力量都大过常人的大丈夫。《酒国》中的侦察员丁钩儿的调查工作最终归于失败，多少也与他不善饮酒有关。他最初出场的时候，看上去像是一个了不起的侦察英雄。但当他一踏进这个人人善饮的酒国市，厄运便接踵而至。在那里他只能堕落为醉鬼。最后，他在烂醉如泥的情况下，遭遇掉进茅坑的灭顶之灾。这是对英雄主义的否定。从另一角度看，也体现了人某种内在的恐惧，对食物和欲望的恐惧。

三

但是，莫言更感兴趣的似乎是人的神经系统对酒精的生理反应，而不是文化英雄在克服酒精作用方面所表现出来的意志力。他常常不厌其烦地详尽描写醉酒者的意识状态——

> 悬在天花板上的意识在冷笑，空调器里放出的凉爽气体冲破重重障碍上达天顶，渐渐冷却着、成形着它的翅膀，那上边的花纹的确美丽无比。他的意识脱离了躯壳舒展开翅膀在餐厅里飞翔。它有时摩擦着丝质的窗帘——当然它的翅膀比丝质窗帘更薄更柔软更透亮——有时摩擦着枝形吊灯上那一串串使光线分析折射的玻璃璎珞，有时摩擦着红衣姑娘们的樱桃红唇和红樱桃般的小小乳头或是其他更加隐秘更加鬼鬼祟祟的地方。茶杯上、酒瓶上、地板的拼缝里、头发的空隙里、中华烟过滤嘴的孔眼里……到处都留下了它摩擦过的痕迹。它像一只霸占地盘的贪婪小野兽，把一切都打上了它的气味印鉴。对一个生长着翅膀的意识而言，没有任何障碍，它是有形的也是无形的，它愉快而流畅地在吊灯链条的圆环里穿来穿去，从 A 环到 B 环，又从 B 环到 C 环，只要它愿意，就可以周而复始、循环往返、毫无障碍地穿行下去。
>
> （《酒国》）

正如酒本身脱离了粮食的物质性一样，饮酒者的意识在酒精的作用下，也脱离了肉体的物质性的形态，从而，使饮酒者的意识中形成了一种"升华"的幻觉。酒的燃烧性，强化了这一幻觉。在酒醉的状态下，酒精在体内燃烧，仿佛将肉身化为轻烟，向上升腾。

正因为如此，在古代的祭祀仪式中，人们通过酒的这种作用，来谋求精神上的"升华"，实现与神明之间的沟通。所谓"酒神精神"实际上即是酒的这些生理上的效果。

在《高粱酒》中，"我爷爷"余占鳌曾经大醉三天，不省人事。这位不平凡的酒徒似乎有理由漠视自己的肉体，将它抛掷在酒缸里，就像扔掉一件多余的物事一样。醉酒者有理由对自己的身体、际遇和生活，乃至命运，采取一种听之任之的态度，可以逃避任何现实生存的责任。事实上确有许多人这样做。例如，晋代文人阮籍以酒醉逃避政治灾祸，王羲之以酒醉逃避麻烦的婚姻，都是很典型的例子，以至成为一种社会风尚。所谓"魏晋风度"，指的就是这样一种放任、旷达的生活做派。学者王瑶在论及魏晋文人饮酒风尚时指出，他们在政治黑暗环境中，不得不借助饮酒来逃避现实，以及逃避危险与死亡的恐惧，另一方面，饮酒能达到"与造化同体的近乎游仙的境界"，这种境界正是魏晋文人所崇尚的"黄老之学"所追求，"一种物我冥合的境界"。[①]而余占鳌，在一些评论家看来，他的酒醉也是一种所谓"酒神精神"的体现[②]，因为在醉酒者身上往往同时也能够显示出超出凡常的勇气、体力和意志亢奋。由于这种特殊的功能，酒在一定程度上被神圣化了。

但酒又是这样一种自相矛盾的物质：一方面它是国家社稷之宗教祭祀和节日庆典仪式（也就是所谓国家"礼仪"）上的必不可少的辅助剂；另一方面，它又具有一种使人精神迷狂的功能，这种功能有时会导致人做出某种"非礼"的举动。酒醉后的狂欢却是任何神圣仪式的最终结局。迷狂状态下的肉体完全不服从主体的意志和理性的支配，它自己支配自己，依照自己的原则——快乐原则——

---

① 王瑶：《文人与酒》，见王瑶：《中古文学史论集》，第35页，上海古籍出版社1982年。

② 参阅陈炎：《生命意志的弘扬，酒神精神的赞美：以尼采的悲剧观释莫言的〈红高粱家族〉》，载《南京社联学刊》1989年第1期。

行动。这种狂欢状态从根本上说是喜剧性的。

拉伯雷的《巨人传》将这种饮酒狂欢的喜剧性表现得淋漓尽致。巨人高康大从母亲的肚子里一钻出来就开口大喊："喝呀！喝呀！喝呀！"他的父亲正在喝酒，听到他的喊叫声，便脱口而出说——"高康大！"（意思是："好大的喉咙！"）为了平息高康大的喊叫，人们只好先满足他"喝"的渴求，给他喝很多的酒，再到圣水缸旁边去给他行洗礼。甚至可以说，他首先受到酒的洗礼。此后，巨人高康大一生离不开酒。且不说他的海量和嗜酒如命，即便只是听到酒瓶碰撞的声音，高康大也会"喜得浑身颤抖，摇头晃脑，手指乱舞，屁放得像在吹大喇叭"[①]。酒在文艺复兴时期，成为一种值得歌颂的物质，或者说，它激发起人们歌颂世俗享乐的热情。拉伯雷的狂欢精神在十六世纪的尼德兰画派的绘画中得到了延续。在彼得·勃鲁盖尔（P. Bruegel）的一些油画作品中，对世俗生活享乐的场景和人的肉体生命的放纵的夸张性的表现，即是例证。他的《乡间的宴会》《婚礼舞蹈》等画作，描绘了乡间筵席上的喜剧化的狂欢场面：盛大的乡间庆典，农家的餐桌上摆满了各种食物，酒醉的人群——那些粗俗的农民，一个个都像老饕似的，豪饮狂欢，或是晃动着他们粗笨的身躯捉对狂舞。他们的身体看上去大多十分肥硕、笨重，似乎超出了意志所能支配的限度。这样的狂欢场面与其说是精神的"升华"，不如说是肉体的放任、迷醉和颓废。

夏尔·波德莱尔是一个热衷于歌颂饮酒的诗人。在他的笔下，酒是诗人的最好伴侣。从他的诗歌中，我们可以听到古老东方诗人歌吟的回响。中国的陶渊明、李白、苏轼等人，以及古代波斯诗人莪默·伽亚谟（Omar Khayyam）的咏酒的诗篇，也充满了对酒的赞美。他在《恶之花》中，经常描写那些醉汉、孤独的饮者……他们是徘徊在巴黎街头的幽灵，是现代城市的灵魂——

---

① ［法］弗朗索瓦·拉伯雷：《巨人传》，第37-38页，成钰亭译，上海译文出版社 1991年。

骑上酒，就像骑着马一样，

奔向奇妙的、神圣的天上！①

波德莱尔在《人造天堂》一书中，对鸦片之类的致幻剂有所批评，而对酒，则抱有深切的同情。"酒之深沉的快乐啊，谁曾认识你？一个人有悔恨要缓解，有痛苦要平复，有空中楼阁要建造，他就要乞灵于你，你这隐藏在葡萄藤中的深奥莫测的神，酒的景象在内在的阳光照耀下是多么阔大！人在它身上吸取的第二青春是多么真实和炽热！然而，它那令人震骇的快感和难以承受的魔力又是多么可怕！"② 这个沉湎于欲望与激情之中的孤独的诗人，在酒中找到了深切的慰藉。醉酒状态为他在俗世的肉身提供了"天堂"的幻觉。

不过，在莫言的《酒国》中，酒醉的性质表现得更为复杂和充分。已经大醉的丁钩儿依然保持着意志的清醒。理智告诉他，不能陷入酒国市人的酒宴陷阱，那是酒国市人阻止他调查吃"红烧婴儿"案件的阴谋。但他的身体却完全不由自主地被酒精所支配，处于麻醉的状态。他的身体与意志完全脱离了。酩酊大醉的丁钩儿灵魂出窍，他的"意志"从身体中飘出，像蝴蝶般轻盈，四处飞翔，并吸附在天花板上，看着自己的"肉体"被几位服务小姐"像拖一具尸首"一样地拖出餐厅的情形——

我在离头三尺的空中忽悠悠扇着翅膀飞翔，一步不拉地跟着我的肉体。我悲哀地注视着不争气的肉体。……我的头颅挂在胸前，我的脖子像根晒蔫了的蒜薹一样软绵绵

---

① ［法］夏尔·波德莱尔：《醉酒的情侣》，见夏尔·波德莱尔：《恶之花》，第 261 页，郭宏安译，上海译文出版社 2008 年。

② ［法］夏尔·波德莱尔：《人造天堂》，第 5 页，郭宏安译，生活·读书·新知三联书店，2009 年。

的，所以我的头颅挂在胸前悠来荡去。

（《酒国》）

这个皮囊一样的躯壳把被"醉"所遗忘的肉体的状况充分暴露出来了。肉体不仅仅与意志脱离了，而且，它完全就像是意志的渣滓。升华的意志与沉重的肉身的矛盾，特别地显明出来了。一方面，我们可以说，"醉"的状态是意志对肉体的否定，而反过来则也可以说，是肉体否定了意志的"升华"。"升华"在肉体的否定面前成为一个幻象。

酒的通神功能，是在排除了肉身之物质性之后的一种"幻觉"。在神圣的"通神"仪式终结之后，烂醉如泥的人群离去，只留下一片狼藉的广场。《生死疲劳》中，群狗在饮酒聚会之后，就留下了这样一片广场——

> 三分钟后，喧闹的广场已经是一片宁静，只有一片东倒西歪的酒瓶子在闪光，只有那些没有吃完的火腿肠在散发香气，还有就是几百泡狗尿的巨臊。

（《生死疲劳》第四十三章）

群狗的广场狂欢在酒的"升华"幻象破灭之后，只剩下纯粹的物质性的肉体及其残渣。这在某种程度上说，也是物质主义身体观的必然结局。

波德莱尔将酒（以及大麻等）的致幻作用，视作一种"人造天堂"的功能。它可以让人暂时忘却痛苦，并且获得一种欣快、幸福的感觉。它确实可以说是无神论者和物质主义者的"天堂"，人为自己制造的、地上的"天堂"。波德莱尔在谈到自己的《人造天堂》一书时，声称："我要写的书不纯粹是生理学的，而是伦理学的。我要证明的是，那些追寻天堂的人所得到的是地狱，他们正在成功地准备着这个地狱，挖掘着这个地狱；这种成功，如果他们预见到的话，可能会吓坏他们的。"① 然而，波德莱尔所揭示出来的醉酒经验的复杂性，让他本人也陷于某种道德和伦理的悖论当中。对于灵魂，肉体是其反题。由此构成的"轻—重"对立的力学结构，始终是哲学中关于人的问题的基本范畴。捷克作家米兰·昆德拉在其小说《生命中不能承受之轻》中，粗略但很认真地探讨过这一问题。昆德拉将其看作是生命哲学根本问题，并追溯到古希腊时代。昆德拉写道："最沉重的负担压得我们崩塌了，沉没了，将我们钉在地上。……也许最沉重的负担同时也是一种最为充实的象征，负担越沉，我们的生活就越贴近大地，越趋近真切和实在。"②

　　酒醉状态一方面带来身体和灵魂飞升的幻觉，同时，更加强化了的是肉身的重量。肉身在与意志分离的状态下，剩下的是纯粹的物质重量，而且显得尤其沉重。醉酒的"天堂幻觉"与醉酒者肉身的堕落，形成反差。轻与重的对立，乃是灵与肉的对立的表征。中世纪神学将世界区分为上与下完全对立的空间。但丁诗歌中所描述的世界图式亦是如此。但丁在《神曲》中构造了一个垂直的世界：地狱、炼狱、天堂分三个层次垂直排列，地狱处于最下层。罪孽深重的鬼魂，陷落于地狱的深处，苦苦挣扎。罪孽愈重，陷落的层次就愈深。一个由一串同心圆组成的漏斗状的地狱，盛载着罪孽，将沉重的罪漏向地心的深处。冥王撒旦则居于接近地心的位置。它的终端是撒旦盘踞的地方，并且是撒旦的下体的开口部位，也就是撒旦的肛门。但丁在《神曲·地狱篇》中写道："当我们到达大腿向外弯曲，恰恰形成臀部隆起处时……我以为我们又要回到地狱里去。"③ 正是这个地方，引导但丁游历地狱的维吉尔告诉但丁说，那

① 转引自郭宏安：《酒、印度大麻与鸦片》，见［法］夏尔·波德莱尔：《人造天堂》"前言"，第2页，郭宏安译，生活·读书·新知三联书店2008年。

② ［捷］米兰·昆德拉：《生命中不能承受之轻》，第3页，韩少功、韩刚译，作家出版社1991年。

③ ［意］但丁：《神曲·地狱篇》，第283页，田德望译，人民文学出版社1990年。

是"吸引各方面的重量的那个中心点"①。地心，也就是万有引力的核心，把最深重的罪孽吸向那里。神学在某种程度上即是关于灵魂的重力学。灵魂如果不能脱离肉身的羁绊，堕落的结局就难以避免。因此，西蒙娜·薇依称："屈从重力，是最大的罪。"（Obéissant à la pesanteur, Le plus grand péché.）②

肉体之重是人类最为根本的精神焦虑。由此产生的"天堂—地狱"观念以及相关的"魔鬼—天使"形象。魔鬼是向下坠落的物体，它与人体内的排泄物有着类似的物理属性。体内排泄物因为其对身体无用，甚至有害，而被排泄掉。而由于人的直立，排泄物由上向下坠落，这与顺乎自然的力学原则相一致。从这个意义上说，"魔鬼幻象"与"排泄幻象"是一致的。十五世纪荷兰画家希罗尼穆斯·博斯（Hieronymus Bosch）在其作品《世俗乐园》三联画中，人间的边缘部分的图景，像是对地狱的模仿。形状怪异的撒旦高踞厕所之上，从肛门里排泄而出的有罪的灵魂，直接坠落到黑暗的深坑里。罪，即是肉身的物理属性在人的生命当中占有支配性地位的存在状态。肉身的欲望需要大量的物质或非物质来填充，以致生命变得越来越沉重，越来越顺从万有引力，越来越倾向于向下坠落。"排泄幻象"印证了这一重力原则。

事实上，醉酒者在某种程度上已然置身于"地狱"当中。顺服肉体的欲望，就是顺从自然规则，物质世界的重力原则。丁钩儿在酒国市的精神追求的过程，正是他的伟大的"升华"幻想不断破灭的过程，也是其意志在其"卑俗的"肉体的重力牵引之下的不断堕落，堕落到世界最低下、最不堪之处——茅坑——的过程。

　　"我抗议——"丁钩儿喊叫着，抖擞起最后的精神，对

---

① ［意］但丁：《神曲·地狱篇》，第 284 页。
② 参阅［法］西蒙娜·薇依：《重负与神恩》，顾嘉琛、杜小真译，中国人民大学出版社 2003 年。（译文有所改动）

着画舫扑去。但他却跌进了一个露天的大茅坑，那里边稀汤薄水地发酵着酒国人呕出来的酒肉和屙出来的肉酒，漂浮着一些鼓胀的避孕套等等一切可以想象的脏东西。那里是各种病毒、细菌、微生物生长的沃土，是苍蝇的天国，蛆虫的乐园。侦察员感到这里不应该是自己的归宿，在温暖的粥状物即将淹至他的嘴巴时，他抓紧时间喊叫着："我抗议！我抗议——"，脏物毫不客气地封了他的嘴，地球引力不可抗议地吸他堕落，几秒钟后，理想、正义、尊严、荣誉、爱情等等诸多神圣的东西，伴随着饱受苦难的特级侦察员，沉入了茅坑的最底层……

（《酒国》）

四

肉体脱离了意志和理性的控制，它只能依照自己的机能和需求行动。然而，在酒醉状态达到最严重程度的时候，身体就会出现一种特殊的反应——呕吐。

在一阵紧缩的剧痛下，他大张开嘴，喷出了一股混浊的液体，……哇——哇——酒——粘液，眼泪鼻涕齐下，甜的咸的牵的连的，眼前一片碧绿的水光。

（《酒国》）

莫言描写了一种真实的"呕吐"。它首先和在根本上并不是存在论哲学意义上的那种关乎存在之本体论的"呕吐"（La Nausée），如萨特所说的那样，而是一种纯粹的"呕吐"，是直接关涉肉体的"呕吐"，是消化器官对刺激性食物之不适（不胜酒力）而致的纯粹的生理反应——胃及上消化道痉挛性的收缩，并在横膈肌同样痉挛性收缩的作用下，将食物从胃囊内逆向排空。而这一过程构成了对"进食"的反动。"呕吐"以"反-进食"的方式，在最根本的意义上标出了"进食"的生理限度。肉体背叛了意志，它不管饮酒者因何种理由、在何种场合、以何种方式以及饮用何种品质和品牌的酒，肉体不由分说，直截了当地拒绝了酒以及与之相伴随的全部进食活动，并将其排挤出体外。酒醉以及由此而带来的"呕吐"，使"吃"的活动的任何神圣仪式，在最终都走向了它的反面，更准确地说，是走向了它的真实的结局——在酒精的作用下所产生的神话的瓦解和消亡。因而，也可以说，"呕吐"是"反升华"的，是对"吃"的神话的拒绝和反动。

如果说，"呕吐"是一种"反-进食"行为的话，那么，各种"反常的饮食习惯"则是其变体。饥饿搅乱了食物谱系，所谓"饥不择食"，让"可食用/不可食用"的界线混乱，同时也常常使得饮食行为陷于扭曲、反常的状态。

在小说《铁孩》中，则出现了两个吃铁的小孩。在"大炼钢铁"的年代，父母们都被迫放弃了对自己孩子的关照，他们在土制高炉前忙碌，制造出一大堆一大堆含铁质的固体。而这两个差不多等于是被抛弃了的孩子出于对父母们的报复，就开始将这些毫无用处的金属吃掉——

　　我半信半疑地将铁筋伸到嘴里，先试着用舌头舔了一下，品了品滋味。咸咸的，酸酸的，腥腥的，有点像咸鱼的味道。他说你咬嘛！我试探着咬了一口，想不到不费劲就咬下一截，咀嚼，越嚼越香。越吃越感到好吃，越吃越想吃，一会儿功夫我就把那半截铁筋吃完了。

（《铁孩》）

能够吃铁，也就意味着能够吃掉一切。小孩子吃铁，以及嗜食其他非食物的物质，比如泥土、煤渣、木炭屑、小石子、生米等等，在临床医学上称之为"嗜异现象"或"异食癖"，是肠道寄生虫病并发营养不良症（传统医学和民间称之为"疳积"）的主要症状之一。它表明患儿身体可能缺乏某种微量元素，导致代谢机能紊乱和味觉异常。患儿在吃这些"食物"时，就像吃美味佳肴似的，并且，口腔会产生某种强烈的快感。加西亚·马尔克斯的《百年孤独》中，丽贝卡就有这种"异食癖"。莫言在这里所描写的这种反常的饮食癖好，从病理学意义上看反映了饥馑对孩子们的身体发育的伤害；从心理学意义上看则可视为孩子们对成人的荒唐行径的报复。铁、粉笔这些古怪的"食物"，与前文所提及的那些被当作食物的非食物物质一样，是对美味佳肴的否定，也就是说，反常的饮食习惯是对正常饮食的否定。同时也是对于饥饿年代的强烈反讽。他们不是高康大或庞大固埃式的巨人，也未能像巨人那般畅饮美食、知识和真理，是因为饥饿，相反，他们因为发育不良而显得渺小无力。他们只能以一种扭曲、反常的方式进入到世界。吃，是儿童向世界发动攻击和复仇的手段。他们最后变成了吃铁的小精灵，吃光了村镇所有的铁制品。然后，他们沿着火车铁轨，一路吃向远方，仿佛要吃掉一个时代或整个世界。

　　莫言在一些回忆性散文中，写到在自己少年时代"大饥荒"的日子里的觅食经历。没有正常的食物，只能在野外寻找各种各样的可吃之物，但凡乡下能找到的、可以入口的"食物"——茅草根、野菜、泥鳅、蚂蚱、螃蟹、豆虫、蝈蝈、蟋蟀、金龟子，乃至青苔、树皮等。[1] 甚至通常不能成为食物的东西，也找来吃，就像那些"铁孩"一样——

　　　　后来盛传南洼那种白色的土能吃，便都去挖来吃。吃

---

[1]　参阅莫言：《草木鱼虫》，见莫言：《莫言散文新编》，文化艺术出版社 2010 年。

了拉不下来，又死了一些人。于是不敢吃土啦。那时候我已经上了学。冬天，学校里拉来了一车煤块，亮晶晶的，是好煤。有一个生痨病的杜姓同学对我们说那煤很香，越嚼越香。于是我们都去拿着吃。果然越嚼越香。一上课，老师在黑板上写字，我们在下面嚼煤，咯咯嘣嘣一片响。老师说你们吃什么，我们一张嘴都乌黑。老师批评我们：煤怎么能吃呢？我们说：香极了，老师不信吃块试试。老师是女的，姓俞，也饿得不轻，脸色蜡黄，似乎连胡子都长出来了，饿成男人了。她狐疑地说，煤怎么能吃呢？一个女生讨好地把一块煤递给俞老师，俞老师试探着咬了一点，品滋味，然后就咯嘣嘣地吃起来了。她也说很香。[①]

同样的场景，在小说《蛙》的一开头也有描写，而且写得更加具体，更加细致入微。饥饿改变了人们的味蕾，饮食习惯出现了异常。这种饮食怪癖一直延续下来，即使在饥饿年代过去之后，仍顽固地存在于人们的习惯中。

在小说《十三步》中，莫言就写到过一位嗜食粉笔的物理教师张赤球。"吃粉笔灰的"，这本就是人们通常对于"教师"这一职业的卑称。职业性的生存压力，使这位教师形成了一种乖戾的饮食癖好。因为他的古怪的饮食方式和言说方式，在众人眼里，如同怪物一般。他知道许多稀奇古怪的事情，他的奇谈怪论让人发笑。这位怪异的讲故事者，就像卡夫卡笔下的"饥饿艺术家"一样，被人们锁在铁笼子里，供人观赏。他常常像猴子似的攀援在公园的铁栏杆上，向人们讲一些荒诞无稽的故事。每讲一节，就会停下来向听众索要粉笔头吃。他就像吃豆子一样地"咯嘣咯嘣"很快吃掉了那些粉笔，然后继续讲故事。这让那些听故事的孩子们感到开心——

---

① 莫言：《吃相凶恶》，见《会唱歌的墙》，第86-87页。

> 他举着一支粉笔到嘴边，我们都闻到了它的香气，看
> 到了它的光彩。他说他感到这粉笔有皮、有馅，味道鲜
> 美，好像一只精心灌制的小香肠……
>
> （《十三步》）

粉笔头是听众对他讲故事的奖赏。他吃粉笔头吃得那么津津有味，以致那些听众也染上了这一癖好。

一般而言，反常饮食（异食癖）往往是在身体内部出现某种状况时的一种症状，它可能是一种特殊的生理现象，如孕妇的嗜酸饮食；也可能是某种病理现象，如儿童嗜吃墙壁泥土；还有一种可能，是某种心理异常的症状，往往是因缺乏关爱、受虐等所致的"强迫行为"。"反常饮食"表现在那些"不可食用"的物质上，是一种病态的进食，而在"可食用"的物质上，也会呈现出某种程度上的病态。"反常饮食"从本质上跟"暴饮暴食"一样，是关于"匮乏"（肉体上的和心理上的双重饥饿）的深层记忆的一种"替代性满足"。在全社会解决了饥饿问题之后的年代里，人们固然不再吃泥土、煤炭之类的东西，但在追求饮食的奇异性方面，甚至是有过之而无不及。我们可以在当下的餐桌菜单上，看到种种怪异的菜谱，一种反常的、异化的食物序列——

> 市政府大宴宾客，上了九道名菜：第一道：红烧蜥蜴。
> 第二道：油炸蝗虫。第三道：活吃青蛙。第四道：清煮蝌
> 蚪。第五道：盐水螳螂。第六道：糖酥蜜蜂。第七道：爆
> 炒胎盘……
>
> （《十三步》）

这些令人惊异的菜肴，是对正常食谱的挑战，也是对正常饮食秩序的挑战。它将物质的"可吃性"推到了边缘地带，考验着人们

的食欲，考验着人们正常的味觉生理，使之滑向可疑的，甚至是危险的边缘。虽然一般而言，凡物皆可吃，只要是能够吃得下去。

畸形发达的"美食"文化，最终走向一种病态的味觉嗜好，仿佛饥饿年代的饮食怪癖依然残留在记忆的深处，被唤醒出来的深层焦虑，塑造了一种"神经症"人格。莫言在《酒后絮语》一文中，甚至同情那些终日荒宴的官场人士，他们已经成为酒及筵席的漫无期限的囚徒。

五

在莫言那里，对"吃"的文化的最极端的否定，乃是其笔下的"排泄主题"。这也是最为评论界所诟病的一个主题。在通常的文化价值系统中，排泄物的性质总是消极的和否定性的。如果物质系统也有一种伦理秩序的话，那么，排泄物恰好是食物的反面。

在上一节引文中我们已经看到了一个奇特的意象——粪便。类似的意象在其他地方也出现过。比如，《酒国》中的心怀"崇高"理想的侦察员丁钩儿最后就是堕落在一个粪坑里而被淹死的。在《战友重逢》中，有一段赞美尿液所形成的弧线和它在阳光的映照下所形成的彩虹的美丽。"尿液"与"优美"的形象联系在一起。而在《红蝗》中，"粪便"意象甚至还与"崇高"的观念产生了联系——

> 我有充分的必要说明、也有充分的理由证明，高密东北乡人食物粗糙，大便量多纤维丰富，味道与干燥的青草相仿佛，由此高密东北乡人大便时一般都能体验到磨砺粘膜的幸福感——这也是我们久久难以忘却这块地方的一个重要原因。高密东北乡人大便过后脸上都带着轻松疲惫

的幸福表情。当年，我们大便后都感到生活美好，宛如鲜花盛开。我的一个狡猾的妹妹要零花钱时，总是选择她的父亲——我的八叔大便过后那一瞬间，她每次都能如愿以偿，应该说这是一个独特的地方，一块具有鲜明特色的土地，这块土地上繁衍着一个排泄无臭大便的家族（？），种族（？），优秀的（？），劣等的（？），在臭气熏天的城市里生活着，我痛苦地体验着淅淅沥沥如刀刮竹般的大便痛苦，城市里男男女女都肛门淤塞，像年久失修的下水管道，我像思念板石道上的马蹄声声一样思念粗大滑畅的肛门，像思念无臭的大便一样思念我可爱的故乡，我于是也明白了为什么画眉老人死了也要把骨灰搬运回故乡了。

（《红蝗》）

对于"粪便"的肯定和赞美，招来了一些有洁癖的批评者的强烈不满，他们指责莫言渲染丑陋，而未能将"丑陋"升华为艺术的美感，不能反映"生活本质"和"唤醒心灵"，云云。[①]"粪便"当然与所谓的"心灵"无关，也不是任何事物的"本质"，相反，它只关涉肉体，而且是肉体的排泄物，是某些物质的渣滓。但对粪便的肯定，也就是对于身体的最原始的部位的性质、功能及其产物的肯定。

对于粪便等排泄物的态度，这并非一个简单的美学判断，在现代性的语境当中，它与不同文化观念对于物的"干净／肮脏"（"清洁／污秽"）的伦理秩序和价值的判断有关。现代社会的革命的意识形态，在这个问题上亦有不同寻常的表达，站在不同道德和政治立

---

① 参阅杨联芬：《莫言小说的价值与缺陷》，载《北京师范大学学报》1990年第1期。另参阅贺绍俊、潘凯雄：《毫无节制的〈红蝗〉》，载《文学自由谈》1988年第1期。刘广远：《颠覆和消解：莫言小说中人的"异化"与审丑》，载《渤海大学学报》（哲学社会科学版）2004年第1期。

场上，对这个问题会有不同的结论。革命领袖毛泽东在谈到知识分子改造时，就站在体力劳动者，尤其是农民的立场上，至少是借用了这种立场，来对知识分子传统加以批判。他以自己的经验为例，对"知识分子"出身和生活经验以及阶级意识的形成和变化，做过一段非常著名的论述：

> 我是个学生出身的人，在学校养成了一种学生习惯，在一大群肩不能挑手不能提的学生面前做一点劳动的事，比如自己挑行李吧，也觉得不像样子。那时，我觉得世界上干净的人只有知识分子，工人农民总是比较脏的。知识分子的衣服，别人的我可以穿，以为是干净的；工人农民的衣服，我就不愿意穿，以为是脏的。革命了，同工人农民和革命军的战士在一起了，我逐渐熟悉他们，他们也逐渐熟悉了我。这时，只是在这时，我才根本地改变了资产阶级学校所教给我的那种资产阶级的和小资产阶级的感情。这时，拿未曾改造的知识分子和工人农民比较，就觉得知识分子不干净了，最干净的还是工人农民，尽管他们手是黑的，脚上有牛屎，还是比资产阶级和小资产阶级知识分子都干净。这就叫做感情起了变化，由一个阶级变到另一个阶级。[1]

重新定义了"干净"与"肮脏"概念。他颠覆了一般卫生学原则，颠覆了通常意义的"干净／肮脏"的观念，将道德原则引进卫生学，将"干净"与否的卫生学问题道德化，甚至政治化，作为新的"阶级意识"的评判准则。但在现实的政治实践中，这种颠覆性的"洁净"理念，并不一定带来阶层平等，反而可能导致新的不

---

[1] 毛泽东：《在延安文艺座谈会上的讲话》，见《毛泽东选集》第3卷，第851页，人民出版社1991年。

平等。这一"道德卫生学"或"政治卫生学"的转向，为接下来对现代知识分子进行思想改造，提供了重要的理论依据。在接下来的一场场政治的"清洁化"运动中，让知识分子吃尽了苦头。他们除了不得不去让自己的身体像体力劳动者一样接触秽物之外，还不得不从头到脚、从内到外、从意识到心灵，进行意识的"洁净化"处理。这些带有强烈意识形态色彩的思想洁净手段，被称之为知识分子的"思想改造"运动，俗称"洗澡"。①

但莫言的"清洁观"并不是政治性的，而是情感性的和道德性的，而且依然与"吃"文化的食物体系密切相关。在中国传统关于身体的文化观念体系中，人的消化系统的主要功能归属于"脾"，"脾"主滋养和水谷运化，在五行中属"土"。正如万物之生存依赖于土一样，消化器官是人的肉体生存的基础。并且，人在死亡后，其躯体亦终将化作粪土，回归到土地的怀抱。粪便形象与故乡形象在最原始的意义上产生了联系。因而，在莫言的伦理学原则中，是排便的肉体快感形式以及排泄物的性质和形状，决定着文明的伦理尺度。而决定粪便之性质和形状的则是两类性质不同的饮食方式的食谱。这里出现了古老的饮食方式的分野——"食肉/食草"。食草家族的饮食原则更接近自然状态。对古老的饮食伦理原则的继承。食物（特别是肉食者和酒醉者的呕吐物）的污秽与粪便（特别是食草动物的粪便）的清香，形成了鲜明的对照。颠倒的饮食伦理观和食物的伦理系谱。排泄与呕吐一样，是对所谓"吃的文化神话"的否定，或者说，是对通常的饮食方式和饮食伦理的破坏。同时，更是对一种虚假的美学的颠覆。在一些人眼里，排泄物堂而皇之地进入文学殿堂，是对"美"的亵渎，可是，另一方面，他们又呼吁文学应该忠实于生活，仿佛排泄不属于生活的一部分。这种自相矛盾而又假模假式的"美学"，恰恰是对"生活"本身的扭曲和阉割。

① 参阅杨绛：《洗澡》，人民文学出版社 1988 年。另可参阅季羡林：《牛棚杂忆》，中共中央党史出版社 2005 年。

在现代艺术史上，当艺术家杜尚将小便池搬进博物馆的那一刻起，即宣告了这种虚伪的、令人作呕的"美学"的终结。在这一问题上，作家余华也表达了类似的观点。

> 十九世纪文学造就出来的读者有其共同的特点，那就是世界对他们而言已经完成和固定下来。他们在各种已经得出的答案里安全地完成阅读行为，他们沉浸在不断被重复的事件的陈旧冒险里。他们拒绝新的冒险，因为他们怀疑新的冒险是否值得。对于他们来说，一条街道意味着交通、行走这类大众的概念。而街道上的泥迹，他们也会立刻赋予"不干净""没有清扫"之类固定想法。
>
> 文学所表达的仅仅只是一些大众的经验时，其自身的革命便无法避免。任何新的经验一旦时过境迁就将衰老，而这衰老的经验却成为了真理，并且被严密地保护起来。在各种陈旧经验堆积如山的中国当代文学里，其自身的革命也就困难重重。
>
> 当我们放弃"没有清扫""不干净"这些想法，而去关注泥迹可能显示的意义，那种意义显然是不确定和不可捉摸的，有关它的答案像天空的颜色一样随意变化，那么我们也许能够获得纯粹个人的新鲜经验。[1]

莫言所继承的，正是杜尚的这种批判性的美学传统。这也是他和他的先锋派文学同仁（如余华）的共同的美学特征。

---

[1]　余华：《虚伪的作品》，载《上海文论》1989 年第 5 期。

六

在莫言的笔下，排泄物与食物常常是并置一处的。这是一种典型的农民化的经验。对于农民而言，粪便与食物常常是相互关联的。在传统农业生产中，粪便是作物的主要肥料。作为农民出身的莫言，他熟悉农作物的种植，自然也熟悉粪肥对于传统农业的重要性。农民爱粪便，因为他们爱粮食。一个真正的农民，不仅不排除粪便，相反，他们热爱粪便，将粪便视为跟粮食同等重要的物质。广施粪肥，意味着可能有更好的收成。在《生死疲劳》中，有一段关于"捡狗粪"之事的描写。作为土地主人的西门闹清晨起来，四处寻觅狗粪。莫言写道："一个地主，如果对狗屎没有感情，算不上个好地主。"其实，不仅地主，所有的农民都是如此。不爱粪便的农民，肯定不是个好农民。正如俗语所说："庄稼一枝花，全靠粪当家"，"没有大粪臭，哪来米饭香"。在《高粱酒》中，著名佳酿"十八里红"的最为关键的酿造工序，乃是"我爷爷"余占鳌恶作剧地往酒篓里撒了一泡尿。事实上，在民间俚语中，也常有这种雅俗混杂、美丑并陈的现象。比如，"马尿"就是人们对酒的戏谑性的称呼。在民间文化中，往往存在着对文明秩序的大胆的叛逆。然而，排泄物与食物还不仅仅是一种"并置关系"，甚至这二者往往成为一种"互喻关系"。

> 马骡驴粪像干萎的苹果，牛粪像虫蛀过的薄饼，羊粪稀拉拉像震落的黑豆。
>
> （《红高粱》）

五十年前，高密东北乡人的食物比较现在更加粗糙，大便成形，网络丰富，恰如成熟丝瓜的肉瓤。那毕竟是一

个令人向往和留恋的时代，麦垄间随时可见的大便如同一
串串贴着标签的香蕉。

（《红蝗》）

这些相互悖反的意象的"并置"和"互喻"，乃是莫言小说的
基本修辞方式之一。在这里也隐藏着莫言小说的一个风格学秘密。
然而，这并不仅仅是一个"话语风格"问题，而首先是一个"话语
伦理"问题。正如巴赫金在论拉伯雷文学中的"生理主义""物质
主义""自然主义"等因素时，所强调指出的那样："在这里，一切
物质和肉体生活的表现和一切物质，都不属于单个的生物学个体，
也不属于个别的和自私自利的'经济'人，而所谓属于人民大众的
身体、集体的身体、人类的身体。"① 这种"并置"和"互喻"，乃
是一种文化"僭越"。它僭越了文明世界的伦理秩序，进而也是对
文明世界事物秩序的混淆和颠倒。

我们歌颂大便、歌颂大便时的幸福时，肛门里积满锈
垢的人骂我们肮脏、下流，我们更委屈。我们的大便像贴
着商标的香蕉一样美丽为什么不能歌颂，我们大便时往往
联想到爱情的最高形式、甚至升华成一种宗教仪式为什么
不能歌颂？

《红蝗》

这是一个"颠倒的世界"。这是一个"本末倒置"的世界。它
将身体的卑下的部分置于上端，置于高处，成为礼赞和歌颂的对
象。但它不是一种简单的、单向度的秩序倒置，不是一种新的伦理
秩序对旧秩序的取而代之，而只是一种"僭越"冲动。值得强调的

---

① ［俄］M.巴赫金：《巴赫金文论选》，第117页，佟景韩译，中国社会科学出版社
1996年。

是，这种颠覆性的"僭越"冲动，仅限于一种伦理秩序上的平等的诉求，而不是"造反哲学"的政治实践。莫言作品的喜剧性保证了这一点。正如拉伯雷文学的喜剧性，天然地排斥任何企图建立刚性秩序的政治力量。它以自身的喜剧性的拆解和狂欢效果，以持续不断的吃吃的"笑声"，让任何有形的"乌托邦"建筑物都摇晃不定。

然而，对于以生命的原始强力为本的"文化"而言，它真正强调了生命的本源和根本。它是一个更接近于事物的自然状态的世界。事物超越了其伦理秩序中的位置，而被还原为一种原初的、自然的状态。事物的这一状态可以看作是对事物的自然规则的尊重和肯定，或者说它改造了事物的伦理格局，在某种程度上打破了文明所构造出来的事物秩序的神话，亦可看作是感官活动的力量的显现以及生命本身对于"文明压抑机制"的反抗。

文学批评家虚假的"道德洁癖"，严重削弱了自己的文学视力。这些文学"青光眼"只看到字眼上的"肮脏"和"污秽"，不能理解文学语言的"洁净"功能和美学批判力，将文学评论变成了道德审判。莫言本人在《酒国》中，借文中的"作家莫言"与酿造学博士李一斗的通信，表达了对批评界流行的"道德化的文学批评"的不满，并予以驳斥——

> 我听鲁迅文学院的研究生赵大嘴说，"龙凤呈祥"是粤菜中的经典之作，基本原料是毒蛇与野鸡（当然在偷工减料的年代里换成了黄鳝和家鸡的可能性很大）。阁下的"龙凤呈祥"竟然用公驴和母驴的外生殖器为基本原料，不知何人敢下筷子？我担心这道菜因为其赤裸裸的资产阶级自由化倾向将不被文艺批评家们所接受。时下，文坛上得意着一些英雄豪杰，这些人狗鼻子鹰眼睛，手持放大镜，专门搜寻作品中的"肮脏字眼"，要躲开他们实在不易，就像有缝的鸡蛋要躲开要下蛆的苍蝇一样不易。我

因为写了《欢乐》《红蝗》，几年来早被他们吐了满身粘液，臭不可闻。他们采用"四人帮"时代的战法，断章取义，攻击一点，不及其余，全不管那些"不洁细节"在文中的作用和特定的环境，不是用文学的观点，而是用纯粹生理学和伦理学的观点对你进行猛攻，并且根本不允许辩解。所以，根据我个人的经验，劝你还是换一盘别的什么菜为好。

（《酒国》）

七

在《红蝗》的排便描写中，莫言还十分详细地描述了排便时所产生的直肠和肛门的快感。毫无疑问，一场顺畅的排便，是令人愉快的事。更值得注意的是，这种快感与前文所引的对饮酒时所产生的口腔快感几乎完全相同。从生理学角度看，肛腔与口腔有着共同的组织胚胎学起源。这两个不同部位的黏膜组织的解剖学形态和生理功能基本相同。它们形成于同一胚胎层，有着一致的组织结构。这是它们在感受上有一致性的生理学基础。而在"文化伦理学"范畴内，这两个部位则有着森严的等级差别，甚至是处于一种完全相反和对立的位置。在某种意义上说，文明即诞生于这种对身体（以及所有食物）的"伦理级差"的界定。文明在其制度化过程中总是要求建立某种秩序，然而，文明的秩序观首先即是通过对个体之身体的约束而建立起来的。从个体心理生长史上看，身体之秩序的建立是对世界之秩序感的初步认识。其最初阶段乃是从家庭开始对儿童进行这种身体部位的级差意识的训练，使他们区分身体各部位的空间方位和合理的伦理位置。首先是区分"上身—下身"，并通过对肛门括约肌的控制功能的训练，来培养秩序感和上身的道德权威。弗洛伊德称之为"括约肌道德"。在个体心理成长的更高级的阶段，则要求儿童将"力比多中心"及"快感中心"从口腔向肛门，进而向生殖器部位转移。

但是，莫言似乎是有意混淆和颠倒了身体既定的伦理秩序，将肛门的伦理位置与身体的其他部位的伦理位置并置，肛门快感与身体的其他部位的快感在性质和强度上也是同等的，这就从根本上肯定了肛门快感。这一肯定，也就意味着对"力比多中心"转移的拒绝，它使身体的快感中心仍停留在"肛门阶段"（Anus phase）。正如我们从前文中所看到的那样，在崩溃的饮食文化的"伦理神话"大厦的废墟之上，莫言建立了自己的"快感伦理学"。

> 但是爱却将其华屋
> 设于屎溺旁。
> （But Love has pitched his mansion in
> The place of excrement.）①

"性爱"器官与排泄器官在身体部位的接近，也是其快感来源部位的接近。接近就身体范畴而言，这种"上／下""高／低"的并置，仿佛回到生命之原始状态，最初的胚胎状态，肌体各部位和脏器的平等状态。"排泄幻象"的意义甚至不仅指向文明压抑的反叛，同时也关乎生命真理本身。因而，不仅是"爱"，在一些哲学家那里，卑贱的日常性的事物，可能是"道"的真正根源。庄子即持这种观点。

> 东郭子问于庄子曰："所谓道，恶乎在？"庄子曰："无

---

① ［爱尔兰］威廉·巴特勒·叶芝：《疯女简与主教的交谈》，*Crazy Jane Talks With The Bishop*, *W. B. Yeats: Selected Poetry*: 161. Ed. by A. Norman Jeffares. London: Macmillan, 1968。

所不在。"东郭子曰："期而后可。"庄子曰："在蝼蚁。"
曰："何其下邪？"曰："在稊稗。"曰："何其愈下邪？"
曰："在瓦甓。"曰："何其愈甚邪？"曰："在屎溺。"东郭
子不应。①

　　屎溺等事物因为其"卑下性"，往往容易被忽略，甚至被遗弃。
"道在屎溺"，意味着"道"，或生存之真理性存在于任何事物之中，
尤其存在于那些通常被视作"卑下的"事物之中。这一观念在禅宗
哲学中得到了进一步发挥。

　　乔纳森·斯威夫特（Jonathan Swift）在《格列佛游记》中，描
写了一种被称之为"耶胡"的动物，它有对秽物的特别嗜好，或可
称之为"嗜粪癖"。耶胡对于排泄物并不排斥，相反，排泄物是耶
胡社会交往的手段，也是耶胡"文明"（如果可以称之为"文明"
的话）的识别标志。斯威夫特甚至将它作为人类社会的一个镜像。
在耶胡的世界里，"洁净／污秽""香／臭"的原则，均与通常的人
类所遵循的原则相反。它以卑下来对抗高贵，以坠落来对抗升华。
美国精神分析学家诺尔曼·布朗（Norman Brown）认为，斯威夫特
"断言了升华作用的基本结构是——用精神分析的惯用语来说——从
下层向上层的移置"②。布朗进而指出："升华作用是更高的生命形
式对抗动物性残余的一种防御机制。然而讽刺性在于升华作用反而
激励起病态的动物性（肛门性），而且更高生命形式及文明反倒显
露出耶胡这种低级的生命形式。要超越于肉体之上就会把肉体等同
于粪便。"③

　　悖谬的是，生命恰恰是在这种"下层"的污秽中诞生。肉体

---

① 《庄子·知北游》。
② ［美］诺尔曼·布朗：《生与死的对抗》，第 209 页，冯川、伍厚恺译，贵州人民出
　　版社 1994 年。
③ ［美］诺尔曼·布朗：《生与死的对抗》，第 314 页，冯川、伍厚恺译，贵州人民出
　　版社 1994 年。

的"下腹部"也就是文明的"下腹部",或者说是"脾",归属于"土",主司文明的归藏和化育。巴赫金也表达了这样的观点:"下层就是生育万物的大地,就是人体的腹腔,下层始终是生命的起点。"① 也有学者将民间的这一功能称为民间文化所具有的"藏污纳垢"性质。② 正是这些所谓文明的"污垢"培育了人类文明的强大生命力。

然而,这种"污垢"却是制度化文明亟待清除的秽物。制度化的文明有一种对秩序和洁净的要求,因而,需要不断地清除民间文化中的"污垢",使之"清洁化",并纳入其秩序之中。而这样便构成了对来自民间的原始生命力的压抑和取消。因而,文明的进程往往以生命力的萎缩为代价。从这个意义上看,人类文明则意味着"退化",族群生命力的"退化"。

八

肛门是儿童身体快感发生的主要部位,弗洛伊德称其为儿童时期的"力比多中心"。进入青春期之后,"力比多中心"开始向生殖器部位转移,这是个体生理发育成熟的标志。因而,在文明的"进化树"上,儿童在位置介于动物和人类之间,他们本性有时与其说属于人类,不如说更接近于动物。成年人就常常直截了当地骂他们为"小畜生"。莫言更注重文明压抑机制对现实生活的遏制作用,首先即体现在对儿童生命力的遏制。所谓"文明",对于儿童而言,乃是父辈的、成人的特权。对于文明社会而言,他们是"人性"的

---

① [俄] M.巴赫金:《巴赫金文论选》,第120页,佟景韩译,中国社会科学出版社1996年。

② 参阅陈思和:《民间的还原——文革后文学史某种走向的解释》,载《文艺争鸣》1994年第1期。

"欠缺",是有待进化的"亚人类"。他们必须在成年人的"文明监护"和"训诫"之下,习得人性。然而,这一监护首先便意味着压抑和惩戒,甚至是必要的暴力手段,以便对儿童身上残存的"动物性""野性"加以驯化。可是,"力比多中心"的肛门阶段的固置现象,则是儿童对成长(进化)的拒绝,这就好像有些人在成年之后依然保持吮手指头的习惯一样。对于成人来说,这些当然是一种不文明的"恶习"。即使是成年人,有时也会长久地保持儿童时代的某些习惯。

《酒国》中的丁钩儿的性格在某种程度上就残存着小男孩般的"童稚性"。作为高级侦察员,他在执行公务的时候,随身携带了两支枪:一支"五四式"公安手枪,另一支却是玩具手枪。与酒国市的高度成熟的文明相比,丁钩儿在心理上依然是幼稚的。酒国市的人们有一种极其复杂的人伦关系规则,他们的社会生活就像是一局高级游戏,而酒国市几乎人人都懂得如何顺应这些游戏规则。丁钩儿的固执和认真的生活态度则显得太天真了。因此,他与酒国市的头面人物(如罗山煤矿的党委书记、酒国市委宣传部的金部长、酒国市的王副市长等人)的周旋,就好像是小孩子与成年人的较量。他的侦破工作处处被动,挫折连连,甚至屡遭戏弄。以致他不得不仰赖那位萍水相逢的女司机和看门老头"老革命"的保护,就如同一个脆弱的孩子需要母亲(或父亲)的保护一样。

与肛门快感的固置相关的是儿童们对粪便及其他身体排泄物的兴趣。排便是儿童生活中的大事。首先,排便是他们快感的重要来源之一;其次,粪便又是他们自己的身体的唯一创造物(产品);第三,排便还是其接受成年人文明"规训"的重点所在,错误的排便,可能招致惩罚。自主排便和掌控粪便,是儿童成长期的一个重要阶段,它意味着儿童学会了自主掌控自己的身体和欲望,而且有效地从自我的身体内部生产出"产物",尽管这个产物在通常看来是代谢的废料,是应该遗弃之物。但正因为这种废弃物可能给他人带来厌恶之感，所以，它有可能转化为对他人的进行攻击的武器。事实上，排泄物都是小孩子所迷恋的，它们既是其快感的来源，又是其攻击的武器。"如果肛门机制是由人的自我建构的，那么，'对污秽肮脏的奇怪嗜好'就是人类理性的一种原始的或婴儿期的表现。……这一阶段称为肛门—施虐阶段。"[①] 这一阶段也是儿童开始产生攻击性的阶段。小孩子喜欢运用自己身体的唯一产品来作为攻击的武器，并从中获得快感。身体的排泄物——屎、尿、屁分别是其固态、液态和气态——的武器化，是儿童的斗争方式。

与此相关的是，这一阶段的儿童在语言上也具有颠覆性的倾向。如《枯河》中的小虎在遭受父亲和哥哥的残暴殴打时，他唯一的反抗就是不停地高叫："臭狗屎。""下流话"（或称"粗俗话""骂人话""猥亵语""污言秽语"）在儿童那里，有着与粪便相近的功能。下流话将被贬低的身体部位及其产物变成语词和句子，它具有喜剧性的效果和某种攻击性。"话语的肛门性欲"性质，实际上是儿童对于来自文明规训的内在反抗。下流话的喜剧性效果就在于它在伦理上的错误。它常常是对事物的伦理位置的误置：将两个完全不同伦理位置的事物或置于同一水平，或颠倒其位置。另一方面，如果这些"下流话"有具体的针对性的话，那么它就带有某种攻击性的功能，成为骂人话。从口头语言发出的污言秽语，乃是排泄物向"口腔"的象征性的转移，其功能跟秽物攻击是一致的。秽物攻击或多或少具有"巫术色彩"。早期人类文明生成跟儿童的早期发育一样，在一定的阶段，会依靠巫术的力量来抵御或报复敌寇。

作为"秽语"的变种，有意造成口误的"谐语"（诙谐、滑稽的语言）。莫言写到一个恶作剧的"莫言"追求语言上的幽默效果——

① ［美］诺尔曼·布朗：《生与死的对抗》，第 207 页，贵州人民出版社，1994 年。

莫言那小子是书店少有的几个常客，他把这里当做卖弄的场所。他自我吹嘘，不知是发自内心呢还是胡乱调侃。他喜欢把成语说残，借以产生幽默效果，"两小无猜"他说成"两小无——"，"一见钟情"他说成"一见钟——"，"狗仗人势"他说成"狗仗人——"。

（《生死疲劳》第四十一章）

有意的语序的错乱或残缺，本身即带有对正常秩序的拆毁和破坏。如同"秽语"故意固守语义上的伦理错误，故意混淆事物的伦理秩序一样，"谐语"故意制造语序的残缺，以示对成人的伦理原则的反抗。虽然不像"秽语"那般地有攻击性，但在这种故意的错误中，言说者可以获得口腔快感，并能够引起他人的关注，满足自己的虚荣心。

"下流话"和"排泄幻象"同时也还带有"民间性"特征。任何一种民间文化都带有某种程度上的童稚性。它似乎就是人类文明处于"未成年"阶段的残余。其中保持着文明的原初形态和生动性，恰如儿童之于成人一样。因此，尽管人们也会认为民间社会的文化是一切文化的根底和来源，但它又总是被教化的对象，是处于非中心位置的和被压抑的对象。这样，民间社会与主流的文明社会之间始终存在着一种矛盾关系。在特定的条件下，这种矛盾有时会被激化，形成一种对抗性的关系。而在这种对抗关系中，民间社会永远是牺牲品，是悲剧性的对象，而民间社会的特殊之处则在于：它本身却总是以一种喜剧性的方式来对待自己的命运，同时，也以此来对待其对立面。下流话之所以令人发笑，是因为身体伦理秩序的混乱使人联想到低级的生命状态——生命的"返祖现象"，而对身体伦理秩序的错误认知，则让人联想到低级的智能状态——儿童或弱智者的智能。"笑"则是人们对这两种状态的心理上的超越，也就是对发笑者自身生命状况的肯定。巴赫金指出："民间的诙谐从来离不开物质和肉体下层。"① 腹部、臀部、排泄器官和生殖器，以及与这些下层部位的相关的活动，如消化、排泄、交媾等，经常是民间诙谐的基本材料。"笑"在民间文化中总是一种最有力的东西。"笑"既是对对手的嘲弄，又是对自身生命的肯定。民间文化的强大生命力也体现在这里。

---

① ［俄］M.巴赫金:《巴赫金文论选》，第119页，佟景韩译，中国社会科学出版社1996年。

第四章　莫言的政治讽喻与暴力美学

一

　　莫言在短篇小说《粮食》中讲了一个这样的故事：在1950年代的大饥饿期间，一位母亲为了养活自己的孩子而将集体的粮食（豌豆）偷偷带回家。为了躲过冷酷而又狡猾的生产队粮食保管员的监视和搜查，母亲便将大把的豌豆直接吞到肚子里，等回到家中之后，再进行催吐。这样，母亲练就了一种特殊的本领——她能够大量吞食豌豆，并且无须催吐便可将豆子全部吐出来，就像倒口袋一样。

　　与前文所提到的种种"呕吐"有所不同，这是一种特殊的"呕吐"。它与其说是"呕吐"，不如说更像是"反刍"，或者说得更准确些，是这位人类母亲对鸟类哺雏方式的不太高明的模仿。这位母亲以最原始的、动物式本能的方式来哺养自己的孩子。因为现实生存的压力，使人体器官的机能不得不向禽类的水平退化。这是生物进化史上最伟大的、也是最令人悲哀的"退化"现象。这种"退化"与任何文化学观念无关，它更多的是涉及对中国人的现实生存境况的揭示，是对现实最强烈的控诉。这与其说是"退化"，不如说是"进化"，一种特殊的"进化"——为了适应特殊的生存环境，母亲的身体器官"进化"出新的功能，或者说，将身体器官早已退化了的"反刍"哺雏的功能，重新激发起来了。这篇小说的故事内容在另两篇小说（《丰乳肥臀》和《梦境与杂种》）中也曾出现过，并得到了更进一步的发挥。在《梦境与杂种》一篇中，人物形象有了一些变化：母亲的形象被改为妹妹。无论如何，这一口腔的吞吐能力及其目标指向，是前所未有的，也是令人震惊的。在这里，像"吃"这样一类的感官生存活动被纳入了现实生存特殊的历史境遇当中，揭示了生存的困境，同时也展示了人生存的政治环境的严酷性。"吃"事如是突进到"政治学"领域。这是莫言写作的"中国性"（或者说是本土的现实生存特性）的体现。

这是"另一个中国"——一个饥饿的中国，一个贫困的和充满苦难的中国。在莫言笔下存在着两个"中国"，它们是完全不同的国度。一个是如同《酒国》《四十一炮》《生死疲劳》等作品中所渲染的盛宴场面所显示出来的那个中国，这是真正的"吃"的国度，是"大吃大喝"的中国的缩影，才真正将人们引以为豪的所谓"饮食文化"发扬到了辉煌的高度。而在更多的作品中，莫言所描写的是另一个中国。他的故乡——高密东北乡则是这"另一个中国"的缩影。这个中国是饥饿的国度，"鸟为食亡"也可以成为这些底层人民的生存状况的描述，所谓"饮食文化"停留在最最极端的动物化的水平上。

政治学领域内的事情——比如革命——当然不是"请客吃饭"。请客吃饭所建立起来的人际关系，首先是根据食欲，通过食物及餐桌礼仪而维护的一种相对稳定的社会关系。一旦政治场域中出现了"请客吃饭"，就不是果腹充饥的问题了。"鸿门宴"将古代中国人的宴席"政治化"，以及"请客吃饭"在政治上的危险性表现得淋漓尽致，请客吃饭与政治阴谋结合在一起，筵席如同战场一般，充满了对抗和危机。各种政治力量汇聚于餐桌旁，于吃吃喝喝间暗暗地较量着智慧和力量。食物和酒的香气里混合着杀气在空中弥漫。最后，武士樊哙以反常的、完全不合礼节的方式，冲进了宴席现场，打乱了虚假的餐桌礼仪，以自己惊人的食量和酒量以及凶狠的吃相，震慑了全场，让筵席上暗藏的政治阴谋归于破产。

虽说"革命不是请客吃饭"，"吃"的活动表面上看起来完全是一种纯粹的生理活动，它似乎与政治无关。但是在当代中国，"吃"有时却不得不带上某种政治色彩，正如"文革"期间一句著名的流行语中所说的——"吃吃喝喝决不是小事。"在样板戏《红灯记》中的"赴宴斗鸠山"一场，则是"鸿门宴"的现代版。日本宪兵队长鸠山先生宴请中共地下党员、扳道夫李玉和，为了从李玉和那里获得一份"密电码"。这当然是一场阴谋。有趣的是，围绕着餐饮的斗智斗勇，作为"中国通"的日本人鸠山所秉持的饮食观和人生观，却是古代中国的传统观念，至少从他所引用的成语和俗谚来看是这样。此前，李玉和嗜酒，但为了革命事业，他决意要克服这种嗜好，避免个体肉身欲望成为革命意志和行动的障碍。革命英雄李玉和唱道——"笑看他刀斧丛中摆酒宴，／我胸怀着革命正气，从容对敌，巍然如山。"[1] 最终，李玉和经受住了自身欲望的考验，他不仅没有接受鸠山的美食和美酒的诱惑，也拒绝了鸠山所宣扬的"利己主义"人生观。他是用革命意志克服肉体欲望的典范。鸠山试图通过传统文化中体贴肉体、顺应人性软弱的观念来引诱，进而达成其政治、军事目的的阴谋。但他的"软硬兼施全落空"。

然而，在普通民众那里，果腹充饥问题依然严重，仅靠革命意志并不能从根本上解决这一问题。对于小孩子来说，尤其如此。在当代中国，吃饭问题常常会被"政治化"和"意识形态化"，即便在传统节日，比如春节，民众也被鼓励"过一个革命化的春节"。所谓"革命化"的手段之一，便是"忆苦思甜"。"忆苦思甜"落实到饮食上，就是"吃忆苦饭"。吃上一顿"忆苦饭"，是对人民进行政治思想教育的必不可少的手段。吃"忆苦饭"巧妙地寓政治思想教育于日常饮食活动之中，可谓为教化工作的一大发明。总是填

---

① 中国京剧团（集体改编）：《红灯记》，载《红旗》1970年第5期。

不饱肚子的民众自然对"吃"最感兴趣。"忆苦"教育抓住了民众的生理和心理特点，让意识形态、政治观念伴随着食物一起进入民众的身体内部，被消化，吸收，转变成血液、养分，成为人民的血肉和力量源泉。"忆苦饭"使枯燥乏味的政治思想工作变得香甜，因而也更加行之有效。莫言在短篇小说《飞艇》中，描写过这种吃"忆苦饭"的仪式。在这种仪式中，吃饭是为了"忆苦"，是为了唤醒人们对于饥饿的记忆。通过吃的活动本身，当然最容易唤醒这一类记忆。不过，这里所举行的"忆苦"仪式却是为了"思甜"。将"苦"（饥饿）的记忆归结于旧时代，唤起对旧时代的仇恨，而将"甜"归为新时代，并对新时代的创造者表示"感恩"。政治就是一种奇妙的"欲望"转换过程。然而，令人尴尬的是，《飞艇》中的那位忆苦者，一个愚钝的农妇——方家七老妈——却未能领会这一仪式的政治学意图。她仅仅将吃"忆苦饭"的仪式当作对饥饿的回忆，以致她在大会讲台上"错误地"回忆起二十世纪五十年代末六十年代初的饥饿的经历来。这在记忆上是真实的，准确的，但在政治上不正确。至于像主人公"我"那样的孩子们，当然就更缺乏政治觉悟了，他们完全漠视教育者的良苦用心，把集体吃"忆苦饭"当作一次填饱肚子的好机会。每逢此时，他们就会像过节一样地高兴。通过忆苦，将饥饿与苦楚归给记忆，归给过去的时间，也就是象征性地归给"旧社会"。而吃过"忆苦饭"之后，得以一定程度上的饱足，这种香甜是当下的和全新的，也就成为"新社会"的象征。

二

我们已经看到，高密东北乡的居民与所有的中国普通民众一样，不得不长期在饥饿之中挣扎。他们是中国普通民众的典型，是芸芸众生。他们有着其特有的生存方式，包括其饮食习惯。从其基本食谱看，也就是莫言所说的——"食草"。他们就像自己所豢养的那些家畜一样，属于"食草动物"之一种。在《红蝗》中，莫言歌颂了其家乡人民的"草食性"，甚至歌颂了这种"草食性"饮食所排泄的粪便。"草食性"饮食是相当中国化的饮食。传统农耕社会肉食供应一直不够充分，除了家养的鸡、猪之外，很少有其他肉食来源。牛肉固然高蛋白而且美味，但牛是农业生产的主要畜力，除非不得已，人们是不会轻易杀牛吃牛的。鸡、猪等动物蛋白丰富的食物，一般也是逢年过节时才能够获得，能够"杀猪过年"，其实是丰年的标志，平常则更多是留下来招待客人的，正所谓"丰年留客足鸡豚"（陆游：《过山西村》）。而在荒年等食物匮乏的情况下，人类自身就食物不足，平常人家所豢养的鸡、猪更难获得充足的食物，其存栏数也就更是不足。即便如在《生死疲劳》中，乡民响应上层的政治号令而"大养其猪"，但事实上却并未从根本上改变民众的食谱。"草食性"食谱（素食）依然占主导地位。俗语称："开门七件事：柴米油盐酱醋茶"，所关涉的基本上是素食。素食是中国厨房，尤其是中国农民厨房的基本面。所谓"荤腥"，在一般情况下，是相当罕见的。与之相对立的当然就是所谓"肉食阶层"。"肉食阶层"就像动物世界的"食肉动物"一样，处于食物链的上层，在人类社会，这一阶层相对掌控更为丰富的食物资源以及物质财富。他们方可大鱼大肉、大吃大喝。莫言看到了这两个中国之命运的根本差别。这也正是莫言小说的"人民性"之所在。

　　"食肉/食草"的饮食方式的分野带来了饮食的伦理学原则的分野，这些伦理学原则在进入社会历史活动的过程中，逐步进入了政治的领域，成为一种政治学的范畴。在我们这个民族的祖先的饮食观念中，一直有关于"食肉/食草"的明确区分。这一组对立的观念，构成了两大对立的社会阶层的社会政治地位和生存方式的差异，以及两者之间的对抗性的政治关系——奴役与被奴役的关系。

一些对现实制度持批判性立场的知识分子强烈地感受到这种关系中所包含的不公正性，他们常常愤怒地抨击这种现象。春秋战国时代的民间军事家曹刿就表达过"肉食者鄙"的观念。而唐代诗人杜甫则在他的诗歌中，进一步发挥了曹刿的这一思想。他在一首著名的诗中写道："朱门酒肉臭"，公开表示对肉食阶层的生活方式的唾弃和批判。这是一种自发的、朴素的阶级意识，它在共产主义意识形态支配下的唯物史观中，得到了一定程度上的肯定。莫言也可以说是这一伟大的现实批判传统的现代继承人。

"食草动物"与"食肉动物"这两类不同的动物之间的生态关系在社会政治学意义上则转变为生存方式上的"权力关系"，这二者恰好构成了"权力关系"中的相反相成的两面："施虐／受虐"的对立项。而在现代文化的隐喻系统中，进而被表达为"吃／被吃"的关系。"吃／被吃"关系常常被用来作为对人际"权力关系"（政治上或军事上的斗争关系）的譬喻：将对手"吃掉"，或者被对手"吃掉"。一些人是"掠食者"，另一些人则成为"猎物"。权力的角斗场所遵循的就是这样一种"丛林原则"。"嘴"这一器官在不同的社会阶层的人那里，有着不同的功能。正如我们在本文的开头所看到的，队长的嘴不仅是他自己的摄食器官，而且，还是向他的子民们发布各项指令的器官。队长的嘴的这一双重功能，巧妙地将"吃"的官能活动与政治权力结合在一起了。

"食肉"与"食草"这两种不同的食谱之间的差别，造成了生物界中的"食草动物"与"食肉动物"两大动物类别。这两类动物在莫言笔下却形成了两种对立的生存方式，从而成为人类不同的生存方式群体的转喻。在莫言笔下，食肉动物（如《狗道》中的抢食人肉的饿狗）往往表现出凶残的本性。而食草动物（如《酒国》中的驴子、《罪过》中的骆驼、《三匹马》中的马，等等）则在一定程度上表现出温顺、善良的性格特征。农民们常常将这些牲畜当作自己家庭中的成员。莫言从小辍学在家，没少同这些牲口打交道。莫言在回忆自己少年时期与家畜打交道的经验时，写道：

> 村子外边是一望无际的洼地，野草繁茂，野花很多，我每天都要到洼地里放牛。因为很小的时候已经辍学，所以当别人家的孩子在学校读书时，我就在田野里与牛为伴。我对牛的了解甚至胜过了我对人的了解。我知道牛的喜怒哀乐，懂得牛的表情，知道它们心里想什么。在那样一片在一个孩子眼里几乎是无边无际的原野里，只有我和几头牛在一起。牛安详地吃草，根本不理我。[①]

这些长着蹄子的大个子，很容易与它们的小主人之间建立一种极其密切而又默契的关系。

在"吃"的活动中所表现出来的现实生存的权力关系，意味着一类人的感官享乐往往是建立在另一类人的生存饥渴之上。那些饥渴的人群不得不长期为求得肉体的生存权而斗争。在《酒国》中，有这样一个场景：少年金刚钻一家正处于饥饿的威胁之中，这时，有着神奇嗅觉的小金刚钻却嗅到了远处飘来的一股酒香。他寻着香气找到了村子另一头的队长家，看到一群生产队干部正在大吃大喝。《丰乳肥臀》中写到大饥饿年代的情形：右派分子劳改农场中的人员差不多全都饿得浮肿了，只有少数几个人，如场长、仓库保管员、公安特派员等，没有浮肿，此外，还有特派员监督犯人的"助手"——狼狗，也没有浮肿。狼狗也和它的主人一样，属于"掠食者"族群，也就是曹刿所说的"肉食者"。高居于食物链的最上层的"肉食者"，在这里被赋予了政治学含义，它与"权力"相关，是当权者的社会身份的象征，是"当权者"的代名词。在人类社会生态圈中，当权者也像生物世界里的"掠食者"一样，他们拥有更多的获取食物的权力，也拥有更多的生存特权。在一篇随笔中，莫

---

① 莫言：《饥饿和孤独是我创作的财富——在斯坦福大学的演讲》。

言写到所谓"官家的酒场"时说：

> 我渐渐地感到，中国的酒场，已经成了罪恶的渊薮；
> 而大多数中国人的饮酒，也变成了一种公然的堕落。尤其
> 是那些耗费着民脂民膏的官宴，更是洋溢着王朝末日的奢
> 靡之气，巨大的浪费，扭曲的心态，龌龊的言行，拙劣的
> 表演，嘴上甜言蜜语，脚下使绊子，高举着酒杯里，似乎
> 都盛着鲜血。①

这一表达，是鲁迅关于"吃人筵席"的延续。从人类的文明
史上看，食物的分配是初民社会建立族群关系的基础。"吃"不再
仅仅是一种个体的生理行为，而是一个关涉族群利益和秩序的社会
性的行为。个体的"吃"的行为由食欲所支配，这种本能的欲望在
"掠食者"之间引发争斗和杀戮。这对族群生存所必需的秩序构成
了威胁。人类文明史的初步即是对自身动物性本能的限制。食物的
分配原则的引入和对"吃"的禁忌，使族群的基本生存活动进一步
"仪式化"。"礼仪"由此而产生。"礼仪"确立了社群的等级制度和
权力关系。中国古代儒家的经典《仪礼》就是对这种"权力关系"
的经典化的肯定，它使这种关系完全进入到人民的日常生活，成为
人民每时每刻的行为准则。《仪礼》对人的日常起居、社交活动、
庆典等，都作了十分具体的规定。比如，对宴会的座次，尊卑的位
置之类都十分讲究，即使是在现在中国人庆典仪式以及酒宴上，依
然如此。在民间日常生活中，我们能看到乡民们常常为宴席上的排
位问题闹得不可开交，如果弄错了，主人则要赔礼谢罪。有时甚至
还会为此而大打出手。酒宴座次是对现实社会中权力关系的真实反
映，是现实社会等级秩序在其他公共领域内的表现。从知识界到经
济界到官方权力机构，由权力关系所产生的社会地位都可以一一对

---

① 莫言：《我与酒》，见《会唱歌的墙》，第 162 页。

应。世俗生活中的权力斗争也可以通过"吃"具体化。酒席常常是权力斗争最重要的角斗场。"吃"这一纯粹生理性的活动包含着明显的政治性的功效。民间就有"酒场如战场"之说，看看"鸿门宴"，看看丁钩儿在酒国市所经历的几次宴席，当信此言不虚。

三

对于传统的中国人来说，"生存恐惧"始终是他们的现实生存经验中的最大的恐惧，甚至还是最古老的恐惧。在他们的日常生存中，总是感觉到有一种来自外部世界的威胁性的力量。古典小说《西游记》在某种程度上揭示了这种恐惧。故事的核心动机之一即是来自妖魔们的一种可怕的食欲——"吃唐僧肉"，于是，孙大圣与妖魔围绕着"吞噬"与"反吞噬"展开了一场又一场残酷的斗争。小说《西游记》安排了一个喜剧性的结局，但现实生活中则并非总有那么多的皆大欢喜的结局。

人类经常遭遇那些与他们争食的敌对性力量。在《红蝗》中，莫言描写了一场可怕的蝗灾。这种毫无理性的低等的节肢动物，有着骇人的进食能力。在这种无所不食、似乎能吞噬一切的昆虫面前，人类真正感到了恐惧，以致村民们只好将它们奉若神明，设立祭坛，顶礼膜拜。上古时代民众对于"硕鼠"的控诉，也是因为那些自然界的鼠类和人类社会的贪婪的掠夺者一样，总是无情地夺去民众的口粮。

而另一方面，人类自身也是可怕的"食客"，他们如蝗虫一般，同样无所不食，而且同样残酷无情。《丰乳肥臀》中的那位劳改农场的警卫周天宝就曾自称煮食过人肉，以致一时间全农场的犯人都惶恐不安，"生怕被周天宝拉出去吃掉"。而在同样是无所不食的酒国市市民面前，丁钩儿感到了类似的恐惧。这是对人的身上的那种非人性的本能力量的恐惧。《红树林》主人公林岚的儿子亦有一种卑下的、病态的食欲，他到地下酒馆，让一位漂亮的小姐躺在旋转的桌子上，用筷子夹她的乳头，仿佛在吃一种特别的美味。在《十三步》中，"吃人"甚至不再是想象中的，而是几乎接近于真实。"吃人"的欲望在女主人公——火葬场的整容师屠小英那里转化为一种乖戾的癖好——嗜食火葬场里的死人肉。人的身体在这个有"食尸癖"的食客面前变成了一堆肌肉组织、脂肪和骨骼的混合物。身体的"物化"帮助食尸者规避了道德压力，为"吃人"提供了最充分的理由。莫言通过对这种极端环境中的人的变态行为的描述，将人的本能中的残酷的兽性的一面充分揭示出来了。原始本能中的"吃人"冲动，作为一种令人恐惧的本能力量，在"吃"的活动中的表现与在现代政治活动中的表现是极其相似的。

"吃人主题"一直是现代中国文学中的基本主题之一，这也是现代文学的经典作家的一个伟大的发现。鲁迅在《狂人日记》中的经典论述，为这一主题确定了基调——

> 凡事总须研究，才会明白。古来时常吃人，我也还记得，可是不甚清楚。我翻开历史一查，这历史没有年代，歪歪斜斜的每页上都写着"仁义道德"几个字。我横竖睡不着，仔细看了半夜，才从字缝里看出字来，满本都写着两个字是"吃人"![1]

这一主题始终与现代中国的启蒙主义文化密切相关。从这一主题领域来看，莫言继承了"五四"新文学的批判性的传统，并将这一传统在新的现实条件下加以发挥，赋予它新的特征。在一些作品中，莫言就直接涉及过"吃人"主题。短篇小说《良药》几乎就是鲁迅的《药》的另一版本，一个当代版本。故事描写一个孝顺的农

---

[1]　鲁迅：《狂人日记》，见《鲁迅全集》第 1 卷，第 424-425 页。

民，为了给自己的老母治病，在枪毙反革命的刑场附近埋伏下来，等着挖取死者的心脏。这个故事看上去与鲁迅的《药》十分相像，但是，两位作家对"吃人"这一主题的演绎却有所不同。"吃人"主题在鲁迅那里始终带有强烈的"寓言"色彩，它与"启蒙"主题联系在一起，贯穿了鲁迅特有的文化批判逻辑。而莫言更关注人性的残酷性。《良药》一如莫言其他许多作品，有对残酷场面的直接呈现。《酒国》中的"肉孩"一节，同样也是鲁迅的小说《药》的直接模仿，从情节到场景的一次新的改写。如果说鲁迅的《药》是以寓言的方式来表达"吃人"这一主题的文化精神含义的话，莫言的《酒国》则干脆脱下了"寓言性"的外衣，将"吃人"表达为直接的现实。在这里，现实再一次追上了隐喻，追上了寓言。尽管一切都不过是一种传说，一个幻觉，但莫言仍直截了当地描述了一种逼真的"吃人"场面。酒国市宴席上的象征性的"吃人"，传达了现实潜在的欲望。婴儿成为食物的原料，半公开的肉孩交易市场，等等。莫言在《红蝗》的结尾处将"吃人主题"进一步明确化了，他写道：

> 亲爱的朋友们、仇敌们！经年干旱之后，往往产生蝗灾。蝗灾每每伴随兵乱，兵乱蝗灾导致饥馑，饥馑伴随瘟疫，饥馑和瘟疫使人类残酷无情，人吃人，人即非人，人非人，社会也就是非人的社会，人吃人，社会也就是吃人的社会。

（《红蝗》）

这一段表述，与鲁迅的《狂人日记》同出一辙。在莫言小说中，关于"吃"这一日常生命活动总是被隐喻化，总是作为文化批判和政治讽喻而存在，成为一种政治暴力的"寓言"。在《蛙》中，莫言将"吃人筵席"的寓言性，表达得更为清晰——

我们今天吃全蛙宴，袁腮道。

　　我拿起桌上的菜谱，看到上边依次写着：椒盐蛙腿，油炸蛙皮，青椒蛙块，笋干蛙片，醋熘蝌蚪，西米蛙卵汤……

（《蛙》）

　　这一段可以与《酒国》中的"全驴宴"和"红烧婴儿"相参照，它几乎就是另一种方式的复写。而蛙，在《蛙》中，即是"娃"的象征。而让一个名叫"蝌蚪"的人，即叙事人"我"，进食青蛙，显然是对"吃人"的暗示和讽喻。这一关联，让食客蝌蚪及其夫人小狮子感到恶心，并拒绝进食。在这里，莫言超越了一般意义上的"寓言性"，"吃人"不仅仅是一个隐喻或寓言，而是更接近于事实，是对现实生存的再现，是构成我们日常生活的一部分，也可以说是一种特殊的"中国经验"。如果说"吃人"主题在鲁迅那里是一个关于民族传统文化的批判性的主题的话，那么，在莫言笔下则主要是一个关于人性的和现实政治性的批判性的主题。

　　在《酒国》中，莫言还借小说人物李一斗之口，详细地描述了所谓"肉孩"制作的流程。这是酒国市酿造大学烹饪学院的一门"烹饪课"，主讲教师即是李一斗的岳母。

　　第一步，是放血。有必要说明，在一段时期内，个别同志认为不放血会使肉孩的肉味更加鲜美、营养价值更高，他们的主要理论根据是高丽人烹食狗时从不动刀放血。经过反复的试验、比较，我们觉得，放血后的肉孩，比不放血的肉孩，味道要鲜美得多。……第二步，要尽可能完整地取出内脏；第三步，用70℃的水，屠戮掉他的毛发……

（《酒国》）

这一段看上去极为逼真的描写，符合中国"烹饪学"流程，也展示了中式烹饪的精美和考究，但它却是被美学化了的残忍。这在某种程度上，也是对中国传统的"美食文化"的彻底的批判。当然，如此严酷残忍的行为，在小说后来的情节中，被指证为一个幻觉。首先，它是"小说中的小说""虚构中的虚构"，这也就意味着，它不过是"幻象中的幻象"而已，或如哲学家柏拉图所说，是"影子的影子"。这样，似乎是消除了人们对于"红烧婴儿"的疑虑。然而，正如人的无意识中的"梦中之梦"一样，双重的梦幻和幻觉，恰恰是某种被严重压抑的深层"焦虑"。弗洛伊德在谈到"梦中之梦"时指出："在'梦中之梦'内包含的内容等于但愿被称之为是梦的东西未曾出现的愿望。"①这也就等于是说，做梦者将梦的内容设定为虚幻，从而，拉开了自己与梦境的距离，借以避免梦中"不愉快"因素对自身的伤害。但这恰恰证明了"不愉快"因素的客观性和明确性。幻觉或幻象，正如夜梦一样，乃是以歪曲和隐喻的方式，传达被压抑的无意识内容。弗洛伊德认为："当一个特殊的事件是以梦中之梦的形式表现出来时，它意味着最强烈地证实了这件事的真实性，最有力地肯定了它。"②"吃"或"被吃"的古老而又严酷的心理焦虑，被一层又一层的虚构所掩盖，仍在叙事的缝隙中，隐约被泄露出来，透过重重迷雾，投射出模糊的真相，尽管它看上去像是一场虚幻的梦。这也正是莫言小说被称为"迷幻现实主义"（Hallucinatory realism）的原因之一。

莫言的小说揭示了掩藏在优雅的"文化面具"下的现实生存的残酷性。但莫言并没有到此为止。他还有更深刻的东西，一种比文化观念或道德立场更深刻的东西，一种深深地切入现实的东西。由

---

① ［奥］西格蒙德·弗洛伊德：《梦的释义》，第317页，张燕云译，辽宁人民出版社1987年。

② ［奥］西格蒙德·弗洛伊德：《梦的释义》，第317-318页。

此可以看出，莫言小说写作的超乎寻常的政治"介入性"，也是对"吃人主题"的进一步深化。

四

"吃人"不仅是中国现代文学的基本主题，而且也是人类的意识生成史上的一个重大"母题"。这一母题的深层意义实际上指向人类的"原始焦虑"——对"被吞噬"（被吃）的焦虑。这也正是中国人的一种十分古老的心理恐惧。人类将这种恐惧对象化，创造出各种各样的"吞噬者"形象。最经典的形象即是某种肉食性猛兽，如老虎等。在上古时代就存在着一种所谓"苛政猛于虎"的观念。而前文所提及的饕餮的形象，最初也是从一个张着大嘴的老虎的形象中演化过来的①，并被进一步抽象化而接近于某种观念性的东西，乃至成为类似于神祇的事物而被人类崇拜。老虎或饕餮神最引人注目的特征即是有着一张巨大的嘴。从青铜器上的饕餮纹样中我们可以看出，饕餮的嘴部被极度夸张，成为其几乎是唯一的形象特征。它简直就只剩下一张嘴了。作为摄食之通道的口腔，在这里却变成了一个可怕的、会吞噬人的生命的洞穴，就像是地狱的大门。

吞噬功能的口腔与排泄功能的肛门，分属身体的首尾两端，作为直立人，它们有"上／下""高／低"之分，在身体的伦理秩序的基础之上，文明建立起压抑性的机制。但二者却如同镜像一般，指涉着身体的动物性的原始欲望。"文明实质上有肛门性虐狂结构，实质上是通过肛门性的升华作用建构而成的。"② 从心理学角度看，人的"吞噬"的焦虑与"阉割"的焦虑之间有着共同的心理学基

---

① 参阅张光直：《商周青铜器上的动物纹样》，见张光直：《中国青铜时代》，生活·读书·新知三联书店 1999 年。

② ［美］诺尔曼·布朗：《生与死的对抗》，第 243-244 页。

础。"升华的肛门性的前提是阉割情结。"[①] 在儿童的深层心理经验中，"焦虑"经验的复杂性就在于这两类经验之间的混杂和转换。

《生蹼的祖先们》写到另一群男孩，其描述几乎就是《酒国》中"肉孩"故事的翻版。但在这个故事中，不是关于"吃"的，而是关于"阉割"的。一群五岁左右的男孩，被一群士兵从他们母亲的怀抱里抢夺过来，他们不是被拿去制作"红烧婴儿"，而是一个个被按倒在门板上，被阉割——

> 持牛耳尖刀的男人弯下腰。
>
> 持牛耳尖刀的男人弯下腰。
>
> 神情麻木。
>
> 神情呆板。
>
> 一刀旋掉两只卵，很利索，刀子非常快。
>
> 一刀旋掉两只卵，很利索，刀子非常快。
>
> （《食草家族·生蹼的祖先们》）

这个场景让人联想到《蛙》中一个个被计划生育人员引产的胎儿。一个个被"吃"的儿童，一个个被"阉割"的儿童，一个个被"引产"的胎儿，他们有着相同的命运。实际上，他们都是"吃人筵席"牺牲品。最后，他们都将以不同的方式报应这个世界。在《蛙》中，一个个以幽灵的方式在姑姑万心的梦里出现，并以纠缠不休的方式索命的"蛙"，以及《生蹼的祖先们》中的被阉割的儿童对施害者的复仇，即是这种报应的命运观的体现。当然，在《蛙》的最后，这些死去的胎儿，在泥塑艺人郝大手和秦河手中，以泥塑偶像的方式被再现出来。这个看上去像是女娲造人一般的行为，被放置在一个不断消灭生命的现实语境当中，构成了强烈的反讽效果，也使得小说更具批判性。至于这些泥娃娃是否能够"复

---

① ［美］诺尔曼·布朗：《生与死的对抗》，第313页。

活"，是否能够为施害者洗去罪孽，则是一个属乎灵魂救赎的信仰方面的问题。这个问题，对于现代中国知识分子和作家来说，基本上属于未知之事。

文化上的"死亡本能"的支配性地位，实际上是"爱欲"本能缺位的结果。我们注意到，在莫言的作品中很少写到爱情。偶尔出现的浪漫的爱情故事（如《爱情故事》《白棉花》《初恋》《冰雪美人》等）也往往发生在性机能尚未发育或发育不成熟的少年人身上。少年的爱情往往并不关涉"性"的因素。"去性化"的爱，固然是感人的。但在一定意义上，则隐含着一种深层的"阉割"焦虑。

相比之下，莫言笔下的成年人之间的爱情，则往往变得模糊不清，或是不可理喻。在另一些故事中，这些微弱的浪漫色彩也很快就消失殆尽了，代之以纯粹的肉欲的呈现。《模式与原型》将这一特征推向了极端。故事中的一些场景涉及一位处于性意识唤醒期的少年"狗"的模糊的性冲动。但这位被称为"狗"少年的性唤醒却是通过对动物（牛）的交媾的观察来实现的。莫言极为详尽地描述了这一观察的全过程——

这时那长得四四方方的"双脊"在距"白花"几步开外伴装吃草，把老鸹草、蛤蟆皮等毒草往嘴里搂，一看心就不在草上，那胯间的当浪货如蛤的斧足一样慢慢往上揣，紧凑，肚皮下忽喇喇伸出一根，湿漉漉的生龙活虎，果然是一番新气象。狗还愣着呢，那小家伙一个猛扑就上了"白花"的背，嗞啦一声，像烧红的炉钩子捅到雪里，很透彻，很深刻，触及狗的灵魂，狗什么都看不到了。

（《模式与原型》）

在文化教育普遍缺乏的农村，对于"性"的知识更是讳莫如深。观察动物交媾，往往是乡间少年的最初的和最基本的"性教育"。这一观察所带来的强烈的感官刺激，对于一位少年人来说，乃是一种强大的、无可名状的心理震撼。动物的交媾唤醒了这位少年人的模糊的性愿望，动物式的本能成为这位农村少年性意识的唯一指标。也为他们这一类人未来的两性交往的方式树立了榜样。

在莫言的那些不多的爱情故事中，有关"性"的描写闪烁可见。比如，《红高粱》中的那个著名的"野合"的片段。尽管这个片段依稀显出罗曼蒂克的色彩，但更为引人注目的却是弥漫于其中的强烈的肉欲气息。而在《酒国》中，侦察员丁钩儿与女司机之间的情感纠葛则完全是成年人之间的、以性吸引为基础的两性交往。他们的关系简单而粗俗，有时看上去更像是一场临时性的性交易。丁钩儿偶尔产生的对女司机的爱和依恋的情感则显得有些荒唐可笑，使他看上去像是一个在心理上尚未完全成熟的大男孩。他像孩子依恋母亲一样地依恋着女司机。

在《丰乳肥臀》中，上官金童的"力比多中心"始终没有超出"口腔阶段"，始终与"吃"这一最基本的生存活动密切联系在一起。而在那些成人的性关系中，才表现为某种程度上的性欲或色情特征。《酒国》中的侏儒富翁余一尺的"爱情观"则似乎表达了成年人两性关系的真实面貌，完全摧毁了丁钩儿的这种罗曼蒂克的爱情幻想。余一尺公开表示："有钱能使鬼推磨。世上也许有不爱钱的，但我至今未碰上一个。大哥敢扬言奸遍酒国美女，就是仗着这个！"他完全懂得金钱、权力与性之间的辩证关系。他将男女性爱完全简化为出自性本能的欲望关系。如果不是这样的话，那么，成年人之间的两性交往似乎就变得不真实，变得虚无缥缈了。罗曼蒂克的爱情只不过是一个永远无可企及的幻象而已。小说《怀抱鲜花的女人》写到另一种爱情，一名陆军上尉在回乡的途中遇到一个"怀抱鲜花的女人"。她正是他梦想中的情人。他对她一见钟情。但这个梦中的情人只不过是一个幻觉，一个虚幻的、不存在的女人。他在真实中所要面对的依然是自己并不爱的、伧俗的妻子。

莫言作品中这些涉及性爱的描述，我们可以视作为对"力比多"的"生殖器阶段"（Genital phase）的表达。在人类行为中，性行为最典型地表现了交往行为中的权力关系。成人（主要是男性）的性器（Phallus）的社会学含义指向权力。

在现代社会中，人的"吃与被吃"的关系只能依靠权力来维持。它是对人与人之间的"权力关系"的隐喻。而人类的性行为也在一定程度上表现出"权力关系"的实质，并常常以一种更野蛮的形式表现出来。弗洛伊德认为："性本能中的攻击成分，实际上是同类相食欲望（cannibalistic）的残迹。"[①] 狂暴的性施虐，在心理学的深层，指向的是"吃人"邪恶冲动。《丰乳肥臀》中有一个情节，可以说将在权力关系中的人类性行为的残暴性质表达得无以复加：劳改农场的炊事员张麻子"用一根细铁丝挑着一个白生生的馒头"，以此作为诱饵，诱骗右派分子、前"医学院校花"乔其纱。饥饿的乔其纱在求生本能的驱使下，不得不像狗一样爬行着追逐那个白生生的"诱饵"。最后，张麻子在乔其纱贪婪地吞食馒头的时候强奸了她——

> 她像偷食的狗一样，即便屁股上受到沉重的打击也要强忍着痛苦把食物吞下去，并尽量多吞几口。何况，也许，那痛苦与吞食馒头的娱悦相比显得是那么微不足道。所以任凭着张麻子发疯一样地冲撞她的臀部，她的前身也不由得随着抖动，但她吞咽馒头的行动一直在最紧张地进行着。她的眼睛里盈着泪水，是被馒头噎出的生理性的泪水，不带任何情感色彩。

（《丰乳肥臀》）

---

① ［奥］西格蒙德·弗洛伊德：《性学三论》，宋文广译，见西格蒙德·弗洛伊德：《弗洛伊德文集》第5卷，第30页，车文博编，九州出版社2014年。

这一场景与瑞典电影《毒如蛇蝎》①中，主人乌尔萨老爷奸污其饥饿的女佃户的场面十分相似，而且显得更为触目惊心。它充分体现了"食欲—性—权力"的三位一体的关系。在某种特殊的境遇中，性是某一类人的特权。它意味着权力，意味着一类人对另一类人彻底的征服和奴役。在乔其纱吞食食物以拯救自己的身体之际，她的身体已经成为施虐者的奴隶，成为强奸者发泄性欲的对象，成为权力的牺牲品。

五

"暴力"是人类社会生活的"权力关系"的极端形式。因而，在莫言笔下充满了关于暴力的讽喻性的描写。最为典型的就是作品中经常出现的与枪有关的动机。枪意味着暴力，也意味着权力，同时还是男性的"性权力"的象征。作为一名军人，莫言对枪械感兴趣是很自然而然的事。但在他的作品中，"枪"的出现方式却很特别。它有一种特殊的隐喻性。短篇小说《老枪》中的主人公顺子是一个普通的年轻人，他扛着父亲（生前是有名的"神枪手"）留下来的猎枪，但他打不到猎物。这支神奇的枪如今已经失效了，打不响了。最终，枪是因为"走火"而打响的。但这一次"走火"同时枪身也爆裂了，主人公因此而丧生。《酒国》的丁钩儿身为高级侦察员，自然也枪不离身。在丁钩儿随身携带的两支枪中，首先打响的是那支玩具枪，而真实的枪也是因为走火而被打响。"枪"这一进攻性的器具在心理学上总是被看作是男性性器的象征。而这些人

---

① 电影《毒如蛇蝎》(*Ormens väg rä hälleberget*) 是瑞典导演玻·维德贝格 (Bo Widerberg) 于 1986 年执导的一部彩色故事片。影片反映的是 19 世纪末 20 世纪初瑞典某一贫困农村的日常生活，其中有一段表现了在某个饥荒年份，男东家乌尔萨老爷以面包作为诱饵，诱奸饥饿的女佃户寡妇蒂的情形。

物都缺乏一种对"枪"的控制力。他们在心理上是不成熟的，他们无力控制成年人的暴力工具。《老枪》中的情节似乎可以看作是主人公"自我去势"的暗示。或者，也可以说，他对来自成人世界的象征着强权的"武器"，出于本能的拒绝。枪的隐喻暗含了暴力的登场，而他本人则是这种暴力的牺牲品。《酒国》故事发展到后来，丁钩儿的侦破工作屡遭挫折，使他陷于沮丧，他的那支真枪越来越成为多余，像一件装饰品，与玩具无异。它甚至被那个看门老头、在枪林弹雨中出生入死的"老革命"讥笑为"娘们的玩意"。

然而，在《酒国》中——正如"老革命"所说的那样——枪确实真的被"娘们"所掌握。《酒国》中的那位女司机趁丁钩儿与她做爱的时机，攫取了他的手枪。女司机手持驳壳枪，赤身裸体地站在丁钩儿面前，并用枪直指丁钩儿的脑袋。在这一女性裸体和"男性化"的手枪结合在一起所构成的奇妙场景中，这位神秘的女司机不仅是性诱惑者，同时也充满暴力的威胁，她将这二者巧妙地结合于一身。她就是一支奇妙的"性手枪"。"性手枪"可以看作是对权力（暴力）与性感之间的关系的一种暗示，这一巧妙的结合，以游戏性揭示了暴力的"性感化"的一面。

从心理学角度看，在力比多中心的"肛门阶段"向"生殖器阶段"的转移过程中，遭遇"阉割"恐惧的阻遏，"阉割"始终支配着情欲，而随着性成熟和情欲冲动的强化，"肛门期"固置亦难以真正维持。被压抑的情欲则转化为所谓"肛门性施虐"。这种施虐性的情欲倾向，在《生死疲劳》中的西门金龙身上表现得极其充分。西门金龙是一个有严重心理创伤的青年。在政治身份上，由于他的原生家庭的阶级成分问题，被打上了深深的"政治原罪"的烙印，而不被社会所接纳；在情感上，他又遭遇了不被异性所接纳的挫折，他深深爱上了庞春花，却遭到拒绝。政治与情爱的双重压抑，让西门金龙的心理蜕变为带有"施虐狂"（Sadism）的病态倾向。西门金龙与庞春花的爱情，则近乎疯狂，他以歇斯底里的方式，甚至是"自虐"的方式，发泄失恋的苦闷。他的"施虐 / 受虐"式的性反常，与小说中那个心术不正的"莫言"的语言反常（刻意的成语缺字的乖张表达），形成了相互呼应的镜像式的映照关系。"莫言"的语言反常，则可以视作"肛门性"固置的表征。

接下来，西门金龙将这种畸形扭曲的情绪转移，发泄到其他事物上。当他得知其养父蓝脸所豢养的耕牛，拒绝为人民公社的土地耕作时，他扭曲的情感转化为愤怒，以致他疯狂地对耕牛施加暴力，企图通过施暴手段，强迫耕牛服从。莫言详尽地写下了这残酷的一幕——

> 金龙是那样地变态，那样地凶狠，他把自己政治上的失意，被监督劳动的怨恨，全部变本加厉地发泄到你的身上，就算他不知道你曾经是他亲生父亲，不知者不怪罪，但对待一头牛，也不能那样凶狠啊！
>
> ………
>
> 使牛汉子们拉开架势，一个接一个，比赛似的，炫技般的，挥动长鞭，打在你身上。一鞭接着一鞭，一声追着一声。牛身上，鞭痕纵横交叉，终于渗出血迹。鞭梢沾了血，打出来的声音更加清脆，打下去的力道更加凶狠。你的脊梁、肚腹，犹如剁肉的案板，血肉模糊。
>
> ………
>
> 那些打牛的人，似乎都动了恻隐之情，劝说金龙罢休，但金龙不罢休，他性格中与牛相同的那一面，犹如杜拉的火焰熊熊燃烧，烧红了他的眼睛，使他的五官都变化了位置。他的嘴巴歪斜着，喷吐出臭气，身体打着颤，脚步轻飘飘，犹如一个醉汉。他不是醉汉，但他丧失了理智，邪恶的魔鬼控制了他。就像牛要用宁死也不站起来证明自己的意志、捍卫自己的尊严一样，我哥金龙，要不惜

一切代价，动用一切手段把牛弄起来以证明自己的意志，捍卫他的尊严。这真是不是冤家不聚头，真是倔的碰上了更倔的。

（《生死疲劳》第二十章）

这是人与动物的意志间的搏斗，也是人与自身内部的两种不同精神力量的搏斗，当然，正如大多数历史与现实的真实情况一致，人取得了胜利，或者说，人性中的恶的力量取得了胜利。西门金龙在鞭打不能征服的情况下，放火烧死了牛。

吊诡的是，牛身上的动物性，它的倔强，实际上却又是西门金龙个性的生理学源头，因为，这头牛正是西门金龙的父亲——西门闹的转世。这样，人与牛有着血缘上的关联。父亲的缺失，是西门金龙心理上的原始创伤。这一点，决定了他日后的行为多少带有施虐倾向。通过暴力的手段，扮演父亲的可能的暴虐形象，象征性地成为"父亲"，填补了父亲的缺失。西门金龙作为施虐者，实际上有着"自虐"的成分，而且，进一步说，乃是无意识深处的"弑父情结"支配使然。西门金龙的愤怒，出自自己的无能和受挫，自己的情欲和权力欲望的受挫。他同时具有"施虐/受虐"的双重倾向。作为"施虐者"的西门金龙针对耕牛的残忍暴力，并不能用一般意义上的诉诸身体的"施虐快感"来解释，这种暴力仅仅是对他者所施加的肉体伤害而已，所达成的目标在于征服和奴役，借以证明自己的强权。这一施虐倾向，更接近于极权主义的政治模式。

如果说，性感的"暴力化"或可视作一种"虐恋"游戏的话，那么，暴力的"性感化"则是一个暴力政治——法西斯主义——的游戏。当然，它是残酷的"游戏"，是极权主义的心理学基础，也是它的美学基础。

六

人类文明的政治史，在某种程度上，就是暴力的"神话化"的历史。自上古时代牲人"活祭"起，身体暴力即被赋予了人类特有的精神性的含义。从"活祭"到现代电刑，既反映了人类对自身理解的变化，也可看出人类科技水平的不断进步。人类的施暴本性总是被精心掩盖在神话仪式和技术理性的面具下。

与暴力相关的流血，指向死与生的奇异的辩证。血是生命的根源所在，血的流失则意味着死亡。流血总是以不同方式指涉着暴力。在暴力关系中，无辜者的血有控诉的功能，是对暴力的揭露和抗议。人类远祖曾经兄弟相残，该隐杀害了兄弟亚伯，并企图隐瞒自己的罪。上帝向该隐追讨血债时，说——

> 你兄弟的血有声音从地里向我哀告。地开了口，从你手里接受你兄弟的血。现在你必从这地受咒诅。[1]

大地承载着生命，也承载着死亡，承载着无辜者的血，也承载着对罪恶的咒诅。它是生命记忆的伟大容器。即便有种种的伪饰来掩盖，依然难以抹除人类对于暴力之血腥的记忆。正如鲁迅所说："墨写的谎说，决掩不住血写的事实。"[2] 文学中的流血主题，是关于暴力创伤记忆的基本主题。

在莫言笔下，暴力的血腥特质同样被触目地显露出来。在《红高粱》中的那一场惨烈的战斗过后，战死者的鲜血浸透了土地——

> 父亲伸手摸去，触了一手粘腻发烫的液体。父亲闻到了

---

[1] 《旧约全书·创世纪》第 4 章，第 10–11 节。

[2] 鲁迅：《华盖集续编·无花的蔷薇之二》，见《鲁迅全集》第 4 卷，第 263 页，人民文学出版社 1981 年。

跟墨水河淤泥差不多、但比墨水河淤泥要新鲜得多的腥气。

（《红高粱》）

"我父亲"在血污中嗅到淤泥的味道，表明在一定程度上还保存了生命的气息。淤泥固然是一种无生命的物质，但它毕竟还属于土地的一部分。有机生命的血肉终究也会化为淤泥。此外，淤泥还可以通过对生物的滋养而与生命发生间接的联系，甚至，其中常常就孳生着微生物。血与生命之间的关联，被象征性地暗示出来。莫言的同时代作家余华也处理过同样的主题，他在小说《十八岁出门远行》中，那位少年主人公初次出门就尝到了血的滋味。他嗅到了自己身上流出来的血，与"遍体鳞伤"的汽车里漏出来的汽油的味道相仿佛。汽油的味道与淤泥的味道大不相同。血的意念在莫言笔下显然具有反神圣化倾向，但仍在一定程度上维持与生命的关联，或者就是生命激情的象征。汽油则属于反生命的物质。既然从人体中流出来的血液如同从汽车中漏出来的汽油，这也就意味着人本身亦类似于一种无生命的机械装置，就像汽车一样。血以及人的身体则完全非人性化了。它只是暴力作用于身体的结果，如同汽车被损坏而漏出汽油的物理现象一样。

余华在《现实一种》中，讲述了一个残忍血腥的兄弟相残的故事。山峰和山岗兄弟俩是对亚伯与该隐兄弟故事的改写。小说开头部分，血的意象触目惊心，并贯穿始终。小说中有一段写到山峰的妻子看到躺在血泊中的儿子时的情形——

她在门口站了一会，她似乎看到了儿子头部有一摊血迹。血迹在阳光下显得不太真实，于是那躺着的儿子也仿佛是假的。

血出现在这里，没有任何隐喻功能或象征性，也与任何带神话

171

色彩的仪式无关，它仅仅是一摊物质。它的流失，只是意味着一个有机生命的死亡，或者说，失血使躯体转化为虚假的、不真实的生命，转化为物质。而脱离了生命体的血液自身亦只能是一种毫无用处的物品。

这种物化的身体的描写，在莫言的《十三步》中，也有过类似的描写。

　　你一向是匆匆忙忙地脱光衣服，披上白大褂，一秒钟也不耽搁，就把刀子劈到死人的脸上，像一个技术娴熟的皮鞋匠清理着皮鞋上的破皮子。

　　　　　　　　　　　　　　　　　　　　　（《十三步》）

莫言、余华关于酷刑的描写，将作用于身体的暴力，还原到最基本的物质力量及其所造成的损伤方面。这种冷漠化的处理，拒绝将暴力事件和行为上升为伦理事件或神话，无论是悲剧还是喜剧。因此，我们可以将莫言、余华等人的小说叙事称之为"反神话"叙事。

在技术化的施虐行为中，施虐者乃是将受虐者的身体"物化"为暴力技术的对象，去除了身体的道德属性，使得酷刑成为一种身体技术。在余华的《一九八六年》中，"疯子"不仅在酷刑方面同样博学，而且还身体力行地将知识付诸实践。关于身体的暴力的知识代替了想象，科学代替了神话。它不仅消解了关于身体的暴力关系的神秘性，而且，还将暴力转化为知识的对象。就像任何一门关于事物的科学一样，暴力成了一门关于身体的科学。事实上，在任何暴力关系中，施暴对象都在一定程度上被物化了。只有将对象（比如人体）视为某种"物"——有用的或无用的、甚或是有害的"物"，暴力才赢得了其合理性，如果它不能被"神圣化"的话。

在《现实一种》的后半部分，山岗由于虐杀自己的兄弟而被处决，接下来出现了一段医生解剖山岗尸体的场面。这一场面与莫言在《红高粱》中关于罗汉大爷被"活剥皮"的描写，有相似之处。它们都可视作某种程度上对祭祀仪式的模仿。当然，这是残酷的杀戮，而非真正的祭祀。但它却具有祭祀所必备的一些基本因素：祭品、祭坛、刽子手、观众，以及必要的程序。也许可以说，祭祀与杀戮从根本上乃是相通的，只不过前者通过一系列带神秘色彩的仪式，使后者成为一个神话。

"活剥皮"作为一种刑罚，其残酷性是不言而喻的。不过，它必须在保持人体的完整性和活力的前提下才能完成，否则，就失去了刑罚的意义。而对山岗尸体的解剖，则是一次肢解。它首先使对象的身体彻底变成"物"，才能成为医学科学的实验品。这一场面可以看作是对祭坛的模拟，只不过祭坛已被改造成了解剖台。医生代替了祭司，科学代替了神话。这个"祭坛"充分暴露在科学理性的光芒之下，它的神秘性彻底消失了。如果说，在神话的范畴内，通过神秘的仪式，牺牲品被神圣化了，那么，在科学的范畴内，则通过对牺牲品的物化，神秘性的幕布被无情地揭开，否定了仪式的神圣性。值得注意的是，在余华的《现实一种》中，那些指向身体的施暴者是一群医生。在这里，"暴力"主题与"医疗"主题猝然相遇，并从此建立了牢固的联系。在余华的笔下，医生的活动与其说是疗救，不如说是暴虐的杀戮。医生巧妙地扮演了刽子手的角色。这显然包含着对"医疗"主题的解构，进而，也可看作是对"拯救"神话的反讽。医生的出场，使得启蒙精神再一次被逆转。它一度摧毁了神话，而自己占据了神圣的位置，这一回，一切都被搬上了前台，祭祀神话的残酷本质便暴露无遗。冷酷无情的知识则摧毁了启蒙精神内部的神话学结构，结束了启蒙的"神话阶段"。

在罗汉大爷被剥皮这一节中，剥皮是作为一种残酷的刑罚手段，其执行者不过是一位以屠宰为职业的屠夫（孙五）而已，而且还是被日军强迫实施的。他不过是日军残酷性的实施者。而在《檀香刑》中，莫言将其独特的"暴力美学"推向了极致。《檀香刑》

中所实施的是凌迟和檀香刑等极致大刑。这些大刑乃是皇家所特有的，是国家刑罚，实施者乃是皇家所豢养的职业刽子手，并非一般民间屠夫。赵甲实乃象征着官家的首席刽子手，职业的刑罚艺术家。他终生从事酷刑，以制造受刑者的身体痛苦为职业。这位杰出的刽子手热爱自己的杀戮事业，对技术一丝不苟，精益求精。虽然不能说他已经做得十全十美了，但如此具有敬业精神的人（更别说是刽子手），实在是极为罕见。在一个弯曲悖谬、分崩离析的时代，一切都变得荒诞不经，唯有一个刽子手还依旧忠实于他的职分。赵甲会通过自己精湛的杀戮手艺而获得巨大的成就感，是其自身作为皇家首席刽子手身份的生存价值的最高实现。赵甲满足于自己的行刑表演，他与其说是一个刽子手，不如说是一个艺术家。这是与完成了剥皮工作之后而发疯了的孙屠夫所不可同日而语的。他曾凌迟过钦犯，决不让受刑人在没有受到足够的刀数之前死去。

> 他感到，如果不割足刀数，不仅仅亵渎了大清的律令，而且也对不起眼前的这条好汉。无论如何也要割足五百刀再让钱死，如果让钱在中途死去，那刑部大堂的刽子手，就真成了下九流的屠夫。

（《檀香刑》）

同样，受檀香刑的孙丙在赵甲手下更不是被草草处死，而是被安置在一处"比县城最高的屋脊还要高的升天台"上，它看上去像是一座"祭坛"，而实际上它不过是一座肉体惩罚功能的行刑台而已。官家极致刑罚，有着祭祀礼仪一般的外观。这是一个没落的王朝最后的酷刑，而且，只在残存的酷刑艺术中，得见皇家权力的昔日辉煌和精美。讽刺的是，皇家却只能依靠刽子手，来挽回衰败帝国的权力威严。

而对于现代社会的暴力，在莫言笔下则显得更为直接，几乎就是一种纯粹的针对身体的伤害，一种致死的虐待，甚至干脆直接就是"戮尸"。在《十三步》中，火葬场整容师屠小英，她的解剖技术精湛，但却是施加在尸体上。戮尸是象征性的施虐，它需要想象力的参与，来完成施虐，获得施虐快感。

七

一部刑罚史就是人类文明史。而古代中国在这一方面，已经达到了登峰造极的地步。《檀香刑》中的德国总督克罗德不无偏颇地指出："中国什么都落后，但是刑罚是最先进的，中国人在这方面有特别的天才。让人受了最大的痛苦才死去，这是中国的艺术，是中国政治的精髓。"[①] 虽然洋人对中国多有偏见，但有时也不免歪打正着，一语中的。《檀香刑》里精彩绝伦的刑罚展示，与其说是莫言个人天才想象力的体现，不如说更像是民族集体智慧的结晶。民族传统文化在几乎完全不懂得现代解剖学的情况下，却在制造身体痛苦和杀戮方面的认知，表现出超常的精确和丰富，对此，鲁迅也表示惊异——

> 医术和虐刑，是都要生理学和解剖学智识的。中国却怪得很，固有的医书上的人身五脏图，真是草率错误到见不得人，但虐刑的方法，则往往好像古人早懂得了现代的科学。[②]

米歇尔·福柯在论及"酷刑"时写道："酷刑是以一整套制造痛苦的量化艺术为基础的。"[③] 酷刑作为一种身体惩罚的技术，致力

---

① 莫言：《檀香刑》，第 113-114 页，作家出版社 2001 年。
② 鲁迅：《且介亭杂文·病后杂谈》，见《鲁迅全集》第 6 卷，第 165-166 页。
③ ［法］米歇尔·福柯：《规训与惩罚》，第 37 页，刘北城、杨远婴译，生活·读书·新知三联书店 2012 年。

于制造身体痛苦的精细和强烈，但它真正所要达到的目标，乃是为了彰显一种合法性外表掩盖下的权力，合法的政治暴力对身体的控制。福柯进一步指出："这是肉体刑罚知识中一门需要长期学习的课程。……酷刑应成为某种仪式的一部分。"[1] 这也就意味着，酷刑是关于制造身体痛苦的一门学科，是关于身体的知识体系。

在余华的《往事与刑罚》中，刑罚专家就不无炫耀地显示过自己在酷刑方面的无比渊博的知识——

> 刑罚专家回答："你明天就会明白。现在我倒是很愿意跟你谈谈我的事业。我的事业就是总结人类的全部智慧，而人类的全部智慧里最杰出的部分便是刑罚。这就是我要与你谈的。"[2]

刑罚是一门科学，也是一门艺术。人体刑罚是杀戮的变种。在这方面，中国古代最著名的屠夫庖丁，堪称大师。他不仅在杀戮的技术上达到了炉火纯青的境地，而且将其上升为艺术和美学的境界，甚至是对人生的哲学启示。庖丁杀的是牛，是第一位将杀戮上升为艺术，乃至哲学的屠夫，赵甲就是他的杀戮艺术的最后传人。

相对于余华笔下的刑罚专家寓言化的刑罚知识，莫言笔下的赵甲，称得上是真正的刑罚专家，而且他是在真实意义上实践了这些知识。莫言在小说中借赵甲之口，追溯了酷刑的历史。官方酷刑不同于民间简单粗暴的暴力，它追求更为精密和更为仪式化的技术，与皇家至高政治威严相匹配，是增强帝王权术手段之一部分，并且，如同任何一种宫廷秘术一样，为皇家所垄断。作为皇家刽子手的赵甲，怀着敬虔而且荣耀的心，回顾道：

---

① ［法］米歇尔·福柯：《规训与惩罚》，第 37 页。

② 余华：《往事与刑罚》，见《鲜血梅花——余华中短篇小说选》，第 66 页，作家出版社 2014 年。

咱这行当的祖师爷是皋陶，他老人家是三皇五帝时期的大贤人、大英杰，差一点继承了大禹爷爷的王位。现如今的种种刑法和刑罚，都是他老人家制定的。据俺的师傅余姥姥说，祖师爷杀人根本不用刀，只用眼，盯着那犯人的脖子，轻轻地一转，一颗人头就会落到地上。

（《檀香刑》）

皇家刽子手崇拜这些刑具，如同祭祀仪式上的礼器一般。事实上，刑罚就是礼仪的附属部分，甚至在某种程度上，它是国家威权政治治理的核心部分，这个核心技术往往秘不示人，往往被掩藏在庄重的国家礼仪的外表之下。国家的外部表征是礼仪，其隐秘的核心秘密乃是刑罚。从这个意义上说，刽子手赵甲，才真正掌握了皇家统治的秘密武器。他的姓名叫"赵甲"。姓氏是百家姓的第一姓——赵，名字是代表第一的序数——甲。这也就意味着，他是国家暴力技术的头号人物。莫言在《檀香刑》中，通过对暴力化刑罚的展示，揭示了古典政治暴力的秘密。

暴力不仅仅是知识的对象，同时——也许是更重要的——也是美学的对象。美学的方式是以一种积极的态度在主体与对象之间建立起紧密的联系。它改变了无主体的知识系统与对象及现实之间被动、冷淡的关系，以一种更加主动的方式介入现实。通过一系列积极的修辞手段，残酷被赋予了某种美学特性，更加直接地被感知。"刑罚艺术"将暴力刑罚推向了精美的极致。优美、优雅的趣味遭到了重大的戏弄和摧毁。

身体暴力所带来的感官刺激，不仅作用于受刑者和施刑者，同时也作用于旁观者，作为刑罚的看客，在酷刑展示过程中目睹那些残忍和痛苦所带来的感官刺激，同样是极其强烈的。看客甚至同时体验到"施虐/受虐"的感受。这种"施虐/受虐"的双重经验，是"暴力美学"的基础。

在余华的另一篇小说《古典爱情》中，亦有一段对身体伤口的描写：

> 柳生仔细洗去血迹，被利刀捅过的创口皮肉四翻，里面依然通红，恰似一朵盛开的桃花。

这一对创伤的美学化的描写，很明显，是对卡夫卡的小说《乡村医生》的模仿。卡夫卡写道——

> 在他身体的右侧靠近胯骨的地方，有个手掌那么大的溃烂伤口。玫瑰红色，但各处深浅不一，中间底下颜色最深，四周边上颜色较浅，呈微小的颗粒状，伤口里不时出现凝结的血块，好像是矿山上的露天矿。这是从远处看去。如果近看的话，情况就更加严重。谁看了这种情况会不惊讶地发出唏嘘之声呢？和我的小手指一样粗一样长的蛆虫，它们自己的身子是玫瑰红色，同时又沾上了血污，正用它们白色的小头和许多小脚从伤口深处蠕动着爬向亮处。可怜的孩子，你是无可救药的了。我已经找出了你致命的伤口；你身上的这朵鲜花正在使你毁灭。[1]

而在莫言那里，身体创伤也有同样的花朵般的美感——

> 你用力、但十分平静地在王副市长充气皮球一样的肚皮上划了一刀，浅蓝色、弯弯曲曲的脂肪不可遏止地奔涌出来，宛若菊花开放，这是硕大、富态的名贵菊种……
>
> （《十三步》）

---

[1] ［奥］卡夫卡：《乡村医生》，见《卡夫卡小说选》，第184-185页，孙坤荣译，人民文学出版社1994年。

在殡仪馆整容师的手术刀下，解剖术变成了一门艺术。这是关于暴力的美学，或者干脆就是"残酷美学"，而不是残酷的"神话学"。这种残酷的震撼力不同于古典作品，如在鲁迅的《药》中，也写到了诸如"人血馒头"这种滴着鲜血的物品，但《药》的力量主要来自作品的悲剧精神。悲剧脱胎于神话，并保存着神话的结构。在这一结构的末端，敞着一个"净化"的开口。事实上，成为艺术的决不是这种象征性的施暴。经历了二十世纪的现代人对这一点应该是深信不疑的。暴力不仅不曾获得悲剧式的"净化"，相反，它总是变本加厉地使人们关于它的想象显得大为逊色。从这一角度看，所谓"残酷美学"并非对暴力的乖僻的想象，毋宁说它是一种现实的美学。

八

"暴力美学"作为一种语言艺术，在一定程度上将暴力"性感化"。暴力的"性感化"是暴力的一种极端形式。在《酒国》中，莫言刻意将性感与暴力结合在一起，上演了一场情欲与阴谋相结合的情节剧——

> 她抓起侦察员的手枪，熟练地推上子弹，往后退一步，与侦察员拉开一点距离。灯光愈加柔和。她的身体上仿佛镀了一层金，当然不是全部。她的乳晕是暗红色的，她的乳头则是两点鲜红，好像两粒红枣。她缓缓地举起枪，瞄准了侦察员的头颅。
>
> ……
>
> 他仿佛从来没有见过手枪似的端详着自己的这支手

枪。它的瓦蓝色光泽像陈年佳酿的醇厚气味一样迷人，它流传的线条呈现出一种邪恶的美丽。

（《酒国》）

这一段描写，巧妙地将"性欲—食欲—暴力"三者组合在一起，揭示了暴力本身的性感意味，同时，也是对性感与情欲本身所包含的暴力意味的揭示。暴力不仅是雄性化的威武和强硬，也会呈现为妖媚和阴柔的诱惑形象。现代主义美学形态往往从正面或反面，与暴力化的事物结合在一起。纳粹主义的阳刚美和唯美主义的颓废美，是这种美学的两个极端形态。

但是，所谓"暴力美学"，并非一种简单的诉诸快感的美学游戏，而是关乎暴力的美学呈现。暴力完全可能表达为一种美学。暴力必然诉诸感官经验。对于施暴者来说，暴力是其自身力量加诸对象的实践；对于暴力的受害者来说，暴力是其身体所承受的力量打击，并以不同程度的痛苦而被感知。更为重要的是，对于旁观者来说，暴力在其受害者身体上所产生的肿胀、破裂、流血，因痛苦而致的呻吟，乃至死亡，等等一系列后果，都将带来不同程度上的感官冲击力。如果说，美学经验首先是一种感官经验，而且，往往是作用于感官的新奇感受的话，那么，新奇而强烈的感官刺激——正如瓦尔特·本雅明所说的"震荡"（Shock）经验——才真正属于美学的。如此一来，暴力的形式感，就是"暴力美学"的美感来源。进而，根据"审美无利害"的美学信条，"暴力美学"就应该是美学的某种（甚至可能是最高级）的形态。否则，近代以来的美学原则都将被推翻。

撇开关于暴力的理论上的阐释，现实的暴力本身，远远超出人们的感受力所能够承受的限度。首先，暴力是真实存在的，而且越来越技术化、精美化。其次，暴力的艺术表达总是在形式上不断地拓展暴力的疆域，突破暴力的界限，但艺术想象却往往难以跟上人的暴力冲动的步伐，人性中对暴力的渴求和在暴力方面的创造性，几乎是无止境的。

"暴力美学批判"揭示暴力在美学上的形式感的批判，同时也是对所谓"美学"的暴力性质的批判。当然，人们也可以期待艺术为人类精神提供某种庇护，成为良知的慰藉。但艺术"非道德化"的原则一旦被确立，艺术将以自己的美学冲击力，不断突破人类社会的道德界限，向一个危险的境地挺进。在此过程中，艺术不仅挑战了美学边界，也挑战了伦理边界，甚至，也对政治边界形成冲击。

问题在于，当暴力转化为"残酷美学"的内容的时候，它是否得到了克服。这是"暴力美学"的道德难题。正是在这一点上，莫言（还有余华和残雪）受到的指责最多。一些人抱怨他"溢恶"，在艺术的世界里，用丑恶埋葬了人类的"一切希望"，而没有"硬装缀些希望"。现代人类是否真的需要一位诗意的"灵魂保姆"来安抚，这是个问题。不过，要在艺术的"美丽新世界"里装缀希望，实现其内部的和谐、优雅和安谧，似乎并不太困难。但这倒恰恰必须以对狂暴、混乱和残酷外部世界的恐惧或默认为前提。恐惧产生神话。因为神话转移了恐惧，并将恐惧保存在其无意识结构之中，每到适当的时机，就会释放出可怕的恶魔。而关于暴力的"美学"也许没有拯救人类于恐惧的伟大抱负，它只不过是努力追上神奇的、令人震惊的现实。追上，而不是逃离，才有可能模仿。有能力模仿才为否定提供了某种可能。这正如驱魔术士那样，必须通过对魔鬼形象的模拟，并说出魔鬼的名字，才能解除其魔力。

如果目标只是指向社会现实的政治层面，即便是深刻的批判，也还是一种单一的"寓言式"的写作。语言形式只是一面镜子，照出来的永远是现实的某一部分。有时候有一点变形，基本上不变形的。莫言的《酒国》等作品，在某种程度上是对那种"寓言式"写作的超越。小说开始也像《狂人日记》那样写"吃人"，这在某种意义上也是在影射现实。但写着写着完全变成了幻想，充满传奇色彩的、超现实的幻想。摆脱了中国现代小说的"国民性"话语模式。它既是对现实的介入，同时又超越了现实，艺术的经验并不与现实的经验完全重合。

关于写作的政治性或艺术的表达形式中所包含的政治性，写作如何才能更有效地介入现实，这是一个问题。人们往往一般性地谈论文学应该干预政治，文学不应该也不可能脱离政治，等等。然而，文学应该如何干预政治，则语焉不详。比起作品来，人们更爱看诺奖得主的受奖演说辞。那里面，作家往往更加直截了当地表明文学立场，文学应该如何如何，云云，而缺乏阅读文学作品本身的耐心。

事实上，莫言文学的政治性是显而易见的。莫言自己也宣称，他的文学大于政治，很显然，他在提醒读者，不应该将文学的政治性与政治本身等同和替换。莫言文学的政治性，即是在他的话语的世界里，颠覆现实中的政治秩序。莫言在获诺贝尔文学奖的受奖演说中，以《天堂蒜薹之歌》为例，回应了这个问题——

> 我在写作《天堂蒜薹之歌》这类逼近社会现实的小说时，面对着的最大问题，其实不是我敢不敢对社会上的黑暗现象进行批评，而是这燃烧的激情和愤怒会让政治压倒文学，使这部小说变成一个社会事件的纪实报告。小说家是社会中人，他自然有自己的立场和观点，但小说家在写作时，必须站在人的立场上，把所有人都当作人来写。只有这样，文学才能发端事件但超越事件，关心政治但大于政治。[①]

在处理文学虚构与现实之间的关系方面，莫言的手法是复杂的。制造"幻觉""幻象"，是其手段之一，此外也还有较为直接的写实主义手法。长篇小说《天堂蒜薹之歌》即是一部有着极强的

---

① 莫言：《讲故事的人——在瑞典学院的受奖演说》，2012 年 12 月 7 日。

现实感，并以写实手法完成的小说。其中警察追捕主人公高马的情节，使我们联想到杜甫的《石壕吏》。这一场景使两个相距一千多年的时代联系到了一起，同时也将这两个相距一千多年的作家的心灵联系到了一起。而在莫言《酒国》《丰乳肥臀》《生死疲劳》等作品中，我们也能听到杜甫的"朱门酒肉臭，路有冻死骨"控诉之声的回响。从这个意义上说，莫言是中国文学从《诗经·国风》到杜甫到鲁迅的伟大的批判传统的现代继承人。

《天堂蒜薹之歌》《丰乳肥臀》《生死疲劳》《蛙》《地道》《师傅越来越幽默》等作品中，都在不同程度上对于苦难有着充分的展示，而不是掩饰或"升华"。这些苦难是生存的真相。这些现实性的东西对于任何一个作家及其文学写作而言，都可以说是一个重大的考验。在短篇小说《拇指铐》中，一种如同命运一般的荒诞而且无可逃避的残暴性突然降临，在一个小男孩的身上，就好像卡夫卡笔下的约瑟夫·K一觉醒来无缘无故被逮捕一样。但对于小男孩阿义来说，被致命的拇指铐所控制，却并不是幻觉，也不是一场梦，而是切切实实的囚禁与痛楚。无缘无故的施暴和无辜者的厄运，似乎成了这个社会的常态。拇指铐的坚硬和冰冷，正是一个暴力化的时代的最好象征。阿义虽然未必就是"义人"，未必就代表"公义"或"正义"，但他的无辜受苦，确实是对"不义"的控诉，他作为"义"的象征被禁锢。"义人受苦"，这是自《旧约圣经·约伯记》以来文学的永恒主题，也正因为人类社会普遍存在的不公，使得这个主题成为有伦理正义的作家无法回避的内容。

第五章　莫言的语言风格和文体特征

一

语言问题始终是莫言小说诗学的核心问题，也是一个颇具争议的问题。从其成名作《透明的红萝卜》（1985年）起，莫言便以其独特的语言风格引人注目。这个发生在人民公社水库工地上的故事，应该说算不上有多少奇特之处，当代小说中的所谓"农村题材"的小说，经常讲述这一类故事。但这部作品却被视作一部横空出世的杰作，其重要的原因乃是小说中所呈现出来的丰富的想象力和绚烂的语言风格。《透明的红萝卜》如同一道彩虹，出现在1980年代中期波谲云诡的文学天空。莫言的语言风格在随后的"红高粱系列"小说中得以弘扬。随后不久，莫言的小说语言开始进入到一个新的境界。在1985年之后《欢乐》《红蝗》《爆炸》《球状闪电》等一系列中篇小说中，莫言的小说语言将其早期风格的某些方面加以放大。《欢乐》《红蝗》等作品极尽铺张之能事，感官性修辞极度膨胀，爆炸性的言辞狂欢。这种叙事语言的"狂欢"状态，在现代汉语文学中可以说是绝无仅有的。

由于这种言辞狂欢达到了近乎嚣张的程度，其声音是尖锐和喧嚣的，令许多阅读者感到难以忍受。他的那种看上去毫无节制的、汪洋恣肆的叙事风格，令人震撼，也令人不适。阅读它——正如当时的一些文学批评家所说的——"是一件十分难受的事情。"① 当时批评家对这种"欢乐叙事"表示了强烈的不满，认为这种辞藻"堆砌"是一种语言"毛病"，而且必将陷入"做作"的美学陷阱，甚至认为作者一味满足于对"私人语言"风格的追求，乃是对读者的不尊重。② 在这些批评家看来，"节制"是一种美德，一种语言道德。泛滥成灾的语言宣泄，不仅是一种美学上的欠缺，甚至也是一种道德上的不足，好像日常生活中的铺张浪费一样。从语言批判进入到道德谴责，这是对莫言的批判的必然逻辑。相同逻辑的批判之矛，也曾刺杀过其他几位语言风格特异性极强的当代作家，如王朔等。然而，文学语言的道德是否一定会服从日常生活的道德律令，这是个问题。

那个时代的批评家习惯于做道德纠察的并不罕见，而在文学语言上也试图加以整饬的，却不多见。就语言风格而言，一位作家若不追求所谓"私人语言"风格，那他还能追求什么呢？"公文"风格吗？这种荒谬的语言观固然与文学本身不相干，但却往往支配着文学学者和读者的头脑。然而，从文学语言学角度看，这种批评家所反对的语言的"私人性"，恰恰是一位作家终其一生所希望达到的目标。

文学语言并不是一种简单的修辞学。读者没有语言。读者也不是需要尊重的对象。文学语言也不是公共领域的文明用语。相反，伟大的文学往往是对读者的美学趣味的挑战。文学语言要挑战、破坏甚至颠覆惯常的语言规则和美学趣味，打破公众的被陈词滥调所败坏了的语言趣味，将他们从语言惯性的囚笼中解放出来，帮助他们突围，进入到诗的自由王国当中。正如诗人约瑟夫·布罗茨基所说："艺术，尤其是文学，之所以非凡，之所以有别于生活，正在于它憎恶重复。"③

---

① 贺绍俊、潘凯雄：《毫无节制的〈红蝗〉》，《文学自由谈》1988 年第 1 期。

② 参阅贺绍俊、潘凯雄：《毫无节制的〈红蝗〉》，《文学自由谈》1988 年第 1 期。

③ ［美］约瑟夫·布罗茨基：《文学憎恶重复　诗人依赖语言——布罗茨基在瑞典的演讲》，见［美］约瑟夫·布罗茨基：《从彼得堡到斯德哥尔摩》，第 551 页，王希苏、常晖译，漓江出版社 1990 年。

由此可见，上述评论者对莫言语言风格的道德指控，如果不是道德纠察习气习惯性的呈现的话，那么，也可以说是一种完全不可理喻的外行话。好在莫言本人对于这些指责并不以为意，在之后的作品中，非但没有加以克制和收敛，反而变本加厉，在《檀香刑》《四十一炮》《藏宝图》《司令的女人》等作品中，发挥到了极致。

1980 年代人们（包括批评界）对文学语言抱有种种不那么专业的成见，尚且可以解释为美学认知上的时代局限性。值得关注的是，在莫言获诺贝尔文学奖的 2012 年，莫言文学的语言问题，仍存在争议。批评界出现的另一种针对莫言语言的批判性的意见，一些批评家指责莫言的语言有一种"病态"。美国的文学杂志 The Kenyon Review 刊登了一篇署名 Anna Sun（孙笑冬）的评论文章《莫言的病态语言》(The Diseased Language of Mo Yan)。在境外众多不得要领的评论当中，这算是一篇相对较为专业的莫言评论。作者 Anna Sun 在文章一开头征引了另一位诺贝尔文学奖得主帕斯捷尔纳克著名的小说《日瓦戈医生》中的一段话，来作为自己文章的题记。通过这段话 Sun 暗示说，这个时代的粗鄙化使得文学话语的复杂性和精神深度消逝殆尽，言辞变成了赤裸裸的语义直陈，如同这个时代的欲望和心思一样。Anna Sun 继续写道：狄更斯，哈代和福克纳这些伟大的小说家，他们的写作总是面对严酷的人类生存处境，而莫言的作品缺乏像作家所具备的重要东西——美学信念。这些作家的美学力量是火炬，照亮了人性的黑暗和痛苦的真相。莫言的工作不乏人工技巧的光泽，在他的幻觉世界，却没有照亮混乱现实的光芒，并由于缺乏整体的美学考虑而致混乱和失败。打开他的作品的任何一页，都混杂着乡村土语、老套的社会主义修辞和文学上的矫揉造作，令人惊讶的平庸。莫言的语言是重复的，粗鄙的，大多缺乏审美价值。相反，倒是葛浩文的翻译，使莫言的作品显示出某种光芒，使之看上去貌似高尔基或索尔仁尼琴。莫言的语言是惊人的和引人注目的，因为它是患病的。它脱离了中国文学数千年传统中的优雅、复杂和丰富，脱离了屈原，到李白、杜甫，再到苏轼，再到曹雪芹所建立起来的伟大传统，是一种病态的现代汉语。莫言的作品其实是社会主义美学的产物。病源在于长期盛行的工农兵的政治语言，但沈从文、汪曾祺、老舍、冰心、钱锺书等，则逃脱了病态的感染。这也就意味着，莫言并没有尽到一个作家应尽的职责——捍卫母语纯洁传统。批评者以这些年风行一时的旅美作家木心作为参照项，认为木心虽然也是同时代作家，但由于他保持一种与主流文学疏离的状态，因而得以存留更多的母语传统，形成了一种有别于"工农兵语言"的雅致和纯洁。①

　　作者 Anna Sun 是华裔学者和作家，她对古典中国和当代中国文学的状况有着相对较为充分的了解，尤其是对当代中国的文学语言状况感触更深，这是通常意义上的"汉学家"所难以体会得到的。与前一种指控相比，这种批评性的意见，不再是业余的，而是相当专业的。"病态"指控所涉及的表征及其根源的界定有所不同，它主要不是关于道德的，而是进入文学话语的政治学层面。但在我看来，Sun 只说到了汉语文学语言的美学意义的一个方面。她本人的美学立场本身就带有严重的偏执性。的确，与木心语言相比，莫言语言有着明显的粗粝和放纵的特点。木心的孤傲高洁自然是可贵的，但他必须要与现实的语言环境相隔离，方得以实现。木心的语言由于与二十世纪后半期的汉语环境相隔离，因而较为完好地保存有民国时期语言的气韵。这一点，被当下的文艺界人士所追捧。但木心是一个孤立的个案。木心的价值在于其作为一个业已消逝的语言和美学的"标本"意义，就好像一枚被农夫遗忘在树枝末梢的果实，在美学的严冬里散发着光辉。它的存在，不能证明时下是硕果累累的深秋。莫言的语言不是一个孤立于世外的美学风景，它是当下季节里的一场暴风雪。它与现实之间的关系是短兵相接的白刃

---

① 参阅 Anna Sun: *The Diseased Language of Mo Yan*，The Kenyon Review (Gambia)，Fall 2012.

战。在一场混战当中，旁观者往往难以分辨出对立的双方。从这个意义上说，Sun 的描述是准确的。然而，在我看来，这恰恰是莫言小说语言趋于成熟的标志，从《欢乐》等一系列作品开始，真正形成了一种或可称作"莫言式"的语言风格。所谓"母语的纯洁传统"，与其说是一个语言学事实，不如说是学者们一厢情愿的臆想。作为母语的汉语，尤其是现代汉语，并没有所谓"纯洁"传统，相反，它始终在与各种不同来源语言（外来语、日常口语、古典文言等）和不同话语方式（官方语体、民间俚语、雅化的文艺腔等）的交流、渗透、羼杂、改变当中变化和发展。

语言的"雅致"和"纯洁"，从来就不是文学语言的目标，而是学院教师语文课程的教学目标。语言诗学并不以追求语言的纯洁性为目标，语言纯洁性属于语言伦理或语言政治的范畴，目的在于维护国族的语言秩序以及语义的稳定性和国民交流的有效性。语言诗学固然也有维护母语纯正的义务，但从根本上说，诗和文学的目的在于拓展语言的表达疆域和可能性。诗常常通过"反常化"（Остранение）的语言使用，来达到突破语言陈规，挑战习以为常的语义壁垒，颠覆语言内在的权利秩序，解放语词的活力，使文学成为自由表达的载体，使诗成为自由精神的象征。从这个意义上说，诗（文学）是一种更为开放和更为民主的语言，也是更为自由的语言。

莫言在语言上的价值，恰恰是他的那种刻意制造的混乱、芜杂、重复和陈词滥调，或者说，Anna Sun 所说的"病态的"语言。这一点也正印证了普鲁斯特所说的，"美好的书是用某种类似于外语的语言写成的。"[①] 莫言以戏仿手段所达到的"反讽"效果，是一种否定性的美学。戏仿文本以一种与母本相似的形态出现，却赋予它一个否定性的本质。戏仿使制度化的母本不可动摇的美学原则和价值核心沦为空虚，并瓦解了制度化母本的权威结构所赖以建立的

---

① 普鲁斯特：《驳圣伯夫》。

话语基础。因而，可以说，戏仿的文本包含着至少是双重的声音和价值立场，它使文本的意义空间获得了开放性，将意义从制度化文本的单一、封闭、僵硬的话语结构中解放出来。从这一角度看，戏仿就不仅仅是一种否定性的美学策略，它同时还是一种新的世界观念和价值原则。莫言的文学确实是"有病的"，它是一个有病时代的病毒携带者。它以自身的免疫力，存活在这个时代。这是莫言一代人的宿命，也是他们的价值所在。

二

莫言的这种令人"十分难受"的语言风格究竟应该怎样界定？这是一个问题。瑞典文学院在宣布莫言获诺贝尔文学奖的获奖理由时，称："通过迷幻现实主义将民间故事、历史与当代社会融合在一起。"其中"迷幻现实主义"一词英文作 Hallucinatory realism，最初媒体译作"魔幻现实主义"，后经瑞典文学院方面澄清，方改译作"幻觉现实主义"，有别于拉美文学"魔幻性"特征。亦有人译作"梦幻现实主义"或"致幻现实主义"。而笔者更倾向于译作"迷幻现实主义"，并拟在本书使用这一译法。

很显然，诺贝尔文学奖评委注意到了莫言的语言风格特征，并试图加以界定。瑞典文学院的这一命名，凸显了一个重要的理论问题，即莫言的小说诗学特质与通常所谓"魔幻现实主义"之间的根本分野。此前，研究界往往将莫言笔下的奇异情节、事件、人物的描写，等同于拉美文学中的"魔幻现实主义"，莫言本人也从不讳言自己深受"魔幻现实主义"文学的影响。莫言在一次演讲中讲道：

> 我必须承认，在创建我的文学领地"高密东北乡"的过程中，美国的威廉·福克纳和哥伦比亚的加西亚·马尔

克斯给了我重要启发。我对他们的阅读并不认真，但他们开天辟地的豪迈精神激励了我，使我明白了一个作家必须要有一块属于自己的地方。一个人在日常生活中应该谦卑退让，但在文学创作中，必须颐指气使，独断专行。

……魔幻现实主义文学从根本上颠覆了我们这一代作家。我在1984年第一次读到《百年孤独》，心情就像当年马尔克斯在巴黎读到了卡夫卡的《变形记》一样：原来小说可以这么写！[①]

加西亚·马尔克斯《百年孤独》开头的一句——"许多年之后，面对行刑队，奥雷良诺·布恩迪亚上校将会回想起，他父亲带他去见识冰块的那个遥远的下午……"几乎每一个1980年代的汉语文学写作者，都熟悉这个句子。就是这么一个句子，一个巧妙的话语装置，将一段司空见惯的回忆，变成了一场巨大的充满魔幻色彩的时间风暴，席卷了一百年的孤独和喧嚣，就好像一只折叠得极为精美的纸鹞，将一张普通的纸变成了一只自由的飞鸟。而它对于1980年代的中国年轻一代的作家来说，犹如一场精神地震。这里面孕育了一个时代的新文学，它是1980年代中国先锋文学的种子，一个时代文学新生命，就是从这个句子中诞生的。马尔克斯这个句子是一道分水岭，不仅在精神上，也在话语形态上，隔开了文学的新旧两个世界。它将两个不同的时态、处境和经验重叠在一起，让我们也经验到了现在、当下的存在，实际上是过去和未来交叠处的一个并不起眼的皱褶而已。伟大的文学就是这样，它强有力地侵入我们的生活，介入我们的内在精神结构，它不仅是建构了我们的文学生活，同时，更奇妙的是，它也渗入了我们的日常生活。加西亚·马尔克斯确实成为我们这一代人的生命经验的一部分。构成了我们的句子，也构成了我们的感官经验。马尔克斯的影响如此之巨大、如

---

① 莫言：《我与马尔克斯"搏斗"多年》，《钱江晚报》2014年4月20日。

此之不可或缺，对于我们这一代人，尤其是对于一位作家来说，有时却又是一场灾难。1980年代的写作者一方面享用着马尔克斯的文学美味，另一方面，这个纠结的句子像蛇一样纠缠着他们，成为先锋作家的语言魔咒和不可克服的巨大障碍。走出马尔克斯，就像学习马尔克斯一样，是莫言一代作家的梦想。莫言本人也充分意识到这一点，他谈到自己如何努力克服和摆脱这种影响，如同"搏斗"一般的努力：

> 我想这几十年来我就一直在千方百计地逃离他们。[①]

而到了最后，莫言认为：

> 我搏斗了20年，终于可以离开他了，但我觉得我现在也终于可以靠近他了，因为我把中国的魔幻素材处理得和他不一样，这个过程是如此地痛苦也如此地漫长。[②]

这就是一位后辈作家的文学成人礼。

不难看出，莫言笔下的 Hallucinatory realism 显然不同于 Magical realism，它不只是一种超自然的魔幻性，而是更具现实感的批判性，而这种批判性又是基于他笔下所描述的世界乃是一种介乎"真实"与"虚幻"之间的、似是而非的幻觉世界。这种"迷幻性"或"幻觉"，既表现在其感官经验的模糊化的膨胀，以及诸感官之间的"通感"，又表现在理性无力状态下的"迷醉"感和不确定感。它是现实的，同时又是"虚幻"的，然而这种"虚幻"往往比现实更为真实，更为真实地表现了当下的生存境遇和生活本质。这是莫言小说的深刻悖论。进而，这种不确定的感受又与生活的伦理价值的模

---

① 莫言：《我与马尔克斯"搏斗"多年》。

② 同上。

糊乃至沦丧有关。因而，莫言笔下的"迷幻性"，不仅是一个风格学的问题，更重要的是一种意识形态批判性的问题。更进一步讲，这种"迷幻性"，亦可视作莫言小说"狂欢化风格"的本质属性及其来源。这在一定程度上解决了莫言小说"狂欢性"的独特性问题。

存在经验的"迷幻性"，首先呈现为"时间经验"和"空间经验"上的迷失和错乱。

小说《红高粱》的开头写道："一九三九年古历八月初九"，这一表达揭示了现代中国叙事语境的时间因素。与鲁迅笔下的"这历史没有年代"不同，莫言笔下的历史有年代，而且还是双重纪元，双重时间，公元纪年与传统农历纪年的重叠。双重时间并置，彼此阐释，又相互冲突，是接下来各种文化冲突和政治冲突的时间基础。双重纪元并不意味着历史更加清晰，相反，它只能带来更多的混乱和迷失。记忆在众多历史言说的话语泡沫中沉沦。古典的叙事性作品所遵循的时间原则往往是一种线性的和逻辑化的时间经验模式。在莫言的作品中，时间的链条却显得十分松弛和脆弱。即使是一些表面上看属于历史故事的作品，如《红高粱》，叙事的时间链在经常出现断裂。过度膨胀的瞬间感觉迫使时间暂时中止，形成一个膨大区，如少年豆官在高粱地里对浓雾的感受。在另一些作品中（如《爆炸》《球状闪电》等），叙事的时间逻辑干脆让位给感受的空间逻辑，极度膨胀的感觉占据了全部的叙事空间。这些作品在几个瞬间中包含了复杂的时间经验，并且，叙事的话语空间随着感觉的扩散而充分敞开，突如其来的开头和了无结局的结尾是这类作品中经常出现的现象，现时性的经验片断与历时性的经验片断共生共存，并相互穿插和交织。总之，叙事在时间上的完整性、封闭性和单一向度被打破，由时间所建构起来的历史话语秩序也因之而瓦解。另一方面，正因为时间的双重秩序，搅动了记忆，一些被掩蔽和压抑的深层记忆，被重新激发出来。渗透在"墨水河"淤泥中的血腥和暴力，隐没在"青纱帐"里的情欲与性爱，沉浸在"十八里红"酒里的激情和迷狂，于一瞬间喷薄而出。历史与现实、记忆与叙事、回忆与想象，交织在一起，形成了一种"爆炸性"的经验，这正是莫言小说叙事的时间特征。

从叙事性作品方面看，制度化的叙事话语要求一个外在的总体性的观念构架，借以实现对事件的编织并赋予意义。这一类作品中最典型的是历史故事。一般历史故事的灵魂是"时间"——线性的历时性逻辑，并对这一"时间"观念加以神圣化。在一个封闭的时间段内，历史话语赋予事件在逻辑上的完整性和秩序。另一方面，历史故事还要求塑造英雄。随着时间的顺延，主人公成长为英雄。英雄是对时间逻辑的最终完成，同时，也是时间的意义的呈现。因而，制度化的话语结构是对现存的世界秩序的内在维护。它肯定了现存的等级制（事物的秩序、人物的价值等级等等）和价值规范。

时间经验的错乱，也会带来空间经验的迷失。有序的空间也变得不那么真实，甚至有一种空间的虚幻感。莫言笔下故事发生的地点，往往是一些特异的场所，如行刑场、火葬场、屠宰场、酒宴、动物园铁笼、牛栏、驴棚、猪圈、狗窝，以及婚礼、殡葬等场所，在这些特异性的空间里，人的生存经验也呈现出一种陌异的、反常化的特征。莫言很少关注平静安逸的日常生活（在这一点上，他有别于一般"写实派"或"新写实派"小说家），而是喜欢描写一些脱离了常轨的生活事件，如《红高粱家族》中的荒诞的战争、血腥的杀戮、疯狂的野合、神奇的死亡、隆重的殡葬，《天堂蒜薹之歌》中的骚乱，《酒国》中的奇案和盛宴，《檀香刑》中的酷刑，等等。这些事件使日子"非常化"，如同节日一样。脱离常轨的日子总是令人迷狂，因为它使人们暂时摆脱了日常生活的平淡和制度化生活的刻板，摆脱了平时的约束，而服从于欲望的宣泄和满足。对这种反常的生活场景的描写，赋予莫言的作品以"狂欢化"的风格。

幻想是这样一种意识状态：它不遵循思维的逻辑，几乎没有任何轨迹可循。它的出现没有来路，仿佛只是短暂的意识迷失；它延伸也没有去向，意识向着漫无边际的空间无限地敞开。从某种意义上说，幻想是精神界生活的狂欢状态。

在《酒国》的结尾处，作者本人出场来到想象中的酒国市，他在想象中虚构自己的小说应该出现的场景，一些神秘的处所和混乱的广场——

> 这儿应该是一个秘密的肉孩交易所，这里应该活动着醉鬼、妓女、叫花子，还有一些半疯的狗……
>
> （《酒国》）

《生死疲劳》中，众狗趁夜来到广场，举办一场盛大的狂欢庆典。它们像人类一样狂饮、喧嚣。混乱的场所和酒精的作用，给这些畜类带来了迷醉和欣快，也给小说带来了迷人的梦幻色彩。

三

1980年代的先锋文学，重新定义了文学，特别是小说叙事的美学意义，叙事的"游戏"特征得到了一定程度上的肯定。新一代的写作者试图将小说的"讲故事"的属性突显出来，关于文学是否"载道"和直接担当社会政治和道德责任的议题，明显被淡化。虽然不能说新一代的小说家不担当社会责任，但他们明显不以直接的社会担当为首要事务，有时甚至看上去像是有意回避与主流的政治意识形态之间的关联，而以幻想、虚构、刻意的"叙事圈套"、顽童般的故事拆解游戏等手段，来传达与实在的现实世界之间的疏离感。在这种语境下，"游戏性"是莫言小说明显的风格特征之一。

莫言的小说充满了"游戏性"。但这种游戏性并非通常意义上的无所谓的玩笑，而是一种独特的世界观念的传达。

《酒国》是一部典型的游戏风格的文本。主人公丁钩儿，这个名字就很奇怪。中国人习惯上把扑克牌中的"Jack"就叫作"丁钩儿"。"Jack"的字义有"普通人""小男孩""公驴"等。它在扑克牌游戏中的职能含义又有"王子""骑士"等。我们的这个"J"（丁钩儿），这场破案游戏中的"王子"，就像舞台上的那位丹麦王子一样，是一个生活在自己的想象中的人物。在莎士比亚的舞台上，也是玩着K——国王、Q——王后、J——王子哈姆雷特之间的复仇游戏。而丁钩儿本人的意识也经常处于一种游戏状态中——

> 他每次犯病都幻想癌症又惧怕癌症。他对生活既热爱又厌烦。他摇摆不定。他经常把手枪口按在太阳穴上又拿下来，胸口、心脏部位也经常承担着这种游戏。他乐之不倦的唯一一件事是侦察破案。
>
> （《酒国》）

丁钩儿迷恋于一种游戏状态。他的意识始终在游戏与现实生活之间摇摆。侦破，对他而言，似乎是一种更高级的、更刺激的、更富冒险性的游戏，一如他在童年时代所玩的"抓坏蛋"游戏——几乎任何一个男童都玩过这种游戏。丁钩儿在这场游戏中实现其英雄梦想。当丁钩儿一踏进酒国市，一场战斗正在等着他。这是一场想象中的战争。此刻，我们见到他在罗山煤矿党委大院里的桦木堆上，似乎陷入了沉思——这看上去就更像丹麦王子了！只不过他是一位趴着的沉思者——他醉倒在桦木堆上。由于酒精的作用，他的意识活动与其说是沉思，不如说是一度的神志迷乱，他感到"现实世界与他之间出现了一道透明的屏障"。他努力想要穿透这道屏障，却始终未能成功。这道屏障也许就是游戏规则的界限。酒精增加了屏障的韧性。在酒国市的生活中，游戏规则的边际模糊，或者说，酒国市的生活在更高的意义上即是一局"游戏"，一局没有规则，没有边际的"游戏"。

莫言小说的吊诡之处则在于：它以对现实的游戏化的模拟，揭示了现实生活的游戏性和荒诞性。"游戏还不单纯是一个普通的日常生活现象，以至部分地具有某种否定性质的日常生活现象。"[①] 在游戏性原则下建立起来的虚构的话语世界，与制度化的生存世界之间形成了鲜明的对照。在制度化的生活中，游戏即使不是被禁止的，起码是不被提倡。比如，在"文革"期间，几乎任何游戏都只能处于隐蔽的状态。公开的游戏被官方认为是不合法的，是对革命的严肃性的抵消。然而，另一方面，严肃的意识形态化的官方活动却又充满了"游戏性"。而任何官方的意识形态机器所要做的无非是将这些"游戏"改造成"神话"。事实上，在权力的交换关系中，始终存在着某种非公开的、尚未制度化的"游戏规则"，任何一个当权者（甚至那些正在或将要与当权者打交道的无权者）都十分清楚这一规则，并且彼此心照不宣。这是一种戴着严肃的政治假面的社交"游戏"，因此，有时倒是在那些贪官身上反而多少还有一些"人"味（如小说《红树林》中的女主人公林岚），尽管他们都是些"坏人"。而这种不公开运行的社交"游戏"，实际上成了这个权力化的国度社会运行的真正的"发动机"，而这个"发动机"的核心装置则是"利益"。在这样一种状况下，真正的"无利害"的游戏几乎纯粹是民间的和私人性的，实际上，它更多地只存在于儿童的生活之中。

诚如约翰·赫伊津哈所说："游戏超出了智慧与愚蠢的对立，同样超出了真与假、善与恶。"[②] 游戏在一个虚拟给定的时空里，与

---

① ［俄］M. 巴赫金：《巴赫金文论选》，第205页，佟景韩译，中国社会科学出版社1996年。

② ［荷］约翰·赫伊津哈：《游戏的人——关于文化的游戏成分的研究》，第8页，多人译，中国美术学院出版社1996年。

日常生活相分离，因为这种分离，它将不遵循现实生活的秩序和规则。它有它自己的秩序和规则。莫言对这种"游戏性"的表达十分迷恋，他以这种叙事上的"游戏性"，来规避了现实对艺术的直接干扰，得以在文学的话语空间里，充分自由地揭示现实的某种被遮蔽了的或被禁止触及的内容。即便如《生死疲劳》这样的史诗化的巨作，也带有浓重的"游戏性"。残酷的命运虽然将西门闹变成了猪、狗、牛等动物，虽然意味着比人的命运更为卑下、更为困苦，但在这些动物身上，却充满了游戏性的成分，给悲剧般的命运带上了喜剧的色彩。童稚化的叙事视角，也正与这种结构上和文体上的游戏性相匹配，就像童话中总是各种动物之间的游戏性的对抗一样。

而在《檀香刑》这样残酷的故事中，莫言也加入了游戏的成分。人物姓名以"赵钱孙"配上"甲丙丁"，角色分别对应着传统戏曲中的"生旦丑"之类的配置。中国传统戏曲中的角色设定和脸谱设定，本身也带有程式化的游戏色彩。《檀香刑》中还设置了更为游戏化的情节：钱丁与孙丙之间的"斗须"，孙眉娘与知县夫人之间的"比脚"等。男人的须和女人的脚，都属于身体的一部分，它们也都在不同程度上属于"情欲"元素。两个"美髯翁"的较量，一大一小两双女人脚的较量，既是官家与民间的权力的较量，也是二者之间的欲望的对抗。但它却以一种竞技游戏的方式表现出来，带来了一定程度上的喜剧性的效果，并与后来的悲剧性的结局形成了对照。

另一方面，游戏又是现实生活秩序的某种方式的反映，是对现实生活的去害化的再现。在这一点上，它与艺术十分接近。"游戏性"叙事，本身包含有"否定性"的和自我消解的成分。一旦从游戏的现场抽身离开，游戏的内部规则便宣告失效。人们从游戏场域脱离，不再对游戏规则负有责任。从更深层面上说，游戏化也是对现实生活中所包含的强制性的价值的一种否定。

与此相关的是，莫言笔下很少出现所谓"英雄"形象。正如前文所述，莫言作品中的主人公都是一些边缘性的人物。一些较为重要的人物形象也不曾在时间的序列中变得更高大些。《红高粱家族》中的余占鳌看上去颇有英雄气概，但他始终是一个匪气十足的江湖人物。从叙事性作品方面看，制度化的叙事话语要求一个外在的总体性的观念构架，借以实现对事件的编织并赋予意义。这一类作品中最典型的是历史故事。一般历史故事的灵魂是"时间"——线性的历时性逻辑，并对这一"时间"观念加以神圣化。在一个封闭的时间段内，历史话语赋予事件在逻辑上的完整性和秩序。另一方面，历史故事还要求塑造英雄。随着时间的顺延，主人公成长为英雄。英雄是对时间逻辑的最终完成，同时，也是时间的意义的呈现。《酒国》的故事是一个反面的英雄"成长小说"。在《酒国》中，主人公高级侦察员丁钩儿的出场，看上去也像是一位了不起的英雄的出征，他负有调查罪案，匡扶正义的使命。可是，在迷乱的酒精的国度里，他丧失了正常的时空意识，正常的理智和判断力也随之迷失，他走向了一条反向的英雄主义旅程。它写了一个英雄的没落史：由意志坚定的侦察英雄堕落为行尸走肉的酒鬼。酒醉者意志控制不了自己的肉体，他的时空感完全错乱，混沌一团。以致在酒国迷失自己，最终坠落于最不堪的处所。高级侦察员丁钩儿在酒国市的经历，则是一个堕落和覆灭的过程，是一部理想主义的沉沦史。

四

正如对身体的秩序的"颠倒"一样，文体在莫言笔下也表现为一种"颠倒"的倾向，这种"颠倒"首先是通过诸话语的"混杂"而实现的。"混杂"是莫言文学语言的特征之一。莫言善于将各种身份的人的言说和不同风格，以及不同意义的言辞混在一起。这一点集中地体现在小说《欢乐》中。《欢乐》可以看作是莫言小说话语方式成熟的标志。《欢乐》是一位中学生的内心独白的记录。高考补习班的补习生齐文栋，因多次高考落榜，而感到灰心失望，最后服毒自杀。在弥留之际，他的短暂的一生的回忆和无意识的心理活动，他的生理感受和心理活动、瞬间场景的描述、各种知识话语片段、教科书语言、俚语俗话、顺口溜、民间歌谣等，汹涌而至，好像决堤的洪流，一泄如注——

> 你的耳朵里混杂着各种各样的机器声和喇叭声，牛叫马嘶人骂娘等等也混杂在里边；你的鼻子里充斥着脏水沟里的污水味道、煤油汽油润滑油的味道、各种汗的味道和各种屁的味道。小姐出的是香汗，农民出的是臭汗，高等人放的是香屁，低等人放的是臭屁，（"有钱人放了一个屁，鸡蛋黄味鹦哥声；马瘦毛长牟拉鬃，穷人说话不中听。"）臭汗香汗，香屁臭屁，混合成一股五彩缤纷的气流，在你的身前身后头上头下虬龙般蜿蜒。你知道要毁了，蹧蹬了，这是最后的斗争，电灯泡捣蒜，一锤子买卖，发生在公路上的大堵塞，是每个进县赶考的中学生的大厄运。（引者按——着重号为原文所有。）

（《欢乐》）

从上面这段引文中我们可以看出，这里存在着多重"声音"，或者说是有多重话语系统并存。语言的游戏属性，往往表现为对偶、双关、顶真、错综、回环，乃至排比等修辞格，但在莫言那里，这些修辞格的意义并不只是在于语言学方面，不只是在营造语言上的效果，其重点在于激发语词的活力，让言辞获得独立的品格，得以加入到诸类型的话语的游戏当中，活跃的而且变幻不定的词法和句法，让言辞的世界激动不安。这些话语的碎片相互嵌入、混杂，在同一平面上展开。莫言试图将这些彼此差异、相互冲突的话语掺和在一起，各种语言之间的互相较量和搏斗，形成一种在文本内部相互纠缠、相互绞杀，同时又悖谬地相互缠绵和相互融合的、充满嬉戏的文本世界。在这个世界中，卑俗与崇高的等级界面消失，官方与民间也混为一谈。这种"混杂性"，否定了权力话语的主导性地位，也否定了精英主义经验的强势地位。言说主体被淹没在多重"声音"混响的话语洪流之中。

这种"混杂"的语言，是典型的莫言式的话语方式，或可称作"欢乐话语"或"爆炸话语"。这是一个"话语乌托邦"，也是一个话语的"反－乌托邦"。它是当代中国社会混杂、喧嚣的现实在话语层面的映像。这也是莫言本人所信奉的"众生平等"观念在话语层面的实现。这种混响的"声音"，芜杂的文体，开放的结构，形成了一种典型的（如巴赫金所称的）"狂欢化"的风格，既是感官的狂欢，也是话语的狂欢。狂欢的基本逻辑，它构成了制度化生活的权威逻辑的反面，它从话语的层面上否定和瓦解了制度化的世界秩序。狂欢化的原则是对既定的生活秩序的破坏和颠倒。

莫言小说文体的另一个明显的特征是"戏仿"（Parody）。戏仿即是"戏谑性的模仿"，是一种游戏性的修辞。是莫言小说最重要的文体方式之一，其间包含着莫言小说的一系列风格学秘密。

正如我们在前面所看到的，在《透明的红萝卜》的一开头就出现了一位农村生产队队长训话的场面。这种能说会道的农民，一张嘴便是连篇的谚语、顺口溜和粗俗而俏皮的骂人话，其间还夹杂着一些歪七歪八、半通不通的官方辞令：领袖语录、上级指示、报刊社论的言辞等，以显示自己不同一般的身份。但是，这种夹生的官腔、杂凑的语言，真正暴露了说话人的农民本性，非但不能令人生畏，反倒叫人觉得好笑。而莫言正是擅长于模拟这一类人的腔调和语体。

戏仿构成了《酒国》（以及莫言许多小说）的最基本的文体特征。戏仿文体的美学效果主要有两点：首先是其"戏谑性"。戏谑，是狂欢化的基本逻辑。戏谑的言辞、动作和仪式，是狂欢场面中重要的节目。这些构成了制度化话语方式的严肃性的反面。在莫言的小说中，经常能见到一些粗俗的骂人话，如《透明的红萝卜》中生产队长骂骂咧咧的训话；色情的比喻，如《丰乳肥臀》中对云彩的色情化描写；对性欲的描写，如《模式与原型》中对动物交媾的描写以及由此引发的主人公的性激动；对秽物的描写，如《高粱酒》中往酒缸里撒尿，《红蝗》中食草的乡民们的粪便，等等。这类物质主义的描写，通常也正是产生戏谑效果的基本手段。正如巴赫金所认为的，戏谑就是贬低化和物质化。[①] 戏谑化的话语（如骂人话）将意义降落到肉体生命的基底部，而这个基底部，则恰恰是生命的起点和始源。因而，从这个意义上说，戏谑又包含着积极的、肯定性的因素，它是对生命的物质形态和生产力的肯定。

《酒国》中就充满了戏仿，它差不多就是一部由各种各样的戏仿的文体所组成的文本集合体。故事的主要线索——高级侦察员丁钩儿的破案故事是通俗传奇中的侦破故事的戏仿，写作爱好者、酒国市酿造大学的勾兑学博士李一斗与莫言老师之间的通信则是对官样文体和现代人的私人性匮乏的社交辞令的戏仿，而托名李一斗所作的一系列穿插性的短篇小说，则将二十世纪中国各种主题、题材和叙事样式的小说差不多都戏仿了一遍，以至如果要概括《酒国》的主题，差不多就要将整个二十世纪的汉语文学史重新描述一遍。

戏谑的言辞、动作和仪式，构成了制度化话语方式的严肃性的反面。戏仿文本以一种与母本相似的形态出现，却赋予它一个否定性的本质。它模拟对象话语特别是对政治意识形态话语的严肃的外表，同时又故意暴露这个外表的虚假性，使严肃性成为一具"假面"。这也就暴露了意识形态话语的游戏性，或干脆使之成为游戏。戏仿类似于"假面舞会"。戏仿文本带着戏谑的假面，参与到混杂

---

① 参阅［俄］M.巴赫金：《巴赫金文论选》，第119页，佟景韩译，中国社会科学出版社1996年。

的话语狂欢节当中。假面舞会的语言学含义，是语符的所指与能指之间的微妙裂隙。假面的能指覆盖和掩蔽了舞者的真实身份，或以一种假扮的身份，进入公共交往的场域。

然而，面具随时可能脱落，其真相将摧毁整个舞会所建立起来的交往关系和伦理秩序。在剥下"假面"的一瞬间，产生喜剧性的效果。对那些制度化的文体进行"戏谑性模仿"。戏仿使制度化的母本不可动摇的美学原则和价值核心沦为空虚，并瓦解了制度化母本的权威结构所赖以建立的话语基础。因而，可以说，戏仿的文本包含着至少是双重的声音和价值立场，它使文本的意义空间获得了开放性，将意义从制度化文本的单一、封闭、僵硬的话语结构中解放出来。从这一角度看，戏仿就不仅仅是一种否定性的美学策略，它同时还是一种新的世界观念和价值原则。

米兰·昆德拉充分肯定了这种游戏性和戏谑性所带来的"幽默"效果，并将其视作小说艺术的合法性所在，也是近代小说自塞万提斯、拉伯雷以来的伟大传统。因为它使确凿无疑的事物变得模糊不清、变得可疑，"把世界揭示在它的道德的模棱两可中，将人暴露在判断他人时深深的无能为力中"。[①] 它总是在提醒人们，世界可能还有另一种理解，另一种存在方式，一种有可能是更丰富、更复杂的方式。

五

戏仿另一个重要的美学效果就是"反讽"（Irony）。"反讽"首先是一种修辞格，即是利用语符与表意之间的反常性的关联，来产生讽刺性的效果。这与戏仿文体的美学目标是一致的，即都是针对

[①] ［捷］米兰·昆德拉：《被背叛的遗嘱》，第31页，孟湄译，牛津大学出版社、上海人民出版社1995年。

其所参照的"母本"的否定性的模仿。戏仿文本以一种与母本相似的形态出现，却赋予它一个否定性的本质。它模拟对象话语特别是对政治意识形态话语的严肃的外表，同时又故意暴露这个外表的虚假性，使严肃性成为一具"假面"。这也就暴露了意识形态话语的游戏性，或干脆使之成为游戏。同样，反讽修辞以其虚假的相似性的外观，来抽空其内在的原初语义，否定了语词的语义的明确性和稳定性，使语义变得含混和悖谬。而反讽作为一种诗学手段，在现代性的语境下，被广泛使用，它不仅仅是一种特殊的修辞格，不仅仅是为了造成语义上的歧义和悖谬，还是关于世界之实在性和价值的稳定性秩序的改变，是一种现代观念和认识论上的断裂。这一点，在哲学领域可以上溯到苏格拉底那里。克尔凯郭尔在论及"苏格拉底式"的反讽时指出：

> 在希腊人那里，反讽的缄默是他们无忧无虑的理智世界中的否定性，这种否定性确保主观性不被辜负。就像律法一样，反讽也是一种要求，其实，反讽是一种可怕的要求，因为它蔑视实在性，要求理想性。[①]

那个随时可能脱落的面具，魔术般地露出了令人不安的真面目。因此，反讽具有强大的攻击性和解构性。更为重要的是，反讽在攻击常态语义的同时，自身并不打算提供新的意义和价值秩序。克尔凯郭尔写道：

> 反讽既是一个新的立场……又是一个不停地自我扬弃的立场，是消耗一切的虚无，是永远捉摸不定的东西，同时既在又不在，而这归根结底是喜剧性的。正如反讽看出

---

① ［丹麦］索伦·克尔凯郭尔：《论反讽概念——以苏格拉底为主线》，第182页，汤晨溪译，中国社会科学出版社2005年。

> 一切事物均与理念不相称，故能够战胜一切事物，它也向
> 自己投降，因为它总是超越自己，却又留在理念之中。[①]

也就是说，反讽所否定的，不仅是讽喻的对象，同时也包含对讽喻主体本身的否定。既是对母本的批判，也是对仿本的批判。反讽话语就是批判性本身。克尔凯郭尔认为，在苏格拉底那里，"反讽不是他为理念起见而使用的工具，反讽是他的立场，除此之外，他一无所有。"[②] 反讽的价值就在于其"否定性"本身。它抽空其核心语义，使得意义的世界显得空虚和不安，包括其自身。因而，可以说，戏仿的文本包含着至少是双重的声音和价值立场，它使文本的意义空间获得了开放性，将意义从制度化文本的单一、封闭、僵硬的话语结构中解放出来。从这一角度看，戏仿就不仅仅是一种否定性的美学策略，它同时还是一种新的世界观念和价值原则。

正因为反讽叙事的这种彻底的否定性，反讽叙事在莫言及其同时代的先锋主义文学那里，被视作一种反叛的力量。从这一立场出发，莫言小说语言的某些令人诧异和令人不适的特质，方得以理解。惯常的词法和句法所形成的文本空间，实际上已经构成了对语义的奴役和囚禁，反讽话语打破了各种观念和制度囚笼，揭示了语词的奴役与解放的辩证。这也是 1980 年代中期的所谓"先锋派"文学在语言和美学上的真实企图。大体上可以视作文学语言的自我解放的努力，是一场语言上的"叛乱"和"逃亡"。大多数先锋小说家所依仗的语言武器，是经过翻译家所改造的，欧化风格的现代主义文学语言，莫言也不例外，只是程度上相对较轻一些。但莫言更多的是利用各种不同语体之间的差异，以混杂的方式并置一处，制

---

① ［丹麦］索伦·克尔凯郭尔：《论反讽概念——以苏格拉底为主线》，第 103 页，汤晨溪译，中国社会科学出版社 2005 年。

② ［丹麦］索伦·克尔凯郭尔：《论反讽概念——以苏格拉底为主线》，第 182–183 页，汤晨溪译，中国社会科学出版社 2005 年。

造话语之间的纠缠和冲突。它像一个居心叵测的歹徒蓄意施放的语言"病毒"，这种"病毒话语"暗藏着破坏性的动机，在文学和语言世界之间制造混乱。这样，Anna Sun等人所指责的语言"病态"现象，也就得到了合理的解释。正如克尔凯郭尔所说——

> 一言以蔽之，反讽既可能是健康的，又可能是病态的。如果它能把灵魂从相对的东西的蛊惑之中拯救出来的话，那么它就是健康的。然而如果它只能以虚无的形式来承受绝对的东西的话，那么它就是病态的。[①]

这些有病的语言，对于莫言及其同时代的"先锋派"作家来说，是一种必要的话语策略，也是其生存策略。那些夸张的言辞，酒醉一般的夸夸其谈，有时那些在智性上和道德上均为可疑的"胡话"，却带着自由表达的隐秘动机，趁乱突围。这就好比顽童总是要趁节庆气氛，趁人多手杂，大大地放纵一番，干一些平日里不敢干的"恶作剧"。巴赫金所谓的"节庆狂欢"风格，也是基于同样的理由。

"狂欢化"的生活与制度化的生活有着迥然不同的逻辑。前者遵循着生命本能的唯乐原则；后者遵循着理性的唯实原则，它在一定程度上可视作生活的文明化结果，是对唯乐原则的限制和压抑。制度化的文体和话语方式与制度化的生活在表现形式上是极其相似的。它们都要求一个外在的权力意志赋予它们以秩序和价值尺度。狂欢的基本逻辑，它构成了制度化生活的权威逻辑的反面，它从话语的层面上否定和瓦解了制度化的世界秩序。狂欢化是对既定的、制度化的生活秩序的破坏和颠倒。正如米兰·昆德拉所说："没有人正确，也没有人在这个盛大的相对性的狂欢节即作品中完全错

[①] ［丹麦］索伦·克尔凯郭尔：《论反讽概念——以苏格拉底为主线》，第63页。

误。"[1] 在这个世界里，崇高／卑下、精神／肉体、英雄／非英雄、美好／丑陋、生／死，诸如此类的价值范畴的分界线模糊不清，价值体系中的等级制度被打破，对立的价值范畴在一个完整的生命体中共生。

莫言常常使用极端的手段，将世界的两极绞合在一起。在《檀香刑》中，美女孙眉娘被情欲所驱使，偷偷逾墙进入情人钱丁老爷的后花园——

> 孙眉娘沿着树杈往前行走了几步，纵身一跳，落在了墙头之上。接下来发生的事情让她终生难忘——她的脚底一滑，身不由己地跌落在高墙内。她的身体，砸得那一片翠竹索索作响。屁股生疼，胳膊受伤，五脏六腑都受了震荡。她手扶着竹枝，艰难地爬起来，眼望着西花厅里射出的灯光，心中充满了怨恨。她伸手摸摸屁股，触到了一些粘粘糊糊的东西。这是什么东西？她吃惊地想，难道俺的屁股跌破流出了粘稠的血？将手举到面前，立即就嗅到一股恶臭，这些黑乎乎臭烘烘的东西，不是狗屎还能是什么？

书生逾墙偷会情侣，是古典言情小说中的经典情节，而莫言这里的这一段"美女逾墙"，可以看作是对"逾墙偷情"情节的改写。他颠倒了情欲叙事的规则，同时也混淆了通常意义上的优美与卑俗、洁净与龌龊的界限，将最高洁的美女与最卑下的狗屎混合在一起。从这里，我们可以看出莫言的美学理念和写作理想。在《红蝗》的结尾处，莫言明确地道出了自己的写作理想就是将那些在意义和价值方面彼此矛盾、对立的事物混杂在一起，"构成一个完整的世界。"莫言写道——

---

① ［捷］米兰·昆德拉：《被背叛的遗嘱》，第25页。

> 总有一天，我要编导一部真正的戏剧，梦幻与现实、科学与童话、上帝与魔鬼、爱情与卖淫、高贵与卑贱、美女与大便、过去与现在、金奖牌与避孕套……互相掺和、紧密团结、环环相连，构成一个完整的世界。

我们在莫言的小说中，看到了这样一个"完整的世界"。然而，这个"完整的世界"并不能在制度化的现实中存在，只能诉诸狂欢化的瞬间。值得注意的是，莫言小说的狂欢化倾向并不仅仅是一个主题学上的问题，而同时，甚至更重要的，还是一个风格学（或文体学）上的问题。从某种意义上说，狂欢化的文体才真正是莫言在小说艺术上最突出的贡献。

六

节庆狂欢上充满了笑声，同时也隐藏着危险。节庆可以暂时地肆无忌惮，玩笑嬉戏，儿童们也不必因为说错话和冒犯行为而遭受惩罚，因为在各处早已贴上了"童言无忌"的字纸条幅。但另一方面，这恰恰是在提示：有某种禁忌存在于某处。令人不安的某物，悄悄地潜伏在节日欢庆的喧嚣中，人们不知道它为何物，也不知道它在何时何地以何种方式现身。莫言笔下的笑声是克制的，隐隐有某种紧张和不安。进而甚至是有意地夸张的声音，以掩盖这种不安。正因为如此，他往往需要安排一个名叫"莫言"的角色（《酒国》《生死疲劳》《蛙》等），并使之小丑化，来弱化和消解喧闹声音的真实含义。

对于莫言来说，言说是一种发自本能的生命冲动，同时，言说在社会学层面，又是充满危险的事情。他在少年时期就明白了"祸从口出"的道理，也因为如此，他给自己取的笔名就叫作"莫言"。

然而，我们已经看出来此间的矛盾性——他在文学中所呈现出来的不是言说的节制，更谈不上缄默，相反，而是难以阻遏的"聒噪"。这个笔名，正是因为他对自己从小就爱信口开河、夸夸其谈的性格的一种否定，是对聒噪的禁锢和钳制。他笔下的那个似乎是被后妈打傻了的"黑孩"，以他的沉默，抵抗着外部世界的冷漠和暴力，保护自己的内心世界和生命感知。

而写作者莫言的"聒噪"，从表面上看，是强烈的表达欲与交流欲的体现，毋宁说是对表达的否定和对交流的阻遏。莫言的小说语言是话语活动中言说与沉默的矛盾的集中体现。无限膨胀的感官性言辞和无节制的意义播散，与现代人不断被消耗的生命意义之间形成了一种微妙的互动关系。人类依靠不断地聒噪，不断地向空气中吐露出话语的泡沫，以掩饰心灵的空虚。然而，任何言辞最终不可避免地指向沉默。这是"沉默的辩证法"。莫言深谙这种辩证法，他通过矛盾的话语暴露了人类言说的悖谬的困境。

再一次回到《透明的红萝卜》开头生产队队长的那张令众人瞩目的"嘴"。它不只是咀嚼食物，而且还发号施令。它是发出威权话语的器官。这也就关涉到对口腔的另一种功能的认识。对于人类来说，口腔的言说功能，与其摄食功能同样重要。摄食，即其在生理学上的能量摄取功能，是口腔功能的积极性的一面。而口腔的另一功能涉及社会学方面，但它却有可能是一种消极性的功能，即"口腔"被看成是灾祸的根源。民间有谚语云，"祸从口出"。它提醒人们注意言辞在社会交往过程中的危险性。经由口腔发出的言辞和话语，总是要进入到公共交往领域中，在其间传播并产生公共性的意义。因而，言辞和话语总是有着某种社会学的和政治学的效果。效果有时有可能是不良的或者有害的，从而就会给言说者带来麻烦，甚至是灾祸。因而，在初民社会里往往有着各式各样的关于"言辞禁忌"的观念和仪式。进而，由禁忌又转化为对言辞的"神圣化"和崇拜。在许多宗教仪式上，祝祷与咒诅体现了上述言辞观念的两个基本方面。这一传统在民间依然十分风行。

沉默的政治学含义则显得更加复杂。肆意膨胀的聒噪言辞，稀释了意义的神圣性，也暴露了人类话语意义在本质上的空虚。莫言以游戏的方式模拟了现代社会的话语膨胀现象。他笔下的汪洋恣肆的话语洪流，仿佛要穷尽表达任何事物的言辞。

《丰乳肥臀》中有一个情节，写到乡间的"雪集"。

和平年代的第一场大雪遮盖了死人的尸骨，饥饿的野鸽子在雪地上蹒跚，它们不愉快的叫声，宛如寡妇们含义模糊的抽泣。雪后的早晨，天空好像一块透明的冰；东方红，太阳升，天地间便展开了万丈金琉璃。雪遮掩大地，人走出房屋，喷吐着粉红色的雾，踩着洁白的雪，牵着牛羊，背着货物，沿着村东的茫茫原野，往南走，翻过盛产螃蟹和蛤蚌的墨水河，到那片方圆约有五十亩的莫名其妙的高地上，去赶高密东北乡奇妙的"雪集"——雪上的集市、雪中的交易、雪的祭祀和庆典。这是一个必须将千言万语压在心头、一开口说话便要招灾致祸的仪式。在"雪集"上，你只能用眼睛看，用鼻子嗅，用手触摸，用心思体会揣摸，但是你不能说话。至于说话究竟会带来什么样的后果，没有人问，也没有人说，仿佛大家都知道，大家都心照不宣。

高密东北乡劫后余生的人们——多半是妇女和儿童，都换上了过年的衣裳，踩着雪向高地前进。冰冷的雪味针尖一样扎入鼻孔，女人们都用肥大的棉衣袖口掩住鼻孔和嘴巴，看起来好像是为了防止雪味侵入，我认为其实是怕话语溢出。茫茫雪原上一片"嘎吱"声，人遵守不说话的规则，但牲畜们随便叫唤。羊"咩咩"，牛"哞哞"，在大战中幸存下来的老马残骡"咴咴"。疯狗们用硬邦邦的爪子敲打着死尸，像狼一样望日狂吠。

莫言在散文《会唱歌的墙》中，重复了这段描写。这是奇特的"禁声狂欢节"，它看上去像是一场节庆游戏。在"雪集"上，人民对言语感到恐惧，只好尽量用食物将自己的"口腔"填满。他们担心自己会因为口腔的过失（失言）而被"拔舌头"。当然，这并非他们的多虑。而是与他们的（历史的和现实的）政治经验有关。这一恐惧经验进而被上升到宗教的高度。在佛教（特别是被民间化了的佛教）中，令人恐惧的地狱刑罚之一就是"拔舌头"。履行这一刑罚的地狱叫作"拔舌地狱"。"拔舌"刑罚的现代变种则是割喉管和切断声带，这使得"禁声"技术摆脱了简单、原始的身体惩罚形式而转向对言语之危险性的更有效的制止。这一技术上的进步，完全仰赖于现代科学对发音的生理机制的正确认识。但这一进步仍然是有限的，它依然未能摆脱"控制身体"这种较为原始的"生理政治学"手段。真正现代的"禁声"技术所做的不是"口腔"的减法，相反，是加法。从某一个"口腔"复制下来，并大量繁殖。在现代通信技术的支持下，它无所不在。在庆典的广场上，在政府的大院里，在工厂的车间里，在军营和学校的操场上，在村头的大树上，乃至在偏远乡村的农舍的屋梁上，只要有人的地方，就有这个夸张的"口腔"所发出的声音。这众多的"人口"就像莫言在《会唱歌的墙》中所描写的那个由酒瓶子筑成的长墙一样。但它们是从同一个机器中制造出来的，有着统一的口径。在强有力的西北风的吹拂下，发出万口一声的呼啸。而随着现代科技的发展，构筑一道"会唱歌的"长墙的理想就更容易实现了。

那个上百岁的老头儿收集废旧酒瓶子，"垒一道把高密东北乡和外界分割开来的墙"。这道隔离墙，与古老中国的长城有相似之处，高密东北乡就像是古老中国的缩影。但它的材料是奇异的。它是由易碎的玻璃，同时又跟酒和醉相关。这些个废弃物，虽然脆弱，虽然曾经与迷醉有关，但现在，在"雪集"上，却意味着阻隔和禁言。更为奇妙的是，这些空空如也的容器，又是一种发声器具。

> 这道墙是由几万只瓶子砌成，瓶口一律朝北。只要是刮起北风，几万只酒瓶子就会发出声音各异的呼啸，这些声音汇合在一起，便成了亘古未有的音乐。在北风呼啸的夜晚，我们躺在被窝里，听着来自东南方向变幻莫测、五彩缤纷、五味杂陈的声音，眼睛里往往饱含着泪水，心中常怀着对祖先的崇拜，对大自然的敬畏，对未来的憧憬，对神的感谢。
>
> 你什么都可以忘记，但不要忘记这道墙发出的声音，因为它是大自然的声音，是鬼与神的合唱。
>
> 会唱歌的墙昨天倒了，千万只碎瓶子在雨水中闪烁着清冷的光芒继续歌唱，但比之从前的高唱，现在则是雨中的低吟了。值得庆幸的是，那高唱，这低吟，都渗透到我们高密东北乡人的灵魂里，并且会世代流传下去。[①]

莫言的小说话语揭示了这一话语的悖论现象。一方面是话语的膨胀；另一方面是禁声。一方面是言辞的聒噪；另一方面是沉默，是言说的禁忌和危机。这也是莫言对于语言，对于言说和沉默的一个充分中国化的表达。

---

① 莫言：《会唱歌的墙》，见《会唱歌的墙——莫言散文选》，第79页。

第六章　莫言的茂腔叙事及声音诗学

一

在当今众多的汉语写作者当中，莫言是当代文坛少数几位拥有自己独特"声音"的作家之一。他"声音"的独特性使我们能够很方便地从众声喧哗的当代文坛中将他分辨出来。他的"声音"既不同于王朔的那种"胡同串子"式的京腔，又不同于苏童、叶兆言等人的那种清雅柔曼的江南话，也不像诸如汪曾祺、木心等带有民国老派南方国语的那种优雅、舒展、灵巧和清澈，也不像马原那样一副硬朗有力而雄辩的东北腔，更不像格非、孙甘露等人那样使用一套带欧化和书面化倾向的现代知识分子腔调，甚至与他的同乡张炜的语言也迥然不同。张炜的山东话带有几分官味儿，严肃有余，活泼不足，沉闷冗长，令人敬而远之。莫言的"声音"听上去就像是一位农民在说话。

作为一位成熟的小说家，莫言对文学"声音"有着本能性的敏感。他在小说《檀香刑》"后记"中曾经提到了这个至关重要的概念。"我在这部小说里写的其实是声音……它们首先是用声音的形式出现的"。声音在这里是诉诸作者情感和叙事驱动力的因素。

至此，我们面临了一个关涉小说这一文类的艺术精神问题——小说"声音"问题。"声音"是一种重要而又尚未充分阐明的叙事诗学问题，在既有的叙事话语理论中，或多或少都涉及过这一问题，但均未做出详尽有效的界定。文学中的声音问题与语言相关，但并不限于语言。在文学中，声音通过语言来传达，但它又不仅限于语言的语义学范畴。

在中国古代诗学中，"声音"一词不仅限于物理学方面的含义，它同时包含着丰富的精神现象学和伦理学乃至政治学方面的内容。声音又被看作是人的心志的标志。"志"与现代哲学中的"自我意识"概念较为接近。"志"发自人的内心，但它指的并不是人的先天本性，也不是人的自然情感（此二者在汉语中分别被称为"性"和"情"），更不是对象化的精神实体。志是某种观念化的意志，它包括人的志向、节操、社会使命感，甚至还有诸如功名心等多方面的内容。言说之声与"志"相关。

> 凡音者，生人心者也。情动于中，故形于声；生成
> 文，谓之音。①

扬雄曾训"言"曰："心声也。"② 从"心声"这一意义上来说，诗与声音的含义几乎是同等的。而《毛诗正义》训"诗"曰：从言，从志，"在心为志，发言为诗"。③ 可见，诗即是内心声音的言辞表达，心志和情感是诗歌艺术的内在驱动力。法国作家安德烈·马尔罗（André Malraux）在谈到诗歌与声音之间的关系时指出："诗人总是被一个声音所困扰，他的一切诗句必须与这个声音协调。"④ 马尔罗在这里谈的是诗人，但也可以看作是对任何一位真正意义上的写作者的判断。

---

① 《乐记·乐本篇》。
② 扬雄：《法言·问神》。
③ 《毛诗正义·序》。
④ 转引自［美］哈罗德·布鲁姆：《影响的焦虑——一种诗歌理论》，第 26 页，徐文博译，生活·读书·新知三联书店 1989 年。

什么是小说叙事话语的"声音"？"声音"既可以是文学语言的音乐性，也可以指作家的话语风格，还可以是小说人物的言说方式，或者是人物的思想观念和情感倾向的传达。但叙事声音所关涉的，重点不在于其内容，也不是主题、情节、结构，以及对事件的态度和价值判断。任何一个人无论其为工人、农民、知识分子，或者是北京人、上海人、山东人、东北人，等等，都可能谈论任何一件事，以及对某事件有各种判断，但是其说话的腔调，或者说，一种话语的"调性"，如同人们说话所特有的嗓音、音色、语气、腔调和个性。每一个人都有自己有别于他人的"声音"。"声音"的高度个体特征，往往是识别个人身份的特异性标识。对于一个作家而言，拥有属于自己的独特的"声音"，是检验其是否为成熟作家的重要标志。莫言的小说写作印证了马尔罗这样的判断。我们能够从现代汉语诸多写作者当中，很容易就能够分辨出一种"莫言式"的文体，以及听到一种"莫言式"的声音。毫无疑问，莫言是当代中国为数不多的拥有自己的文学"声音"的作家。

归结起来，文学写作中的"声音"含义可以有以下几个方面：

一、外部的声音。来自外部世界以及文学中的人物的声音。他们的语气，风格。不同身份的人物，会有不同的"声音"。

二、内在的旋律。来自文学语言内部的音乐性和节奏感，即作品的叙事"调性"及其情感驱动力。

三、话语的调性。也就是作家本人在陈述和表达作品内容时所选取的"腔调"和语体风格。这一点与作家本人的世界观念、思想立场和美学趣味相关联。

声音既是人物或作者的语气、语言风格，同时也是作为说话人的人物或作者的思想观念、价值立场和思维逻辑。声音实际上反映了小说家观察世界的方式和小说向世界表达自己的方式，以及内在的情感经验，同时还是写作者个人精神气质和个性在话语层面的体现。在小说中，作者的声音，叙事者的声音，还有人物的声音，对应着人物与作者，人物与人物等之间的关系。一般而言，在小说叙事中，总有某个声音占据主导地位，或者是作者的声音，或者是叙事人的声音，或者是人物的声音。鉴于文学"声音"之含义的复杂性，文学研究中的"声音诗学"成为一个难题。但"声音"问题本身却始终缠绕着文学写作。

另一方面，文学言说的"声音"问题同时又是一个"倾听"问题。这是文学声音的吊诡之处。文学言说，尤其是小说叙事的声音状况，与其说是写作者在发出声音，不如说是他在倾听声音。没有倾听，就没有文学言说。一个真正意义上的文学写作者，总是在习得倾听的能力，倾听世界的声音，人群的声音，他人的声音，自己内在的声音，乃至更高远处无以名状的至高声音。无论是来自外部世界的喧哗，还是来自自我内部的情绪骚动与莫名的呼喊冲动，声音振动内在的言辞世界，成为文学言说根本性的驱动力，并在受众那里引发回响和共鸣。这是文学，尤其是小说艺术的精神所在。或者说，所谓"小说精神"更重要的是需要通过小说的声音的形式来体现。

二

音乐是声音最为艺术化的形态，音乐从根本上与语言艺术相通。这是许多文学写作者的共识。关于莫言的小说写作与声音之间的关系，莫言本人谈过很多。他对听觉与声音的关注，是异乎寻常的。莫言在一篇文章中谈及自己的写作习惯时写道：

　　有一段时间，我曾戴着耳机子写字，写到入神时，就把音乐忘了。只感到有一种力量催着笔在走，十分连贯，像扯着一根不断头的线。……我快速写作时，有时也能产

215

生一种演奏某种乐器的感觉。经常在音乐声中用手指敲击桌面，没有桌面就敲击空气。好像耳朵里听到的就是我的手指敲出来的旋律。①

当然，这未必就意味着莫言是音乐行家，没有证据显示他有特别的音乐天赋或接受过任何正规的音乐教育，他只不过是一个普通乐迷而已。但这并不妨碍他可以非常热爱音乐。音乐与他之间的关系首先是因为这种艺术化的声音可以阻隔他与外部现实世界之间的联结，帮助他能够更为充分地进入写作状态中，进入到语言的世界里。而在语言世界里，莫言的写作同时呼应着音乐。书写如同一场演奏，语词如同音符一般，奏出语言的旋律和节奏感。莫言从音乐中找到了小说叙事的灵感和动机，也体会出文学书写的音乐性。另一方面，音乐只是声音世界的一种类型，虽然它是其精华部分。莫言写道：

> 我还想说，声音比音乐更大更丰富。声音是世界的存在形式，是人类灵魂寄居的一个甲壳。声音也是人类与上帝沟通的一种手段，有许多人借着它的力量飞上了天国，飞向了相对的永恒。②

莫言这一段文字，是对人与声音的关系的很好的总结——它既是物理性的同时又是灵魂性的。世界充满了声音。世界的声音现象，可以表现为大自然的诸多声响：风声、雨声、虫鸟的鸣叫、走兽的嘶吼……大自然以各种各样的声音显现为活的世界。人类首先作为倾听者存在于这个世界上，同时也加入到这声响的世界之中。莫言在另一篇文章中，更为详细地记述了他的听觉经验和对声音的

---

① 莫言：《我与音乐》，见《会唱歌的墙——莫言散文选》，第 148-149 页。
② 莫言：《我与音乐》，见《会唱歌的墙——莫言散文选》，第 149 页。

理解——

> 当然，除了聆听从人的嘴巴里发出的声音，我还聆听了大自然的声音，譬如洪水泛滥的声音，植物生长的声音，动物鸣叫的声音……在动物鸣叫的声音里，最让我难忘的是成千上万只青蛙聚集在一起鸣叫的声音，那是真正的大合唱，声音洪亮，震耳欲聋，青蛙绿色的脊背和腮边时收时缩的气囊，把水面都遮没了。那情景让人不寒而栗，浮想联翩。
>
> 我虽然没有文化，但通过聆听，这种用耳朵的阅读，为日后的写作做好了准备。我想，我在用耳朵阅读的二十多年里，培养起了我与大自然的亲密联系，培养起了我的历史观念、道德观念，更重要的是培养起了我的想象能力和保持不懈的童心。我相信，想象力是贫困生活和闭塞环境的产物，在北京和上海这样的大城市里，人们可以获得知识，但很难获得想象力，尤其是难以获得与文学、艺术相关的想象力。我之所以能成为一个这样的作家，用这样的方式进行写作，写出这样的作品，是与我的二十年用耳朵的阅读密切相关的；我之所以能持续不断地写作，并且始终充满自信，也是依赖着用耳朵阅读得来的丰富资源。[1]

这是一种独特的声音经验。他的感官向着世界充分敞开，世界也向着他涌来。首先是自然界的声响。天地万物的声音淹没了他的感官，涌进了他的内心。对于那些倾慕大自然的人来说，大自然的声音并非简单的声响，它与人的内在情感需求和心灵处境有关。所谓"天籁""地籁"，必须是与大自然有着密切关联，而且能够在

---

[1] 莫言：《用耳朵阅读——悉尼大学（2001年5月17日）》，见莫言：《用耳朵阅读》，作家出版社2012年。

大自然中找到安慰的人，才能够真正倾听得到。这与《透明的红萝卜》中的黑孩在黄麻地里的听觉经验十分相似。对于黑孩来说，人的世界充满了纷争和欺压，是一个令人不安的所在，大自然才是他的居所和安慰。他有着不同一般的听觉，能够听到成年人通常听不到的声音——

> 他听到黄麻地里响着鸟叫般的音乐和音乐般的秋虫鸣唱。逃逸的雾气碰撞着黄麻叶子和深红或是淡绿的茎秆，发出震耳欲聋的声响。蚂蚱剪动翅羽的声音像火车过铁桥。
>
> ……
>
> 黑孩的眼睛本来是专注地看着石头的，但是他听到了河上传来了一种奇异的声音，很像鱼群在喋喋，声音细微，忽远忽近，他用力地捕捉着，眼睛与耳朵并用，他看到了河上有发亮的气体起伏上升，声音就藏在气体里。只要他看着那神奇的气体，美妙的声音就逃跑不了。他的脸色渐渐红润起来，嘴角上漾起动人的微笑。他早忘记了自己坐在什么地方干什么，仿佛一上一下举着的手臂是属于另一个人的。
>
> (《透明的红萝卜》)

沉浸在大自然的声响当中倾听与冥想，黑孩近乎进入了"忘我"的境界，完全融入大自然——正如小说结尾所描写的——"像一条鱼儿游进了大海"。不难发现，黑孩的经验，几乎也就是莫言本人少年时期的经验。在无尽的孤独中，唯有大自然和自然界的众生灵与之相伴。在那里，他才属于这个世界，世界也才属于他自己。

除了自然界的声音之外，世界的声音还包括人类的言说和歌唱。与大自然的声音相比，人类言说的声音则另有特色。人类通过言说，交流信息和彼此沟通，更重要的是，抒发内心的情感。人类的言说、呼喊、感叹和歌吟，形成了其声音的丰富性。而人类声音的最高形态，则是其文艺形态——音乐（人声歌唱和器乐演奏）。文艺传达人类情感和意志的"心声"，但在莫言小说的声音世界里，它只不过是世界诸声音交响中的一个声部，尽管是最为重要的声部。毫无疑问，人类在诸受造物序列中，居于高端位置，但在造物主那里，他并不具有超脱三界的特权。莫言在《生死疲劳》中，借用轮回转世的诸牲畜的声音，来传达"众生平等"的观念，在受造物的声音世界里，那些动物的声音，说出来人类语言所未能穷尽的生命意义。当然，更有高远的和更隐秘的某种无以名状的神秘声音。

三

复杂的声音现象，是世界复杂性的体现。巴赫金在论述陀思妥耶夫斯基小说中的声音问题时，使用了一个音乐术语——"复调"。在巴赫金看来，陀思妥耶夫斯基笔下的声音呈现为一种"复调性"，即不同调性和不同旋律，同时并存。每一个人物都按照自己的声音在说话，每一种声音都有着自身的不可替代的特性和同等的价值，而且"每个人所接受的话语，都是来自他人的声音，充满他人的声音"。[①] 巴赫金在陀思妥耶夫斯基笔下发现了一种"双声并存"的语言现象，陀思妥耶夫斯基大量使用所谓"双声语"，说话人所发出的话语，同时包含有"他人"的声音。例如，在小说《孪生兄弟》中，主人公戈里亚德金身上同时存在的双重人格，当他开口时，发出的却是另一个人的"声音"。这双重的声音互相冲突，相互否定，彼此撕裂，形成话语内部的争辩和对话机制，这在巴赫金看来，是双声语内部的"对话性"，或者说是一种"对话化了的自我意识"[②]。

---

① ［俄］M.巴赫金:《陀思妥耶夫斯基诗学问题》，第 277 页。

② ［俄］M.巴赫金:《陀思妥耶夫斯基诗学问题》，第 315 页。

如是，便形成了一种带有广场性的"众声喧哗"的效果。很显然，莫言小说叙事声音同样带有这种"复调性"。

从美学上说，复调叙事所形成的叙事声音的多重性和混响效果，无疑增加了小说的表达力，丰富的声音艺术效果，如同一场盛大的交响乐表演。复调的多重旋律所关涉的不仅是声音的丰富性问题，更重要的是诸声音的主权及相互关系的问题。对于当代中国作家而言，这种声音的复调性不是轻而易举就能把握的，它甚至是令人不适的东西。在"先锋小说"之前的中国当代文学，叙事声音的单一性是主流。单一的主导性的声音，无论其来自作者、叙事人，还是来自人物，都是坚硬的和毋庸置疑的。单一声音的叙事，不仅压制了声音的多重性，也压制了观看世界的多重视角，更是压制了言说主体的独立自主的话语权。

不过，对照巴赫金的论述，严格说来莫言笔下的"复调性"并不典型，或者说，它是一种变调了的"复调"。毫无疑问，莫言的叙事话语，如在上一章所论述的，具有明显的"双声并存"和"众声喧哗"的特征，或者说，有着某种程度上的"复调性"，但诸调性之间，并不存在整全的旋律，而是呈现出一种混杂、凌乱和破碎的特征。它也不具有巴赫金所称的双声语内部的"对话性"。表面上看是在试图对话和交谈，实际上却缺乏对话的动机和意愿，也缺乏对话的功能，有时被话语自身的另一种形态所打断和破坏，以致人们在彼此交谈的过程中，如同盲人摸象，不知所云。这种迷雾中的对话，实际上就是所谓"迷幻现实主义"话语的真实特征。这一点，在小说《酒国》中表现得尤为充分。《酒国》并没有一个固定的、单一的意义指向。它的意义是滑动的、变幻不居的。而且，在话语方式上充满了各种各样的反讽、戏仿和悖谬的手法。从任何一种理论的逻辑起点出发，似乎都能进入《酒国》的文本空间，并能追寻到一条合理的线索，但随着叙事的发展，你就会发现，意义悄悄地偏离了它原先的轨道，甚至发展到了它的反面。

从《酒国》等作品中可以看出，莫言的小说在意义的表达上有一种"滑动性"，表现意识的滑动和游移状态。它在表达事物的存在状态的人的生存经验的时候，很少有确定的东西，常常有一种意义的"不稳定性"。这对于当下中国人的思维习惯来说，是不合适的，难以忍受的。但它或许更接近于对世界存在的真相。而对于存在的暧昧性、模糊性、荒诞性等，现代小说的复调性和多声部性，是小说艺术试图与世界相适应的努力。另一方面，也体现了小说作者在繁复世界复杂的声音现象面前，努力保持客观、中立立场，以更充分地传达世界经验的丰富和复杂。

　　而事实上，在小说叙事中，作者声音无处不在，又具有某种程度上的隐匿性。一般而言，隐匿的作者声音，会对叙事中的众声音加以组织整合，使之趋于某种程度上的谐和音。巴赫金进一步指出："倘若在一个语言中有两个声音交锋，各自争夺这里的控制权、争夺优势地位，那这种争论任何时候在事前便已有了结果，争论不过是假象而已。作者种种实实在在的见解，迟早总要汇合成一个语义中心，汇合成一个人的思想，多种语气要聚合于一个声音之中。"① 莫言在处理这一难题时，往往采用一种特殊的自我消解的话语方式，以抵消作者声音的主导性的企图。在《酒国》中，作者安排虚构中的人物给自己写信，并大量炮制离奇荒诞的故事，这些故事掺杂在主导性的叙事当中，构成了一种不谐和的声音，好像在一个主导性的叙事旋律中，不断地加进一个又一个谐谑滑稽的曲式，与主导性的叙事之间构成了严重的紧张和撕裂。他在某种程度上可以说是作者（莫言）的另一个自我，另一种声音，一个相对激烈和愤世嫉俗的声音。而另一方面，则又安排一个被称为"莫言老师"的人与之通信，通信者"莫言"的话语在一定程度上扮演调解的角色，一个试图缓和紧张情形的中介者，类似于传统戏曲中的"丑角"一样，作者本人的出场，往往以旁白和插科打诨的方式，

① ［俄］М.巴赫金：《陀思妥耶夫斯基诗学问题》，第280页。

221

介入剧情。但这个旁白者，看上去平和公允，在紧张对峙的话语场域中，他的那些世故、圆滑、滴水不漏的言辞多少显得有些滑稽可笑，或者说，他是一个小丑化的旁白者。同样的处理在《生死疲劳》和《蛙》中也出现过，而且更为小丑化。但这种调和的和滑稽的声音，并不能从根本上缓解诸话语之间的对峙，况且，调和者本身的调解行为也有些半真半假。在《生死疲劳》第二十七章"醋海翻腾兄弟发疯　油嘴滑舌莫言遭忌"中，莫言将这个"莫言"的滑稽形象描写得淋漓尽致——

> 在繁花如锦的树冠里做爱，本来是富有想象力的大美之事，但因为莫言这个讨厌鬼给搅得一塌糊涂。这人在高密东北乡实在是劣迹斑斑，人见人厌，但他却以为自己是人见人爱的好孩子呢！
>
> ……
>
> 在浓重的酒气和柴油气味中，莫言连说带比画，其状滑稽，像个手舞足蹈的小丑。
>
> （《生死疲劳》）

这个"莫言"的言行与其说是调解，不如说是挑唆，是一个不怕事大、煽风点火、幸灾乐祸的角色。刻意的自我丑化，乃是对一个稳定的"自我意识"的话语权力的否定。

在《生死疲劳》中，看上去每一个声音都在"独白"，同时又是各种声音的混响。各种不同声音之间彼此碰撞、冲突、谅解和融合，同时又仍带着各自的偏执和荒诞。众声在喧闹中互相否定：农民们否定了西门闹，西门闹也否定了其乡亲；蓝脸否定了洪泰岳，蓝金龙（西门金龙）又否定了蓝脸；土改否定了小农经济，土地承包责任制又否定了土改；人性超越了动物性，而动物又消解了人性，进而，当命运进入畜生道的循环当中时，驴、牛、猪、狗等生物之间又存在着一种相互否定又相互连接的、所谓"相生相克"的关系当中。

莫言笔下有着民间节庆的喧闹，但这种民间性并非要与主流文化争权夺利。它更多的是发自原始本能的表达冲动。民间声音也有其荒诞混乱的一面。《檀香刑》中，孙丙作为义和团的师兄，以现代人（包括作者本人）的眼光看，其行为的荒诞性不言而喻，他以神话传说中的人物转世附体的身份出现，请来了大师兄孙大圣和二师兄猪八戒，他们都一身舞台戏装打扮，要统率天兵天将下凡讨伐洋人。孙丙进而又化身为"义猫"，用舞台上的"猫腔"发号施令。这一帮人，让人联想起《红高粱》中那一支七拼八凑的、要去袭击日本军车的乡民队伍，或者说，他们就是同一家族序列中的人。只不过，孙丙一干人更显荒唐怪异。他们看上去更像是一帮戏曲演员。这一情节的魔幻性在于，孙丙等人完全沉湎于传说和戏曲舞台上所营造出来的幻觉当中，而且以幻觉取代现实。同时，它又是真实的。在义和团运动中，这种幻觉和戏剧化的行为，就是现实，就是当时中国社会生活的真实性所在。从这个意义上说，这也是所谓"迷幻现实主义"（梦幻现实主义、幻觉现实主义）的幻觉性和真实性所在。

另一方面，孙丙的荒诞诉求又有其合理性，其原始正义和诉诸生命激情及本能的合理性。孙丙们的荒诞行动最终必然是悲剧性的结局，但对于孙丙这样的愚昧、无助而又抱有幻想的人来说，这种迷幻性的行动，是他们唯一的展示自己权利和能力的手段，哪怕它看上去更像是自杀。面对这些可悲而又可叹、可敬而又可笑的先辈，莫言本人心情复杂，可谓五味杂陈。但他又无法简单地表达"赞成与反对"的立场，他的内心更多的是辛酸和悲哀。小说中的高密知县钱丁的感受也差不多。他作为高密县令奉命带领官兵和德国军队前往镇压乡民叛乱，在此过程中，他目睹自己治下的百姓即将面临一场大屠杀，心中五味杂陈、悲喜交集——

不许开枪!

但余的喊叫活像是给德国士兵下达了一个开始射击的命令,只听得一阵尖厉的排枪声,如同十几把利刃划破了天空。从德国人的枪口里,飘出了十几缕白色的硝烟,犹如十几条小蛇,弯弯曲曲地上升,一边上升一边扩散,燃烧火药的气味扑进了余的鼻腔,使余的心中竟然产生了悲欣交集的感觉,悲的是什么,余不知道;欣的是什么,余也不知道。热泪从余的眼睛里滚滚而出,眼泪模糊了余的视线。余泪眼模糊地看到,那十几颗通红的弹丸,从德国士兵的枪口里钻出来后,团团旋转着往前飞行。它们飞行得很慢很慢,好像犹豫不决,好像不忍心,好像无可奈何,好像要拐弯,好像要往天上飞,好像要往地下钻,好像要停止不前,好像要故意地拖延时间,好像要等到戏台上的人们躲藏好了之后它们才疾速前蹿,好像从德国士兵的枪口里拉出了看不见的线在牵扯着它们。善良的子弹好心的子弹温柔的子弹恻隐的子弹吃斋念佛的子弹啊,你们的飞行再慢一点吧,你们让我的子民们卧倒在地上后再前进吧,你们不要让他们的血弄脏了你们的身体啊,你们这些圣洁的子弹啊!但戏台上那些愚笨的乡民们,不但不知道卧倒在地躲避子弹,反而是仿佛是竟然是迎着子弹扑了上来。炽热的火红的弹丸钻进了他们的身体。他们有的双手朝天挥舞,张开的大手好像要从树上揪下叶子;有的捂着肚子跌坐在地,鲜血从他们的指缝里往外流淌。戏台正中的义猫的身体连带着凳子往后便倒,他的歌唱断绝在他的喉咙胸腔。

(《檀香刑·豹尾部》)

224

这一段文字，是《檀香刑》乃至莫言全部小说中最激动人心的段落之一。它如急促的鼓点，敲打和震动，令人心惊。也可以将其视作一段凄婉的唱腔，比如戏曲中"二黄散板"，激昂深沉，徐疾有致，又像是一段歌剧"咏叹调"，将人物内心无可名状的复杂情感和盘托出。这里所显示的不仅是"双声语"那样的双重声音。与其说是要传达双重或多重的声音，不如说是要表达发声的困难、言说的困难，或者说是抒情的困难。言说者钱丁似乎说了很多，而他真正所要说的却难以言表，连续不断的"好像……好像……"句式，如同一声声哀求之声，企图接近于所要表达的，但却是词不达意。那些语词艰难地跋涉和抓握，踉踉跄跄，好像一个绝望而又举步维艰的人。

《十三步》中的声音情况更为复杂。首先，叙事人的身份就很复杂。有时是被关在笼子里靠讲述离奇见闻换粉笔头吃的教师，有时是死去的人的亡灵，有时是没有真死而不得不扮演死者的人的内心独白，或者是殡仪馆整容师的独白，还有那个不知名的隐形叙事人……尤其是其中有一位被殡仪馆根据上级指示而整容的另一个人，对于这个被整容的角色来说，他的存在经验和自我认知则完全陷于混乱当中，他人的形象替代了自己的形象，而且，他还不得不扮演另一个人在生活和说话。《生死疲劳》在叙事方式上仍延续了《十三步》，叙事话语的声音纷杂而繁多，所不同的是，《生死疲劳》虽然声音纷繁，众声喧闹，但相对角色边界清晰，因为其中几个主要的叙事者分属完全不同的动物物种，其在声音辨识上相对也就容易得多。

这些叙事人和叙事声音复杂的小说，重要的是"小说"这一事物自身的独特的声音。世界变动不羁，小说叙事本身的声音，即是对外界各种声音的模仿。写作者的立场也不可避免地在各种角色声音之间移动和漂浮，充满了各种各样的奇遇和发现。然而，所谓"小说的声音"并非艺术家的声音或某一类人的声音，而是小说艺术本身的声音，那就是小说艺术所传达出来的"怀疑精神"和"自由精神"。据此，小说艺术保持了其对世界的自由的观察、发现和批判。

四

写作的声音与童年的声音记忆密切相关，正如一个人的生活习惯、美学趣味和价值判断与其儿时的生存环境、文化环境以及精神氛围密切相关一样。对于中国人来说，这一问题尤为明显。生活在不同地域的人，会有不同的个性。人们的日常交往中，会关注籍贯问题。南方人，北方人，不同文化区域，不同省份，甚至同一省份的不同地理环境，都会产生不同的文化性格。当然，一般而言，这种差别是细微的，但对于中国人来说，却是清晰和易于识别的。与此相关的是，全国各地种类繁多的地方戏曲。除了一些具有全国性影响的戏曲之外，差不多每个地方都有自己的小戏种。据不完全统计，全国各地地方戏曲种类达三百六十种之多。[①] 实际上可能还远不止这些。

地方戏曲大多为各地民众在日常生活中自发形成的艺术样式。最初由普通百姓自编自唱，抒发情感，是一种相当原生态的艺术。发展到较为成熟的阶段，慢慢会形成一些半专业性质的演出团体，或以演艺为生的戏班子。有一些较为成熟的戏种，表演机会多，戏班子稳定，尤其是在他们进到一些经济较为发达的地区演出，或者是进入皇城，就有机会得到较好的发展，吸引更有艺术才能的编创人员和演艺人员，并赢得更为广阔的传播空间，甚至成为辐射全国的戏种。如"徽班进京"后的京剧，江浙地区的昆曲、浙江嵊县一带"的笃班"入沪的越剧，长江中游地区的黄梅戏，等等。地方戏

---

① 参阅梁国楹、王守栋：《中国传统文化精要》，人民出版社 2011 年。

曲的美学风格和艺术精神，及其内在的情感旋律，与乡土文化和语言的长期浸淫密不可分，是一种民间自发性的艺术形式。民间艺人近乎本能地吟唱，是其内心情感的发声。

莫言本人与他的故乡流传的地方戏"茂腔"的关系密切，而且影响到他的文学写作。莫言本人明确地承认：

> 没有茂腔也就没有我的小说《檀香刑》，也就没有我的小说《透明的红萝卜》里的那种押韵的句子，以及我所有的打油诗。①

茂腔，莫言又将其称为"猫腔"，是山东胶东半岛的地方小戏种之一，莫言的家乡高密县是其发源地。据称，它源自清代道光咸丰年间当地民间艺人演唱时以肘击鼓的演奏形式，故被称为"本肘鼓"。形式简单，唱腔单一。后来又掺杂进"拉魂腔"（即"柳琴戏"）的新唱法和新的伴奏乐器（柳叶琴、月琴等），融合成新的形态，被称为"冒肘鼓"。更往后又加进来京剧、梆子等戏曲中的唱法、板式，使得表现形式更为丰富，并逐步由个人随意演唱转变成相对职业化的"戏班"演出。虽然传播范围不广，但也很有特点，有研究者撰文指出其来源和特点：

> "茂腔"唱腔在音乐形式上，属于梆子系统，发源于农村，是在民间说唱地方小调（老拐调）为骨干的基础上发展而成的板腔体。它的唱词浅显、通俗易懂，曲调质朴自然，委婉幽怨，亲切动人，生活气息浓郁，深得人们的喜爱。在它的声腔发展中，经历了本肘鼓、冒肘鼓、茂腔三个阶段，其唱腔特点为"打冒"俗称"打鸣"，即在

① 莫言：《跨界写作——在新作研讨会上的发言》，载《中国文学批评》2019 年第 1 期。

演唱到尾音时，向上翻高八度的唱法。这种唱腔以慢板为主，花腔居多，旦角下句尾音向上翻高八度的演唱，这种腔体因其与其他地方剧种有很深的渊源，因此具有一定的学术探讨价值。而此种唱法所形成的独特的音乐听觉特点，同时亦具有了较强的艺术性。

茂腔的声腔是由民间而来，同时又吸收了一些外来戏曲的音乐元素，如高密、诸城、胶州等地区流传的一些其他民间曲调而形成的板腔体系。在茂腔的发展过程中，若干代的艺人还向河北梆子等诸多剧种学习，使茂腔的音乐唱腔、表演形式更加丰富、完善。茂腔的声腔，基本上是属于大调式的音乐体系，调式的骨干音是：6、1、3、5。结束音一般落在5、1、2上。打"冒"的"冒调"一般是在5音上翻高八度。茂腔的唱腔婉转悠扬、变化多端，起伏较大，演唱的喜调让人心花怒放，神欢意舒，悲调则使人黯然神伤，凄惶苍凉。[1]

从这一段描述可以看出，茂腔中有一种很特别的唱法，即在尾音处突然提升八度，被称为"打冒"。这种大跨度的喊叫声，这种唱法在北方的民间戏曲中较为常见，或许可以视作北方人性格和情感方式上的激烈、粗犷、大开大阖的体现。

莫言早期的作品如《透明的红萝卜》等受到茂腔的影响只是体现在句子的韵律方面，而在《丰乳肥臀》中，莫言实际上已经明确写到了茂腔，只是当初并未引起读者和评论家的关注。在《丰乳肥臀》中，莫言描写过茂腔演出，虽然写到是1930年代的事情，但可以看作是莫言少年时期所接触过的茂腔的再现——

---

[1] 胥正娜：《山东地方戏曲"高密茂腔"探源》，载《中国戏曲学院学报》2007年第4期。

乐师们坐在席边，吱吱呀呀地调弦，以横笛手吹出的两个音符为基准。高的往下落，低的往上拧。胡琴、琵琶、横笛，统一在一起，编织成一根均匀的三股绳，编了一段，停下来，等候着。然后鼓手、锣手、钹手、镲手，夹着家什提着凳子出来，与乐师们对面而坐，咣咣采采喊喊嚓嚓敲打一阵。小锣清脆单调地响了几声，小鼓敲出点儿，胡琴琵琶横笛齐鸣，编织着绳子，捆绑着我们的腿让我们不能走，捆绑着我们的魂让我们不能想。曲调缠缠绵绵、悲悲凉凉，有时又哼哼唧唧、嘟嘟哝哝，这是啥戏？高密东北乡的茂腔，俗称"拴老婆的橛子"，茂腔一唱，乱了三纲五常；茂腔一听，忘了亲爹亲娘。于是随着节拍，观众的脚在抖动，观众的嘴唇在翕动，我们的心在颤动。我们的等待就像那弦上的箭，到了临界发射的最后关头……五、四、三、二、一声高腔，在高腔结尾处又声嘶力竭地翻卷上去，拔得高上加高，刺破了云天。

（《丰乳肥臀》）

这一段描写，与学者对茂腔的艺术特征和表演方式的描述是一致的。事实上，这种小剧种的演唱者一般都没有受过任何演艺教育和训练，专门的戏班子社会地位低下，是极为边缘的人群，很难有更好的文化教育和艺术训练。一般民众虽然也愿意欣赏戏曲表演，但并不认同他们的社会地位，有身份的人家甚至不允许自己阶层的人公开学习和表演。但它仍在乡间顽强地流传。在乡间的农闲时间、节日庆典、红白喜事等特殊的日子里，那些天才的民间艺人就会出来一展风姿。这种时候，是乡民，尤其是乡间儿童们难得的狂欢时刻。莫言从小就生活在这种民俗氛围当中。

"茂腔"的声音记忆，不仅是莫言生活经验的来源，同时还是其小说写作，尤其是《檀香刑》等后期作品的叙事动机和内在驱动力。莫言在《檀香刑》后记中，更为详细地谈及茂腔对他的记忆的唤醒——

> 1986年春节，我回家探亲，当我从火车站的检票口出来，突然听到从车站广场上的一家小饭馆里，传出猫腔的凄婉动人的唱腔。正是红日初升的时刻，广场上空无一人，猫腔的悲凉旋律与离站的火车拉响的尖锐汽笛声交织在一起，使我的心中百感交集，我感觉到，火车和猫腔，这两种与我的青少年时期交织在一起的声音，就像两颗种子，在我的心田里，总有一天会发育成大树，成为我的一部重要作品。
>
> （《檀香刑》后记）

声音唤醒记忆，唤醒沉睡在内心深处的情感，也提醒作家注意到自己生命和生存经验之根立在何处。这个声音才真正是他本人的"心声"，如同种子一般，植根在所谓"心田"里，埋在他意识深处，被生活的泥土一层层覆盖，一旦被唤醒，激活，便成为他的文学写作中的言语，一点点地剥开、发芽、长大，形成了旋律，最终破土而出，成为《檀香刑》这样的枝叶茂盛的文学乔木。我们可以将莫言笔下的这种推动叙事并决定叙事话语风格的叙事"声音"，称为"茂腔叙事"。这种由"声音"所支配的叙事，不仅是出现在《檀香刑》中，莫言的其他小说，如《欢乐》《红蝗》《爆炸》《司令的女人》《十三步》《生死疲劳》《四十一炮》等重要作品中，也自始至终有一种独特的"声音"。

五

民间戏曲与文学写作之间的关系甚为复杂。在现代作家，尤其是那些与乡土文化有密切联系的作家中，在他们儿时，或多或少都与故乡的民间戏曲有所接触。对于一些作家来说，这些植根于本土的艺术形式，不仅是他们儿时纵情欢乐的来源，甚至还是他们最初的艺术启蒙和文学启蒙。即便如鲁迅这样的与乡村社会关联较小的作家，也对民间戏曲——如他的故乡绍兴民间"目连戏"——投以关注的目光。鲁迅本人的小说写作与目连戏的关系并不十分密切，只在小说《社戏》中，隐约涉及。但在他的记忆深处，目连戏所传达的民间文化强大的生命力，一直散发着强大的影响力。这一点，在他的散文中有清晰的记载。《调无常》《男吊》《女吊》是目连戏中的重要的和最流行的折子，他的回忆性散文《朝花夕拾》中，即有一篇叫《无常》，晚年的散文《女吊》中，则详细追忆了其儿时观看和参与乡间社戏的情形，"女吊"的复仇和"讨替代"的表演，令他印象深刻。"女吊"凄美、幽怨的唱腔和富于魅惑力的表演，以及其间所传达的、为鲁迅本人所激赏的"复仇"精神，与鲁迅本人的强有力的批判美学一脉相承。实为所谓"会稽乃报仇雪耻之乡"的精神写照。其他作家，如白先勇之与"昆曲"，张爱玲之与"京剧"，都有程度不等的渊源，对他们的写作亦有相当明显的影响。

莫言同时代作家贾平凹，很显然是一个深受民间戏曲影响的作家。他对其故乡的"秦腔"一往情深，他的一部代表性的长篇小说即叫《秦腔》，而在更早的时候，他就在一篇散文中描述过秦腔，并认为这种大喊大叫的唱腔，是秦川大地的文化精神之所在——

　　评论说得婉转的是：唱得有劲；说得直率的是：大喊大叫。

　　……

　　八百里秦川大地，原来竟是：一抹黄褐的平原；辽阔的地平线上，一处一处用木椽夹打成一尺多宽墙的土屋，粗笨而庄重；冲天而起的白杨，苦楝，紫槐，枝干粗壮如桶，叶却小似铜钱，迎风正反翻覆……你立即就会明白了：这里的地理构造竟与秦腔的旋律惟妙惟肖的一统！[①]

莫言与音乐的关系，其实在其早期的短篇小说《民间音乐》中，就已经显示出来了。

> 这天中午，十月的太阳毫不留情地抚摸着大地，抚摸着躺在八隆公路道沟里休息的铺路工们。西南风懒洋洋地吹过来，卷起一股股弥漫的尘土，气氛沉闷得令人窒息。忽然，一个嘶哑的嗓子哼起了一支曲子，这支曲子是那样耳熟，那样撩人心弦。过了一会儿，几十个嗓子一起哼起来。又过了一会儿，所有的嗓子一齐哼起来。在金灿灿的阳光下，他们哼了一支曲子又哼另一支曲子。这些曲子有的高亢，有的低沉，有的阴郁，有的明朗。这就是民间的音乐吗？这民间音乐不断膨胀着，到后来，声音已仿佛不是出自铺路工之口，而是来自无比深厚凝重的莽莽大地。
>
> （《民间音乐》）

《民间音乐》在叙事上仍是传统的，这里所提及的民间音乐，也不是茂腔，但不难看出，它与茂腔有着相近的渊源和流传方式，其与乡民们的情感以及与乡土大地之间的关联，也与茂腔相同。而在他早期的长篇小说《天堂蒜薹之歌》中，就已经有"茂腔叙事"的雏形。小说每一章的开篇，都有一段"引子"，是故事发生地天堂县的民间艺人，瞎子张扣的歌谣。"引子"唱出了每一章故事的主要内容，这种形式即是借鉴戏剧的表现方法。不仅如此，"引子"还借盲艺人之口，唱出了乡间百姓现实生存的艰难和酷烈，以及他

[①] 贾平凹：《秦腔》，见《贾平凹散文精选》，长江文艺出版社 2019 年。

们内心的辛酸和愤怒。凄厉的歌声贯穿整个故事，仿佛就是《檀香刑》中古老猫腔的遥远回响。也可以说，瞎子张扣就是那个"嗓音嘶哑的人"，《檀香刑》中充满的歌唱般的声音，也是与瞎子张扣所唱的同一种唱腔。并且，还可以说，《檀香刑》中所描写的残酷情节，不过是将张扣所演唱出来的残酷现实加以历史化了。通过历史化的屏障，莫言将针对现实残酷性的批判推向了极端。

与西北秦腔的粗犷、高亢的呐喊相比，茂腔显得更为凄厉。"茂腔"有一种激越的风格，深邃的生命悲剧意识，同时又有某种程度上的戏谑、欢闹、喜庆的风格。这种杂糅了民间日常生活中的大悲大喜的美学形式和大善大恶相混杂的价值观，正是莫言小说诗学精神的最好载体。

> 在我用耳朵阅读的漫长生涯中，民间戏曲、尤其是我的故乡那个名叫"猫腔"的小剧种给了我深刻的影响。"猫腔"唱腔委婉凄切，表演独特，简直就是高密东北乡人民苦难生活的写照。"猫腔"的旋律伴随着我度过了青少年时期，在农闲的季节里，村子里搭班子唱戏时，我也曾经登台演出，当然我扮演的都是那些插科打诨的丑角，连化装都不用。"猫腔"是高密东北乡人民的开放的学校，是民间的狂欢节，也是感情宣泄的渠道。民间戏曲通俗晓畅、充满了浓郁生活气息的戏文，有可能使已经贵族化的小说语言获得一种新质，我新近完成的长篇小说《檀香刑》就是借助了"猫腔"的戏文对小说语言的一次变革尝试。[①]

莫言在这里强调了茂腔的民间性。植根于乡间大地的民间戏曲，当然与当地的风土人情、乡民的性格和生活方式，以及文化精

---

① 莫言：《用耳朵阅读——悉尼大学（2001年5月17日）》，见莫言：《用耳朵阅读》，作家出版社2012年。

神等密切相关。莫言的家乡地处齐鲁大地的交会处，在文化上属于受传统儒家文化浸淫甚深的齐鲁文化圈。但从茂腔的美学形态看，又似乎与正统的"温柔敦厚"的诗学理念相去甚远，所谓"哀而不伤""怨而不怒""乐而不淫"等美学原则，似乎并不起作用。可见，即便是在同一片土地之上，依然有着文化的层级差异。民间戏曲所传达出来的文化精神，与正统的主流文化之间存在一定的差距，虽然不能说是撕裂和对抗，但绝对不可混为一谈。戏曲的民间性，显示出了音乐强大的精神力量和情感力量。也正因为如此，莫言更愿意将"茂腔"称为"猫腔"。茂腔之所以可以被称为"猫腔"，乃是因为这个民间小剧种在演唱时所发出的声音，近似于猫的嘶鸣。可见，莫言更愿意强调其动物性的本能的成分，而非正统的观念化的特征。

猫是一种很特殊的动物。在家畜中，它几乎是最没有作用的一种。它与人类的关系很特殊。莫言的小说对于猫这种动物给予特别的关注，他在《猫事荟萃》中写到不少猫的故事，在猫与狗的争斗中，他似乎有些偏袒猫，同时也知道猫的狡诈和凶恶。相比之下，狗反倒显得愚笨和忠厚。不过，就声音的特性而言，猫的声音不仅特别，而且复杂多变，富于音乐性，而狗的叫声则相对简单粗暴，而且直白平实，缺乏艺术性。首先，猫的叫声很特别。传统戏曲中，有一出《狸猫换太子》，是中国古典文艺作品中非常有影响的一部。狸猫之所以能够成功地替换刚出生的太子，很大程度上是因为猫的叫声非常接近于人声，尤其是人类婴儿的啼哭的声音。猫又有妖媚的一面，它的温柔的咪咪声，千娇百媚，令人心肠柔软。其狂怒时的嘶鸣，听上去——一如韩愈所说——"若啸若啼，舂矣嘎嘤"，令人发怵。其绝望似的哀嚎，则撕心裂肺，令人毛骨悚然。这一点，类似于莫言故乡的先辈蒲松龄笔下的能化作精灵的狐仙。

猫的精灵而又诡异的特征，嘶鸣混合着愤怒与恐惧，细小的身体里发出令人胆寒的嘶吼，令人联想起大型猫科动物的吼叫。猫身上有猫科动物特有的机敏、狡黠、警觉、暴躁和残忍，但作为小型猫科动物，它身上呈现出来的却是弱小化的愤怒和暴力。这是弱者的愤怒和暴力化倾向的象征。民间对于猫腔的迷恋，正是民间情感诸状态的最好体现。《檀香刑》中，猫腔艺人孙丙因有冤屈而愤然加入了刚刚兴起的义和团运动，亦即一种明证。

莫言在《檀香刑》中，借孙丙之口说出来猫腔与高密东北乡之间的关系——"你不听猫腔，就不了解俺高密东北乡；你不知道猫腔的历史，就不可能理解俺们高密东北乡人民的心灵。"莫言在小说中还虚构了一个"猫腔"的起源传说，"猫腔"的祖师爷常茂及其与之相依为命的宠物猫的故事。替人哭丧的常茂在爱猫死亡之后，演唱风格大变，"在此之前，演唱中还有欢快戏谑的内容，猫死之后，悲凉的调子自始至终。演唱的程式也有了变化：在悲凉的歌声中，不时地插入一声或婉转或忧伤或凄凉总之是变化多端的猫叫，仿佛是曲调的过门儿。……走路的姿势、说话的腔调都模仿着那只猫，好像猫的灵魂已经进入了他的身体，他与猫已经融为一体。"在莫言的虚构中，猫腔不仅是其故乡的戏曲，同时还是其乡民抒发内心情感的有效通道，是民间情感和生存经验的最好载体。

《檀香刑》借助本土民间说唱艺术形式，来传达其小说独特的艺术风格。莫言本人称之为"大踏步撤退"。所谓"撤退"，乃是指在此前的先锋主义立场上，撤向历史传统和民间传统的撤退。《蛙》的最后以戏剧的方式来收尾，虽然总体上采用现代话剧的形式，但内在的风格和韵律，却与本土传统戏曲一脉相承。《生死疲劳》则借用传统章回体小说的叙事结构，而章回体小说本与民间说唱艺术有着共同的源头和传播渠道。《檀香刑》《蛙》等作品，将戏剧（Drama）与小说（Novel、Romance）混合在一起，打破了两种文类的界线。茂腔叙事的"撤退"是企图撤退到一个能够与本土文化和民间传统相联结的位置上。莫言试图回到本土民间传统戏曲中寻找小说艺术的源头。

事实上，这种所谓"撤退"的思路，并非今日才有，早在1980年代中期，带有现代主义倾向的新一代写作者，包括莫言在内，就已经思考过这一问题，并形成了所谓"寻根派"文学潮流。然而，这一思潮却难以持久。"寻根派"依靠观念化的和抽象的文化人类学思考，企图从本土和民间的文化传统中，寻找文学写作的资源和特殊性标志，这一思路乃是本末倒置。文化不是为文学而准备的，同样，文学也不是所谓"文化精神"的传声筒。这种刻意的文化寻根试验，迅速走向末路，乃是必然。只有在经历了先锋主义的写作历练，当代作家才得以重回个体的生命经验之根本，并习得了"文学作为语言"的话语自觉，才能够真正回到本土生存经验的真正源头。这样，"撤退"乃是一种"突击"，一种文学写作实践上的真正意义上的"先锋性"的突击。

茂腔叙事所关涉的是叙事话语的声音问题，而声音问题从根本上说，是内在的精神性的问题，是关乎情感、爱憎和灵魂性的东西。"猫腔"是底层穷苦民众的声音。这声音中有痛苦的嘶鸣、愤怒的控诉，也有尖刻的嘲讽和快乐的嬉笑。莫言对故乡的"猫腔"艺术的热爱，也与其对故乡的挚爱有关。莫言在谈到《檀香刑》的声音效果时写道——

> 就像猫腔只能在广场上为劳苦大众演出一样，我的这部小说也只能被对民间文化持比较亲和态度的读者阅读。也许，这部小说更合适在广场上由一个嗓音嘶哑的人来高声朗诵，在他的周围围绕着听众，这是一种用耳朵的阅读，是一种全身心的参与。

> （《檀香刑》后记）

这也是莫言小说的"茂腔叙事"的真正动力和效果所在。"茂腔叙事"将莫言小说叙事"声音"的诸多特征都蕴含其中。它是本土的、民间的、草根的、日常生活的，也是哀伤的、愤怒的、讽刺的和批判性的，更关键的是，它是激烈的和狂欢的。另一方面，它不仅是乡民们的自娱自乐的手段，也是他们寻求心灵抚慰的方式，是他们饱受苦楚和伤害的心灵的自我疗治，在凄厉的控诉和宣泄之外，还有深沉的哀怜和博大的悲悯。

余论　莫言与当代小说写作的未来

　　毫无疑问，莫言是 1980 年代文化精神的产儿。今天，当我们回首那个已然逝去但并不遥远的年代时，不难发现，1980 年代意味着开放、尝试、突破、变革，社会诸多领域都是如此，文学也不例外。另一方面，这个年代同时也存在种种限制、层层藩篱，在文艺方面尤其如此。这些限制，与文艺的自由属性相抵触，二者之间时常发生摩擦、冲突。当文学试图"更自由地扇动翅膀"时，这种冲突就会变得更为激烈，甚至会带来一定程度上的伤害。这一点，经历过 1980 年代的作家们，应该都记忆犹新。一定的空气阻力，会让飞翔显得更为艰难，更为费力，另一方面也将使飞翔的翅膀变得更为强劲。有限的表达自由，使得文学表达的艺术性显得更富于变化，更为多样，也更有用武之地。先锋文学以及先锋艺术，就是在这样一种有限的自由空间里，努力创造了属于那个时代的文化奇迹。到 1980 年代中期，文化的各个领域都发生了重大的变革，形成了一场影响深远的"新文化运动"。莫言的小说跟海子的诗歌、张献的戏剧、徐冰的美术、谭盾的音乐、张艺谋的电影、崔健的摇滚等一道，构成了这场文化变革运动的核心部分和重要的精神代言。莫言小说的诗学问题，也是当代汉语小说的诗学基本问题。

　　1980 年代以来的社会生活的巨大变革，对于任何一位文学写作者都是一种考验。这种变革表现在生活的各个方面：政治、经济、文化、生活方式，以及相关的日常伦理、美学形态、审美态度和艺术生产方式，进而还有社会各人群，尤其是写作者的生存经验、心理状态等。从文学表达的方面来看，文学写作也面临着重大变化的考验。

现代汉语小说发端于二十世纪初期新文化运动中的现代白话文新文学。现实主义是现代汉语文学的主流传统，文学在社会生活中扮演了至关重要的作用。有时是作为镜子来反映。这种曾经属于历史叙事的"镜鉴"功能，亦由文学来承担。与此同时，现实关怀的文学还总是担当着沉重的教化和规训的负荷。古代中国是单一的农业文明社会，社会生活形态高度稳定。文艺家比较好把握，表现的手段也比较简单。现代中国，尤其是二十世纪后半叶的中国，其社会生活形态的复杂性和变异性，可谓前所未有。它的文化形态、社会结构错综复杂，人们的心理状况也有过许多巨大的变化。这种复杂性和变异性，当然可以成为文艺家的创作源泉和精神财富，但有时也会成为一种负担和压力。它使得文学写作显得苍白无力。文学的想象力和表达力难以追上现实。事实上，许多写实主义的小说，将艺术经验与现实经验完全等同，甚至小于现实的经验。这也是经验世界萎缩的表现。

现代人的生存经验如何表达？在现代语境下，小说叙事如何可能？这些都是 1980 年代中期以来，现代汉语的文学叙事诗学中的基本问题。

值得关注的是，中国现代文学的兴起同时也与世界性的现代主义文学思潮相伴随。在世界性的语境中看，中国现代文学也是现代主义文学的一部分。从现代文学的开山之作，鲁迅的《狂人日记》中可以看出，文学在切入现实语境的同时，也打上了鲜明的现代主义烙印。"狂人"的经验与其说是帝制末期的中国知识分子的生存经验，不如说是任何一个先觉者在惯常生存境遇中的普遍性的遭遇。他的焦虑和疯狂，同时也是现代主义文艺中的基本主题。我们可以在尼采的哲学、蒙克的美术和 T.S. 艾略特的诗歌中，听到这种疯狂呐喊的回响。

莫言究竟是将自己视为现代主义文学中的先锋成员，还是将自己当作十九世纪现实主义文学传统的继承人，这一点很难做一个简单的结论。或许二者兼而有之。至少有一点可以肯定，传统写实手法很难承担现代人生存经验和现代美学的使命。就小说叙事艺术而言，鉴于文学所扮演的特殊的社会角色，文学的问题很容易变成一个简单的立场问题，小说和艺术精神问题都消失在立场的背后。这显然是一个严重的精神枯竭的"症状"。当代文学的实际情况是，文学越是企图抵达真实的核心，往往越是偏离真实性。同样，文学越是想全面地再现社会生活面貌，作品中的生活气息就越稀薄，生活场景就越模糊。写作者拿了一块认识论的脏抹布，勤勉地擦拭文学镜子，却令人尴尬地使得这面镜子越来越脏，现象也越发地模糊不清。

如果现实是荒诞的、迷幻的和不可理喻的，那么，清晰的写实手法和意愿良好的现实主义，又会呈现为一种怎样的状态呢？很显然，很难用一种简单的方式来对待它，很难用一种封闭的叙事结构来统摄它。

二十世纪的拉美文学和东欧文学是一个启示。这两种文学的现实关怀和美学超越性，都堪称典范，同时，它们在处理传统文化与现代经验之间的关系方面，亦提供了相当成功的经验。这种经验的根本在于呼吁小说艺术上的"开放性"，只有这样，小说的艺术才可能容纳这种错综复杂的现实。

首先是在叙事话语方式上的开放性。

在十九世纪占主导性地位的完整的总体性叙事，与发达资本主义生活形态和观念相适应。这种叙事模式在中国现代文学中，也得到了相当大程度上的继承。尤其是在 1949 年之后，新的国家意识形态开始形成，其国家理念在结构上说是对西方近代以来所形成的国家理论的沿用。1950 年代后期，是现代中国"国家叙事"的形成时期，以所谓"三红一创"为代表的社会主义"国家 / 革命"叙事，以及更晚一些，将这种叙事推向极端的"样板戏"及其相关的"样板文艺"，奠定了国家文学叙事的基本模式。首先就是一种以总体性面貌出现的史诗化的大一统叙事。

《红高粱》等作品中的时间和记忆的错位和迷乱，事实上是对国家史诗叙事的偏离，在一定程度上质疑了史诗的确凿无疑的完整性和强大逻辑。其他如刘震云的《故乡天下黄花》、苏童的《罂粟之家》、格非的《边缘》乃至阿来的《尘埃落定》，等等，都有相似的叙事转变。这种转变，并不只是价值评判上的偏离或颠覆，而是叙事结构上的解构。生存经验的私人化和记忆的不确定性，偏离了理性时间线索的稳定的和单维度的结构，正如莫言在《红高粱》的开头所呈现的那种不同历史纪元方式的交错混杂一样，而且，事件终究在一种含混的流传过程中，显得似是而非。这些小说尝试历史叙事的多样可能性，不是单一的叙事模式，传达了多重的世界观念和文化的多种可能性。它们打破了惯常的线性思维和简单的因果律。

不过，形式上的惊奇效果倒也未必是故弄玄虚，而在于与作品所要传达的内容相协调。丰富、复杂的内容和生存经验与自由的、开放的形式是一致的。有些作品在形式上很新奇，在叙事上看上去也有诸多变化，但在经验内容上却很陈腐。有时会沦为一种简单的，对红色历史叙事的逆向性的重写。

从这个意义上说，莫言小说呈现出来的叙事话语方式的开放性、多样性和颠覆性，是当代中国小说的集大成者。像《酒国》《十三步》这样的小说，对我们的思维方式产生了极大的冲击，它改变了我们惯常的判断世界的方式。比如说，丁钩儿是什么立场？李一斗又是什么立场？在莫言那里都是一种充满了反讽的和意义悖谬的东西，提供了一种新的思维方式和生存经验，及其美学修辞，即悖论思维、荒诞经验和反讽修辞。

作为先锋派作家的莫言，并未因其小说形式上的先锋性，而放弃对本民族的历史和现实境况的关注，同时，也并不因为对写作的伦理承诺的恪守，而把叙事艺术处理为一种简单粗劣的道德美餐。而这两个矛盾方面，正是当代中国作家难以解开的死结。莫言以其不同一般的艺术智慧，为解开这一艺术死结提供了精彩的范例。

　　从《透明的红萝卜》和"红高粱系列"的发表至今，通过《红高粱》《欢乐》《天堂蒜薹之歌》《酒国》《丰乳肥臀》《檀香刑》《生死疲劳》等杰作，莫言以一个作家特有的立场和方式，有效地介入了当下中国的现实。莫言的写作，见证了当代中国社会的巨大变化，同时也传达了古老中国的内在精神和声音。这位中国北方农民的儿子，用他语言的犁头，犁开了古老中国乡村沉默的土地，从大地的深处开掘钻石般光芒四射的文学矿藏。莫言笔下的中国大地，是一个苦难与欢乐交织在一起的密林。莫言的小说叙事，有力地披开了现实中国致密的荆棘丛，他的小说为我们展示了一个充满生命活力和欢乐的世界。莫言对于故乡的爱恨交加的情感，促使他在写作中倾注了他的全部智慧和激情来塑造一个文学的故乡。他笔下的"高密东北乡"，已然成为中国社会的一个清晰而又精确的缩影，其间展示了一个真实而又惊心动魄的生活世界。在这个世界中，我们可以看到，生命的否定性的一面与肯定性的一面同在，正如死亡与诞生并存。

　　莫言的文学世界错综复杂，诡黠怪诞，呈现出一种极为复杂的结构和重叠交错、自相悖谬的立场。他的小说首先将人的活动还原到一种物质性的和生理性的层面，从人的基本生存活动出发，充分展示了日常生活直观层面的光怪陆离，及其深层的历史文化的复杂性。"吃"的问题在莫言的作品中贯穿始终。一个吃吃喝喝和醉生梦死的国度。当然，他本人也是这个国度中的一员。正如鲁迅在《狂人日记》中所表达的，"吃人"文化和制度的批判者，同时也是"吃人的人"的兄弟，也未尝不在无意中成为"吃人"文化及其制度的同谋。这种批判与自省并存的品质，是对鲁迅的文学传统的继承和发扬。

但莫言从来不是一般意义上的批判者。他如同一株生长在乡间大地上的植物，他的根系深植于土地之中，而他的文学枝条却向着更为辽阔高远的世界性和人类性的空间伸展，呼吸着自由的空气，成为一株卓然独立的乔木，俯瞰着故乡的大地，守护故乡珍贵的亲情和古老的价值。

然而，莫言的复杂性在于，他将文化中所包含的真实与虚构的双重性质和互动关系呈现出来了。莫言的语言有一种表达上的"滑动性"。它在表达事物的存在状态和人的生存经验的时候，很少有确定的东西，常常有一种意义的"不稳定性"。文学的问题不是一个简单的立场问题，在莫言那里是一种充满了反讽的和意义悖谬的东西。于是，我们可以看到一个多重身份的莫言：一个功成名就、社会身份可疑，且谨小慎微、投机取巧的莫言；一个作为虚构小说家的、对现实冷眼旁观而且持尖锐批判态度的莫言；还有一个是现实中老实巴交、不善交际、有着农民式的朴实而又有几分狡黠的莫言。这三重身份构成了一个复杂的和自相矛盾的自我，或如莫言本人在接受记者采访时所说的："日常生活中，我可以是孙子，懦夫，是可怜虫，但在写小说时，我是贼胆包天、色胆包天、狗胆包天。"① 这样，也就能够理解在莫言获得诺贝尔文学奖之后，网络媒体对他褒贬有别，毁誉参半。从这个意义上说，莫言的文学所包含的批判的锋芒，同时也指向其自身，指向现实中的具体个体。它既是一种文化批判，也是一种人性批判。

莫言不仅是中国经验的杰出表现者，同时也是古老中国文化在当代的忠实传人，更是现代汉语文学表达的创新者。他的小说充满了浓郁的中国气息，同时又闪耀着强烈的现代主义精神光芒。他把

---

① 莫言、庄小蕾：《写小说时，我胆大包天》，载《钱江晚报》2012 年 10 月 12 日。

典雅的古典气息与奇异的现代主义氛围交织在一起，形成了当代文坛上特异的"莫言风格"。当他站在现代精神的高地上俯瞰脚下古老的土地时，他笔下的中国形象变得更加清晰，更加触目惊心。他的小说语言激情澎湃，宛如黄河泛滥，冲刷出一片全新的语言河床，在现代汉语写作史上留下一道罕见的语言奇观。

　　叙事的开放性的另一领域，开放的感官和复杂的感知经验。这正与开放时代的社会状况相适应。小说如何处理感官经验，如何通过感官化的语言来塑造经验主体，这是一个问题。莫言的小说做出了回应。在《红蝗》《爆炸》《球状闪电》等作品中，极度膨胀的感官经验成为叙事的主干部分，事件让位于感知，人物让位于官能，叙事的音乐性让位于画面和色彩感。在莫言小说中，对世界的感知方式具有罕见的开放性和丰富性，其感官色彩的浓烈程度，如同绚烂的印象派油画一般。这一点，与克洛德·西蒙的《弗兰德公路》有相似之处。它与汉语小说以白描和简约手法为主流和正统的传统大相径庭。莫言的语言看上去像是一种大肆的铺张浪费，他在处理任何一种事件和情绪的过程中，几乎要穷尽全部修辞的可能性，丝毫不以简约、凝练为修辞美德。这一风格，一方面传达了对任何一种单一的修辞和言说路径的不信任，另一方面，这种浓烈色彩或多或少又与中国传统乡村的民间美学趣味一脉相承。

　　莫言同时也深切地体会到言说的困境。这种困境，既是现实的和政治性的，同时也是理念的和形而上学的。莫言在艺术上的丰富性和复杂性，也正是他跟现实生活和政治之间纠结不清的关系的结果。现实生活中的莫言，正如他本人的笔名"莫言"所表达的那样，他深谙"祸从口出"的生活教条，一直在小心翼翼地规避迎面而来的政治旋风。而他在自己作品中所表现出来的则是通常为人们所诟病的所谓"无节制的"聒噪。文学对于他来说，似乎是一种补偿。莫言身上表现出一种言说的悖论。一方面是话语的膨胀；另一方面是噤声。一方面是言辞的聒噪；另一方面是沉默。正如他在小说《丰乳肥臀》"雪集"一段所描述的那样。他笔下的汪洋恣肆的话语洪流，仿佛要将任何表达事物的言辞完全罗列铺陈出来。依靠不断地聒噪，不断地向空气中吐露着话语的泡沫，以掩饰内心失语的焦虑和对禁言的恐惧。这是"沉默的辩证法"。莫言深谙这种辩证法，他通过矛盾的话语暴露了当下中国言说的悖谬处境。莫言的文学话语活动，即是一种言说与沉默的自相矛盾。这种矛盾性，使得莫言的小说有别于其同时代作家的那种单薄肤浅的自信。

这同时也是一种"沉默的政治学"。他的作品有时是以一种空前的勇气，突击到现实生活中的危险地段，而且发出尖锐的批判之声。另一方面，他又以不断膨胀的话语泡沫，来掩盖其真实意图。只有在这些让人不胜其烦的聒噪声中，莫言才敢大声说话，并说出他对现实的不满和对不公的愤怒。这个不停地吐露泡沫的螃蟹，偶尔露出他的那对有力的大螯，构成对现实的抗议和威胁。

莫言的小说提供了一个开放性的现代小说的范本。他并不因为对写作的伦理承诺的恪守，而把叙事艺术处理为一种简单粗劣的道德美餐。各种各样的人物声音各自拥有自己的"真理性"和一定支配权力。在一个权力的国度里，严肃性和"硬度"是话语的权力的保证。但莫言的戏谑性的模仿则打破了这些话语自身的完整性和封闭性，打断了其支配力的连续性，使之变成了种种荒谬的东西。话语各自的"硬度"被相互抵消，抵消它里面包含的支配的权力。莫言的文学世界错综复杂，诡黠怪诞，呈现出一种极为复杂的结构和重叠交错、自相悖谬的立场。在《红蝗》的结尾处，莫言明确地道出了自己的写作理想就是将那些在意义和价值方面彼此矛盾、对立的事物混杂在一起："梦幻与现实、科学与童话、上帝与魔鬼、爱情与卖淫、高贵与卑贱、美女与大便、过去与现在、金奖牌与避孕套……互相掺和、紧密团结、环环相连，构成一个完整的世界。"或许在莫言看来，不如此不足以表达当下中国现实生活的复杂性和荒诞性。唯其荒诞，才显写实。从这个意义上说，莫言是一位现实主义作家。而所谓"迷幻现实主义"（Hallucinatory realism），在表达现实的时候，肆意制造迷幻的效果，在莫言那里，既是美学策略，也是政治策略。莫言的文学以其内在的复杂丰富，来反抗外部的简单粗暴；以其悖谬和滑动，来抗拒政治权力对文学的直接征用。

在现代中国文化和社会生活中，文学所扮演的角色总是非同一般。它常常以启蒙者、训导者、精神守护人的形象示人，在某种特殊状态下，它甚至会以一个"救赎者"的面目出现，承载着世人的全部梦想。新文化运动中兴起的现代文学，以救国救民为目标，作为政治和文化启蒙的工具而存在。即便是在审美价值方面，亦属于国民精神品格和艺术品格提升的阶梯。这固然是现代中国文学的伟大品格的体现。新时期文学从根本上说，依然继承了这一品格，从"四五运动"天安门广场上的诗歌和杂文的功能来看，就不难理解这一点。北岛式的"救世主义"色彩的文学，始终是中国人心目中的文学范本。文学在诺贝尔奖坛上的缺席，甚至比其他奖项的缺席来得更令人痛心疾首。它所彰显的不仅是文学和精神文化上的不足，更是被视作当代中国知识分子整体性的精神委顿的象征。人们对于文学的诉求并不只是在语言艺术方面，政治正义和道德纯洁等方面的使命同样也要求文学来承担。无论是本土传统中的鲁迅，还是诺贝尔文学奖得主索尔仁尼琴、米沃什等人，"德艺双馨"的文学是几十年来中国人的精神寄托。文学对于中国人来说，始终承载着"救赎"的梦想。人们渴望通过诺贝尔文学奖的肯定，让文学成为一代人的精神"救赎"。人们也在诺贝尔文学奖所标榜的文学理念中，看到了这种"救赎"的希望。

然而长期以来，中国当代文学对这个时代欠债太多：现实关怀的债务、政治正义的债务、道德担当的债务、艺术完美性的债务，等等。面对复杂而又严酷的现实生活，文学写作显得虚弱乏力和无关痛痒，作家们的艺术能力和个人品格，无论是在艺术的创造力方面，还是在直面现实的道德勇气方面，往往也因此饱受质疑。现实生活中道德愈是可疑，在文学方面的道德洁癖就愈发严重，文学的"救赎"使命就愈发迫切。然而，莫言的获奖被理解为对当下文学的整体性的肯定，这让人们的"文学救赎"梦想突然间归于破灭。现在，既然在莫言身上集中了中国作家的荣光，他也必将承载他们的耻辱。事实上，莫言本人十分清楚这一笔债务的性质，他的文学写作，在某种程度上就是一种"还债"，他在现实生活中的亏欠，在文学中要加倍地偿还。在我看来，这也正是他在文学中不断追求艺术上的神奇效果和现实批判性的动力所在。

但还不够，在他获奖之后，他还必须还当代作家的集体性的债务。无论是在精神赎罪的意义上，还是在文化消费的意义上，他都必作为"头生子"，成为献给文学神殿的祭品。因此，对于莫言来说，斯德哥尔摩既是神坛，又是祭坛。关于他的褒扬与关于他的贬损，都将同时存在于对他的评价之中，而且将会长期存在。

无论如何，莫言的小说为我们展示了一个充满生命活力和欢乐的世界。在这个世界中，我们可以看到，生命的否定性的一面与肯定性的一面同在，正如死亡与诞生并存。这个世界就像乡村、像大地、像季节轮换、像播种与收获，是一个生生不息的世界。

莫言创作年表

1981 年　二十六岁

短篇小说《春夜雨霏霏》，载《莲池》第 5 期。

1982 年　二十七岁

短篇小说《丑兵》，载《莲池》第 2 期；

短篇小说《雪花，雪花》，载《花山》第 3 期；

短篇小说《为了孩子》，载《莲池》第 5 期。

1983 年　二十八岁

短篇小说《售棉大路》，载《莲池》第 3 期；

短篇小说《民间音乐》，载《莲池》第 5 期；

短篇小说《我和羊》，载《花山》第 5 期。

1984 年　二十九岁

短篇小说《放鸭》，载《无名文学》第 1 期；

短篇小说《金翅鲤鱼》，载《无名文学》第 1 期；

短篇小说《白鸥前导在春船》，载《小说创作》第 2 期；

短篇小说《岛上的风》，载《长城》第 2 期；

中篇小说《雨中的河》，载《长城》第 5 期；

短篇小说《黑沙滩》，载《解放军文艺》第 7 期。

1985 年　三十岁

中篇小说《金发婴儿》，载《钟山》第 1 期；

中篇小说《流水》，载《风流》第 2 期；

中篇小说《透明的红萝卜》，载《中国作家》第 2 期；

短篇小说《白狗秋千架》，载《中国作家》第 4 期；

短篇小说《石磨》，载《小说界》第 5 期；

中篇小说《球状闪电》，载《收获》第 5 期；

短篇小说《老枪》，载《昆仑》第 6 期；

短篇小说《枯河》，载《北京文学》第 8 期；

短篇小说《秋水》，载《奔流》第 8 期；

短篇小说《大风》，载《小说创作》第 9 期；

短篇小说《三匹马》，载《奔流》第 9 期；

短篇小说《五个饽饽》，载《当代小说》第 9 期；

中篇小说《爆炸》，载《人民文学》第 12 期。

1986 年　三十一岁

短篇小说《草鞋窨子》，载《青年文学》第 2 期；

中篇小说《筑路》，载《中国作家》第 2 期；

短篇小说《断手》，载《北京文学》第 3 期；

中篇小说《红高粱》，载《人民文学》第 3 期；

小说集《透明的红萝卜》，作家出版社 3 月；

中篇小说《狗道》，载《十月》第 4 期；

短篇小说《苍蝇·门牙》，载《解放军文艺》第 6 期；

中篇小说《奇死》，载《昆仑》第 6 期；

中篇小说《高粱酒》，载《解放军文艺》第 7 期；

中篇小说《高粱殡》，载《北京文学》第 8 期。

1987 年　三十二岁

短篇小说《凌乱战争印象》，载《虎门》第 1 期；

中篇小说《欢乐》，载《人民文学》第 1-2 期合刊；

中篇小说《弃婴》，载《中外文学》第 2 期；

短篇小说《罪过》，载《上海文学》第 3 期；

中篇小说《红蝗》，载《收获》第 3 期；

长篇小说《红高粱家族》，解放军文艺出版社 5 月；

短篇小说《猫事荟萃》，载《上海文学》第 11 期；

短篇小说《飞艇》，载《北京文学》第 12 期。

1988 年　三十三岁

长篇小说《天堂蒜薹之歌》，载《十月》第 1 期，作家出版社
4 月；

短篇小说《养猫专业户》，载《天津文学》第 2 期；

短篇小说《革命浪漫主义》，载《西北军事文学》第 5 期；

小说集《爆炸》，昆仑出版社 8 月；

中篇小说《生蹼的祖先们》，10 月载《长河》创刊号；

短篇小说《马驹横穿沼泽》，载《青年文学》第 11 期；

中篇小说《复仇记》，载《青年文学》第 11 期。

1989 年　三十四岁

中篇小说《你的行为使我恐惧》，载《人民文学》第 3 期；

短篇小说《遥远的亲人》，载《时代文学》第 4 期；

长篇小说《十三步》，作家出版社 4 月；

小说集《欢乐十三章》，作家出版社 4 月；

短篇小说《爱情故事》，载《作家》第 6 期；

短篇小说《奇遇》，载《北方文学》第 10 期；

短篇小说《落日》，载《西北军事文学》第 1 期。

1990 年　三十五岁

中篇小说《父亲在民夫连里》，载《花城》第 1 期。

1991 年　三十六岁

短篇小说《地道》，载《青年思想家》第 3 期；

短篇小说《辫子》，载《青年思想家》第 4 期；

短篇小说《人与兽》，载《山野文学》第 4 期；

中篇小说《幽默与趣味》，载《小说家》第 4 期；

中篇小说《白棉花》，载《花城》第 5 期；

中篇小说《怀抱鲜花的女人》，载《人民文学》第 7-8 期合刊；

短篇小说《粮食》，载《文友》；

小说集《白棉花》，华艺出版社 10 月；

短篇小说《飞鸟》《夜渔》《神嫖》《翱翔》《地震》《铁孩》《灵药》《鱼市》《良医》，分别载于马来西亚《南洋商报》《星洲日报》，中国台湾《中国时报》《联合文学》。

1992 年　三十七岁

中篇小说《高密东北乡故事》，载《小说家》第 2 期；

短篇小说《姑妈的宝刀》，载《时代文学》第 5 期；

短篇小说《屠夫的女儿》，载《时代文学》第 5 期；

中篇小说《红耳朵》，载《小说林》第 5 期；

中篇小说《模式与原型》，载《小说林》第 6 期；

短篇小说《灵药》《铁孩》，载《小说家》第 6 期；

中篇小说《梦境与杂种》，载《钟山》第 6 期；

中篇小说《战友重逢》，载《长城》第 6 期。

1993 年　三十八岁

长篇小说《酒国》，湖南文艺出版社 2 月；

小说集《怀抱鲜花的女人》，中国社会科学出版社 3 月；

小说集《金发婴儿》，长江文艺出版社 6 月；

长篇小说《食草家族》，华艺出版社 12 月；

小说集《神聊》，北京师范大学出版社 12 月。

1994 年　三十九岁

小说集《梦境与杂种》，洪范书店 2 月；

小说集《猫事荟萃》，新世界出版社 10 月。

1995 年　四十岁

《莫言文集》1–5 卷，作家出版社 5 月；

长篇小说《丰乳肥臀》，载《大家》第 6 期，作家出版社 12 月。

1996 年　四十一岁

与人合作话剧《霸王别姬》。

1998 年　四十三岁

短篇小说《拇指铐》，载《钟山》第 1 期；

短篇小说《长安大道上的骑驴美人》，载《钟山》第 5 期；

短篇小说《蝗虫奇谈》，载《山花》第 5 期，《小说选刊》第 7
期选载；

中篇小说《牛》，载《东海》第 6 期；

中篇小说《三十年前的一次长跑比赛》，载《收获》第 6 期；

短篇小说《白杨林里的战斗》，载《北京文学》第 7 期；

短篇小说《一匹倒挂在杏树上的狼》，载《北京文学》第 10 期；

散文集《会唱歌的墙》，人民日报出版社 12 月。

1999 年　四十四岁

短篇小说《祖母的门牙》，载《作家》第 1 期；

中篇小说《我们的七叔》，载《花城》第 1 期；

中篇小说《师傅越来越幽默》，载《收获》第 2 期；

长篇小说《红树林》，海天出版社 3 月；

中篇小说《藏宝图》，载《钟山》第 4 期；

中篇小说《野骡子》，载《收获》第 4 期；

短篇小说《儿子的敌人》，载《天涯》第 5 期；

短篇小说《沈园》，载《长城》第 5 期；

选编《锁孔里的房间》，新世界出版社 7 月；

小说集《长安大道上的骑驴美人》，海天出版社 9 月；

小说集《师傅越来越幽默》，解放军文艺出版社 12 月。

2000 年　四十五岁

中篇小说《司令的女人》，载《收获》第 1 期；

短篇小说《天花乱坠》，载《小说界》第 3 期；

小说集《苍蝇·门牙》，上海文艺出版社 9 月；

小说集《初恋·神嫖》，上海文艺出版社 9 月；

小说集《老枪·宝刀》，上海文艺出版社 9 月；

短篇小说《嗅味族》，载《山花》第 10 期；

散文集《莫言散文》，浙江文艺出版社 10 月；

短篇小说《冰雪美人》，载《上海文学》第 11 期。

2001 年　四十六岁

短篇小说《倒立》，载《山花》第 1 期；

小说集《幸福时光好幽默》，九州出版社 1 月；

小说集《野骡子》，南海出版公司 1 月；

长篇小说《檀香刑》，作家出版社 3 月；

小说集《冰雪美人》，文化艺术出版社8月；

小说集《生蹼的祖先们》，文化艺术出版社8月；

中篇小说《战友重逢》，解放军文艺出版社8月。

2002年　四十七岁

小说集《莫言中篇小说集》上下部，作家出版社2月；

中篇小说《扫帚星》，载《布老虎中篇小说》春之卷；

剧作集《英雄·美人·骏马》，花山文学出版社9月；

散文集《清醒的说梦者》，山东文艺出版社9月；

散文集《什么气味最美好》，南海出版公司9月；

小说集《拇指铐》，山东文艺出版社9月；

小说集《罪过》，山东文艺出版社9月；

散文集《红高粱的孩子》，时报文化出版社10月；

小说集《红耳朵》，麦田出版社10月；

小说集《良心作证》，莫言/阎连科，春风文艺出版社10月；

小说集《司令的女人》，云南人民出版社12月。

2003年　四十八岁

小说集《拇指铐》，江苏文艺出版社1月；

短篇小说《木匠与狗》，载《收获》第5期；

散文集《北京秋天下午的我》，一方出版社5月；

长篇小说《四十一炮》，春风文艺出版社7月；

散文集《小说的气味》，春风文艺出版社8月；

散文集《写给父亲的信》，春风文艺出版社10月；

小说集《藏宝图》，春风文艺出版社10月；

《莫言王尧对话录》，莫言/王尧，苏州大学出版社12月。

2004 年　四十九岁

短篇小说《养兔手册》，载《江南》第 1 期；

《莫言文集（全十二册）》，当代世界出版社 1 月；

小说集《民间音乐》，春风文艺出版社 1 月；

短篇小说《麻风女的情人》《挂像》《大嘴》，载《收获》第 3 期；

《小说在写我：莫言演讲集》，麦田出版社 3 月；

小说集《白棉花》，民族出版社 4 月；

小说集《红蝗》，民族出版社 4 月；

小说集《欢乐》，民族出版社 4 月；

小说集《牛》，民族出版社 4 月；

小说集《战友重逢》，民族出版社 4 月；

小说集《筑路》，民族出版社 4 月；

短篇小说《与大师约会》，载《大家》第 5 期；

《莫言中篇小说选》，上海社会科学院出版社 10 月。

2005 年　五十岁

长篇小说《酒国》，春风文艺出版社 1 月；

短篇小说《小说九段》，载《上海文学》第 1 期；

小说集《复仇记》，华艺出版社 1 月；

小说集《白狗秋千架》，上海文艺出版社 6 月；

小说集《与大师约会》，上海文艺出版社 6 月。

2006 年　五十一岁

长篇小说《生死疲劳》，作家出版社 1 月；

散文集《莫言·北海道走笔》，上海文艺出版社 1 月；

小说集《月光斩》，北京十月文艺出版社 1 月；

小说集《美女·倒立》，麦田出版社 3 月。

2007 年　五十二岁

散文集《说吧，莫言》，海天出版社 7 月。

2009 年　五十四岁

《莫言短篇小说全集之一：白狗秋千架》，上海文艺出版社 1 月；

《莫言短篇小说全集之二：与大师约会》，上海文艺出版社 1 月；

《莫言自选集》，海南出版社 6 月；

长篇小说《蛙》，载《收获》第 6 期，上海文艺出版社 12 月；

中篇小说《变》，载《人民文学》第 10 期。

2010 年　五十五岁

《莫言对话新录》，文化艺术出版社 2 月；

《莫言讲演新篇》，文化艺术出版社 2 月；

《莫言散文新编》，文化艺术出版社 2 月；

小说集《变》，海豚出版社 8 月；

小说集《怀抱鲜花的女人》，上海文艺出版社 8 月；

小说集《欢乐》，上海文艺出版社 8 月；

小说集《师傅越来越幽默》，上海文艺出版社 8 月。

2011 年　五十六岁

散文集《我的高密》，中国青年出版社 1 月；

小说集《学习蒲松龄》，中国青年出版社 4 月。

2012 年　五十七岁

《莫言获奖长篇小说系列》（共 7 册），上海文艺出版社 1 月；

小说集《身后的人——百年百部微型小说经典》，四川文艺出版社 2 月；

散文集《聆听宇宙的歌唱》，中国文史出版社 5 月；

小说集《姑妈的宝刀》，上海文艺出版社 8 月；

《莫言文集》（共 20 册），作家出版社 10 月；

《莫言自选集》，四川文艺出版社、华夏出版社 10 月；

小说集《欢乐》，上海文艺出版社 10 月；

访谈录《碎语文学》，作家出版社 11 月；

剧作集《我们的荆轲》，新世界出版社 11 月；

演讲集《用耳朵阅读》，作家出版社 11 月；

访谈录《说吧，莫言》，二十一世纪出版社 12 月；

《莫言诺贝尔奖典藏文集》（共 20 册），百花文艺出版社 12 月；

《莫言文集（诺贝尔奖纪念收藏版）》（共 20 册），云南人民出版社 12 月。

2013 年　五十八岁

《盛典——诺奖之行》，长江文艺出版社 5 月；

《文学大家谈》，莫言等，译林出版社 5 月；

《我们时代的写作——对话〈酒国〉〈生死疲劳〉》，张旭东／莫言，上海文艺出版社 5 月。

2014 年　五十九岁

《我与加西亚·马尔克斯》，莫言等，华文出版社 6 月。

2015 年　六十岁

《莫言墨语》，中华书局 1 月。

2017 年　六十二岁

短篇小说《故乡人事》，载《收获》第 5 期，创刊 60 周年纪念专刊；

剧本《锦衣》，载《人民文学》第 9 期；

组诗《七星曜我》，载《人民文学》第 9 期；

小说集《爱情故事》，浙江文艺出版社 10 月；

小说集《战友重逢》，浙江文艺出版社 10 月；

剧作集《姑奶奶披红绸》，浙江文艺出版社 11 月。

2018 年　六十三岁

短篇小说《表弟宁赛叶》，载《花城》第 1 期；

短篇小说《等待摩西》，载《十月》第 1 期；

短篇小说《诗人金希普》，载《花城》第 1 期；

诗歌《高速公路上的外星人》（外二首），载《十月》第 1 期；

诗歌《雨中漫步的猛虎》（外二首），载《花城》第 1 期；

选编《莫言给孩子的八堂文学课》，浙江文艺出版社 11 月。

2019 年　六十四岁

《跨界写作——在新作研讨会上的发言》，载《中国文学批评》
第 1 期；

小说集《长安大道上的骑驴美人》，浙江文艺出版社 4 月；

小说集《儿子的敌人》，浙江文艺出版社 4 月；

小说集《秋水》，浙江文艺出版社 4 月；

小说集《三匹马》，浙江文艺出版社 4 月；

小说集《神嫖》，浙江文艺出版社 4 月；

小说集《小说九段》，浙江文艺出版社 4 月；

剧作集《英雄浪漫曲》，浙江文艺出版社 7 月；

《莫言作品典藏大系》（26 卷），浙江文艺出版社 7 月；

诗体小说《饺子歌》，载《北京文学》第 12 期。

2020 年　六十五岁

诗歌《鲸海红叶歌》，载《人民文学》第 3 期。

莫言评论要目

论　著

1. 张志忠《莫言论》，中国社会科学出版社 1990 年 3 月版；

2. 贺立华 / 杨守森《怪才莫言》，花山文艺出版社 1992 年 6 月版；

3. 贺立华 / 杨守森《莫言研究资料》，山东大学出版社 1992 年 8 月版；

4. 钟怡雯《莫言小说："历史"的重构》，文史哲出版社 1997 年 11 月版；

5. 杨扬《莫言研究资料》，天津人民出版社 2005 年 5 月版；

6. 孔范今《莫言研究资料》，山东文艺出版社 2006 年 5 月版；

7. 朱宾忠《跨越时空的对话：福克纳与莫言比较研究》，武汉大学出版社 2006 年 8 月版；

8. 叶开《莫言评传》，河南文艺出版社 2008 年 4 月版；

9. 香港浸会大学文学院《论莫言〈生死疲劳〉》，天地图书有限公司 2010 年 7 月版；

10. 莫言研究会《莫言与高密》，中国青年出版社 2011 年 12 月版；

11. 付艳霞《莫言的小说世界》，中国文史出版社 2012 年 1 月版；

12. 郭小东《看穿莫言》，武汉大学出版社 2012 年 11 月版；

13. 贾杨 / 彭云思《中国·百年之痒：聚焦莫言》，巴蜀书社

2012 年 11 月版；

14. 蒋泥《大师莫言》，安徽文艺出版社 2012 年 12 月版；

15. 谭五昌《见证莫言：莫言获诺奖现在进行时》，漓江出版社 2012 年 12 月版；

16. 杨扬《莫言作品解读》，华东师范大学出版社 2012 年 12 月版；

17. 张志忠《莫言论》，北京联合出版公司 2012 年 12 月版；

18. 朱向前《莫言：诺奖的荣幸》，百花洲文艺出版社 2012 年 12 月版；

19. 陈晓明《莫言研究（2004-2012）》，华夏出版社 2013 年 1 月版；

20. 管谟贤《大哥说莫言》，山东人民出版社 2013 年 1 月版；

21. 郭小东《为什么是莫言》，花城出版社 2013 年 1 月版；

22. 林间《莫言和他的故乡》，厦门大学出版社 2013 年 1 月版；

23. 刘再复等《狂语莫言》，明报出版社 2013 年 1 月版；

24. 王德威等《说莫言》，上海书店出版社 2013 年 1 月版；

25. 叶开《野性的红高粱：莫言传》，二十一世纪出版社 2013 年 1 月版；

26. 张清华／曹霞《看莫言：朋友、专家、同行眼中的诺奖得主》，华中科技大学出版社 2013 年 1 月版；

27. 张秀奇《走向辉煌：莫言记录》，山西人民出版社 2013 年 2 月版；

28. 李斌／程桂婷《莫言批判》，北京理工大学出版社 2013 年 3 月版；

29. 叶开《莫言的文学共和国》，北京大学出版社 2013 年 3 月版；

30. 管遵华《跟莫言学写作》，机械工业出版社 2013 年 6 月版；

31. 李建军《是大象，还是甲虫：莫言及当代中国作家作品析疑》，北岳文艺出版社 2013 年 7 月版；

32. 宁明《海外莫言研究》，山东大学出版社 2013 年 9 月版；

33. 陶林／许海峰《莫言的故事》，江苏文艺出版社 2013 年 10 月版；

34. 蒋林／金骆彬《来自东方的视角：莫言小说研究论文集》，中国社会科学出版社 2014 年 1 月版；

35. 李桂玲《莫言文学年谱》，复旦大学出版社 2014 年 5 月版；

36. 胡沛萍《"狂欢化写作"：莫言小说的艺术特征和叛逆精神》，山东大学出版社 2014 年 9 月版；

37. 张秀奇／覃治华《浮世的悲欢：莫言中短篇小说细解》，山西人民出版社 2015 年 4 月版；

38. 庄森《胡适·鲁迅·莫言：自由思想与新文学传统》，中国社会科学出版社 2015 年 5 月版；

39.（日）吉田富夫《莫言神髓》，上海文艺出版社 2015 年 6 月版；

40. 孙宜学《从泰戈尔到莫言：百年东方与西方》，上海三联书店 2015 年 9 月版；

41. 邓全明《触摸热闹后的苍凉：莫言小说创作论》，中国文联出版社 2015 年 12 月版；

42. 贾燕芹《文本的跨文化重生：葛浩文英译莫言小说研究》，中国社会科学出版社 2016 年 1 月版；

43. 鲍晓英《莫言小说译介研究》，上海交通大学出版社 2016 年 10 月版；

44. 张清华《莫言研究年编》，生活·读书·新知三联书店 2016 年 12 月版。

论　文

1. 徐怀中／莫言等《有追求才有特色——关于〈透明的红萝卜〉

的对话》，载《中国作家》1985年第2期；

2. 崔京生《关于〈透明的红萝卜〉的思考》，《文汇报》1985年7月29日；

3. 蔡毅《艺术追求与特色——读〈透明的红萝卜〉及其评论》，载《作品与争鸣》1986年第1期；

4. 李陀《拾遗录：现代小说中的意象——莫言小说集〈透明的红萝卜〉》，载《文学自由谈》1986年第1期；

5. 冯立三《为了告别那个荒凉的世界——评莫言的〈枯河〉及其他》，载《北京文学》1986年第2期；

6. 朱向前《天马行空——莫言小说艺术评点》，载《小说评论》1986年第2期；

7. 张志忠《奇情异彩亦风流——莫言感觉层小说探析》，载《钟山》1986年第3期；

8. 程德培《被记忆缠绕的世界——莫言创作中的童年视角》，载《上海文学》1986年第4期；

9. 李劼《动人的透明，迷人的诱惑——论〈透明的红萝卜〉的透明度和〈冈底斯的诱惑〉的诱惑性》，载《文学评论家》1986年第4期；

10. 晓华/汪政《莫言的感觉》，载《当代文坛》1986年第4期；

11. 张君恬《谈〈透明的红萝卜〉的一点缺憾》，载《当代文坛》1986年第4期；

12. 张志忠《论莫言的艺术感觉》，载《文艺研究》1986年第4期；

13. 钟本康《现实世界·感情世界·童话世界——评莫言的四部中篇小说》，载《当代作家评论》1986年第4期；

14. 朱向前《莫言小说"写意"散论》，载《当代作家评论》1986年第4期；

15. 贺绍俊/潘凯雄《莫言的小说模式及其意义初探》，载《文学评论家》1986 年第 5 期；

16. 林在勇《心灵底片的曝光——试析莫言作品的瞬间印象方式》，载《文学评论家》1986 年第 5 期；

17. 朱珩青《感觉化的世界：莫言小说印象》，载《批评家》1986 年第 5 期；

18. 北村《血与火生发的外观——〈红萝卜〉〈红高粱〉管窥》，载《文学评论家》1986 年第 6 期；

19. 李洁非 / 张陵《莫言的意义》，载《读书》1986 年第 6 期；

20. 陆文虎《莫言和他的〈红高粱〉》，载《文学自由谈》1986 年第 6 期；

21. 周政保《〈红高粱〉的意味与创造性》，载《小说评论》1986 年第 6 期；

22. 莫言 / 罗强烈《感觉和创造性想象——关于中篇小说〈红高粱〉的通信》，载《中国青年报》1986 年 7 月 18 日；

23. 吴炫《小说领域里的稚拙美——〈红高粱〉印象》，载《文学报》1986 年 7 月 24 日；

24. 艾晓明《惊愕·恶心·沉思——"高粱"系列中篇小说漫评》，载《文论报》1986 年 8 月 30 日；

25. 李清泉《赞赏与不赞赏都说——关于〈红高粱〉的话》，载《文艺报》1986 年 8 月 30 日；

26. 赵玫《淹没在水中的红高粱——莫言印象》，载《北京文学》1986 年第 8 期；

27. 朱珩青《莫言和他的小说》，载《博览群书》1986 年第 8 期；

28. 蔡毅《在美丑之间——读〈红高粱〉致立三同志》，载《作品与争鸣》1986 年第 10 期；

29. 王力平《〈红高粱〉的结构艺术及其他》，载《文论报》1986 年 10 月 11 日；

30. 冯立三《祭奠的也应该是能复活的——读〈红高粱〉复蔡毅

同志》，载《作品与争鸣》1986年第11期；

31. 陈墨/王野《论余占鳌》，载《解放军文艺》1986年第12期；

32. 朱向前《深情于他那小小的"邮票"——莫言小说漫评》，载《人民日报》1986年12月8日；

33. 陈薇/温金海《与莫言一席谈（上、下）》，载《文艺报》1987年1月10、17日；

34. 高今《英雄的自我否定与超越——读〈断手〉》，载《文学评论家》1987年第1期；

35. 雷达《历史的灵魂与灵魂的历史——论〈红高粱〉系列小说的艺术独创性》，载《昆仑》1987年第1期；

36. 雷达《灵性激活历史——〈红高粱〉〈灵旗〉〈第三只眼〉纵横谈》，载《上海文学》1987年第1期；

37. 李洁非/张陵《精神分析学与〈红高粱〉的叙事结构》，载《北京文学》1987年第1期；

38. 王国华/石挺《莫言与马尔克斯》，载《艺谭》1987年第3期；

39. 陈墨《莫言：这也是一种文化——评〈红高粱〉、〈高粱酒〉、〈高粱殡〉》，载《当代文艺探索》1987年第4期；

40. 范宗武《试谈莫言小说的"意象"》，载《文学评论家》1987年第4期；

41. 张志忠《莫言：走上文坛》，载《外国文学研究》1987年第4期；

42. 胡河清《论阿城、莫言对人格美的追求与东方文化传统》，载《当代文艺思潮》1987年第5期；

43. 陈慧忠《想象的自由与描写的节制——关于莫言小说创作的思考》，载《文汇报》1987年5月4日；

44. 潘新宁《〈红高粱〉的失误及其原因》，载《文艺争鸣》1987年第5期；

45. 吴俊《莫言小说中的性意识——兼评〈红高粱〉》，载《当代作家评论》1987 年第 5 期；

46. 季红真《忧郁的土地，不屈的精魂——莫言散论之一》，载《文学评论》1987 年第 6 期；

47. 李万钧《试论莫言小说的借鉴特色和独创性》，载《当代文艺探索》1987 年第 6 期；

48. 王宏图《莫言：沸腾的感觉世界的爆炸（复旦大学学生"新时期文学"讨论实录之五）》，载《当代文艺探索》1987 年第 6 期；

49. 张志忠《莫言文体论》，载《文学评论家》1987 年第 6 期；

50. 钟本康《感觉的超越，意象的编织——莫言〈罪过〉的语言分析》，载《当代文坛》1987 年第 6 期；

51. 陈思和《声色犬马皆有境界——莫言小说艺术三题》，载《作家》1987 年第 8 期；

52. 陈思和《历史与现时的二元对话——兼谈莫言新作〈玫瑰玫瑰香气扑鼻〉》，载《钟山》1988 年第 1 期；

53. 贺绍俊 / 潘凯雄《毫无节制的〈红蝗〉》，载《文学自由谈》1988 年第 1 期；

54. 季红真《现代人的民族民间神话（莫言散论之二）》，载《当代作家评论》1988 年第 1 期；

55. 夏志厚《红色的变异（从〈透明的红萝卜〉、〈红高粱〉到〈红蝗〉）》，载《上海文论》1988 年第 1 期；

56. 张志忠《陌生化：感觉的重构——谈莫言的创作》，载《文学自由谈》1988 年第 1 期；

57. 大卫《莫言及其感觉的宿命》，载《文学自由谈》1988 年第 2 期；

58. 张志忠《充满生命感觉的世界》，载《百家》1988 年第 2 期；

59. 季红真《神话世界的人类学空间（释莫言小说的语义层次）》，载《北京文学》1988 年第 3 期；

60. 颜纯钧《幽闭而骚乱的心灵——论作为一种文学现象的莫言小说》，载《当代作家评论》1988 年第 3 期；

61. 吴澄《红高粱家族的"童话"和民族记忆的复苏》，载《上海师范大学学报》1988 年第 4 期；

62. 张德祥《人的生命本体的窥视与生存状态的摹写——莫言小说对世界的认识与表现方式》，载《小说评论》1988 年第 4 期；

63. 周海波／赵歌放《死亡与莫言小说的生命意蕴》，载《当代文坛》1988 年第 4 期；

64. 李洁非《莫言小说里的"恶心"》，载《当代作家评论》1988 年第 5 期；

65. 王干《反文化的失败——莫言近期小说批判》，载《读书》1988 年第 10 期；

66. 程永新《莫言印象》，载《新民晚报》1988 年 11 月 7 日；

67. 陈炎《生命意识的弘扬、酒神精神的赞美：以尼采的悲剧观释莫言的〈红高粱家族〉》，载《南京社联学报》1989 年第 1 期；

68. 丁帆《亵渎的神话：〈红蝗〉的意义》，载《文学评论》1989 年第 1 期；

69. 房赋闲《莫言创作研讨会综述》，载《文史哲》1989 年第 1 期；

70. 王欣荣《莫言论》，载《东岳论丛》1989 年第 1 期；

71. 林为进《〈十三步〉：精神痛苦的宣泄》，载《文论报》1989 年 2 月 25 日；

72. 李掖平《重振古老民族的生命元气——对莫言小说生命意识的一点重估》，载《当代小说》1989 年第 3 期；

73. 周英雄《红高粱家族演义》，载《当代作家评论》1989 年第 4 期；

74. 杨联芬《莫言小说的价值与缺陷》，载《北京师范大学学报》1990 年第 1 期；

266

75. 孟悦《荒野弃儿的归属——重读〈红高粱家族〉》，载《当代作家评论》1990 年第 3 期；

76. 李洁非《在另一面——莫言三年前的一篇小说》，载《当代作家评论》1990 年第 6 期；

77. 张清华《选择与回归——论莫言小说的传统艺术精神》，载《山东师范大学学报》1991 年第 2 期；

78. 钱林森 / 刘小荣《"异端"间的潜对话——西方象征主义与莫言、张承志的小说》，载《南京大学学报：哲学·人文科学·社会科学》1992 年第 1 期；

79. 张学军《莫言小说与西方现代主义文学》，载《齐鲁学刊》1992 年第 4 期；

80. 李洁非《回到寓言——论莫言及其近作》，载《当代作家评论》1993 年第 2 期；

81. 万千《莫言：一个物化时代的感伤诗人——读莫言的几个近作》，载《当代作家评论》1993 年第 2 期；

82. 周英雄《酒国的虚实——试看莫言叙述的策略》，载《当代作家评论》1993 年第 2 期；

83. 张清华《莫言文体多重结构中传统美学因素的再审视》，载《当代作家评论》1993 年第 6 期；

84. 钟志清《英美评论家评〈红高粱〉家族》，载《外国文学动态》1993 年第 6 期；

85. 朱向前《新军旅作家"三剑客"——莫言、周涛、朱苏进平行比较论纲》，载《解放军文艺》1993 年第 9 期；

86. 吴非《莫言小说与后期印象派色彩美学》，载《作家》1994 年第 10 期；

87. 张闳《〈酒国〉的修辞分析》，载《作品》1996 年第 1 期；

88. 彭荆风《〈丰乳肥臀〉性变态视角》，载《文学自由谈》1996 年第 2 期；

89. 陶琬《歪曲历史，丑化现实——评小说〈丰乳肥臀〉》，载《中流》1996 年第 2 期；

90. 楼观云《令人遗憾的平庸之作——也谈莫言的〈丰乳肥臀〉》，载《当代文坛》1996 年第 3 期；

91. 唐韧《百年屈辱、百年荒唐——对〈丰乳肥臀〉的文学史价值质疑》，载《文艺争鸣》1996 年第 3 期；

92. 张军《莫言：反讽艺术家——读〈丰乳肥臀〉》，载《文艺争鸣》1996 年第 3 期；

93. 中颉 / 付宁《上官鲁氏的悲剧——〈丰乳肥臀〉人物浅析》，载《当代文坛》1996 年第 4 期；

94. 彭荆风《视觉的瘫痪——评〈丰乳肥臀〉》，载《文艺理论与批评》1996 年第 5 期；

95. 余立新《倾斜的母性——〈丰乳肥臀〉读后感》，载《中流》1996 年第 5 期；

96. 刘蓓蓓 / 李以洪《母性崇拜与肥臀情结——读莫言的〈丰乳肥臀〉》，载《文艺评论》1996 年第 9 期；

97. 陈吉德《穿越高粱地——莫言研究综述》，载《山东师大学报（社会科学版）》1997 年第 2 期；

98. 王德威《恋乳奇谈——评莫言〈丰乳肥臀〉》，载《台港文学选刊》1998 年第 5 期；

99. 王德威《千言万语，何若莫言》，载《读书》1999 年第 3 期；

100. 张闳《莫言小说的基本主题与文体特征》，载《当代作家评论》1999 年第 5 期；

101. 王金城《从审美到审丑：莫言小说的美学走向》，载《北方论丛》2000 年第 1 期；

102. 王光东《民间的现代之子——重读莫言的〈红高粱家族〉》，载《当代作家评论》2000 年第 5 期；

103. 易竹贤 / 陈国恩《〈丰乳肥臀〉是一部"近乎反动的作品"

吗？——评何国瑞先生文学批评中的观念与方法》，载《武汉大学学报（人文科学版）》2000年第5期；

104. 张闳《感官的王国——莫言笔下的经验形态及功能》，载《当代作家评论》2000年第5期；

105. 周春玲《变化中的莫言——谈莫言近期中短篇小说》，载《当代作家评论》2000年第5期；

106. ［美］M.托马斯·英奇／金衡山《比较研究：莫言与福克纳》，载《当代作家评论》2001年第2期；

107. 柳建伟《永垂不朽的声音——我看莫言的过去、现在和未来》，载《解放军艺术学院学报》2001年第3期；

108. 黄善明《一种孤独远行的尝试——〈酒国〉之于莫言小说的创新意义》，载《当代作家评论》2001年第5期；

109. 谭桂林《论〈丰乳肥臀〉的生殖崇拜与狂欢叙事》，载《人文杂志》2001年第5期；

110. 谢有顺《当死亡比活着更困难——〈檀香刑〉中的人性分析》，载《当代作家评论》2001年第5期；

111. 张伯存《挑战阅读——评莫言〈檀香刑〉》，载《当代作家评论》2001年第5期；

112. 李陀／莫言／陶庆梅《关于"垓下"的想象突围》，载《读书》2001年第6期；

113. 张柠《文学与民间性——莫言小说里的中国经验》，载《南方文坛》2001年第6期；

114. 韩琛《历史的挽歌与生命的绝唱——论莫言长篇新作〈檀香刑〉》，载《小说评论》2002年第1期；

115. 李建军《是大象，还是甲虫？——评〈檀香刑〉》，载《海南师范学院学报（社会科学版）》2002年第1期；

116. 何国瑞《评论〈丰乳肥臀〉的立场、观点、方法之争——答易竹贤、陈国恩教授》，载《武汉大学学报》2002年第2期；

117. 张磊《百年苦旅："吃人"意象的精神对应——鲁迅〈狂人日记〉和莫言〈酒国〉之比较》，载《鲁迅研究月刊》2002年第5期；

118. 张清华《叙述的极限——论莫言》，载《当代作家评论》2003年第2期；

119. 季桂起《论莫言〈檀香刑〉的文化内涵》，载《齐鲁学刊》2004年第1期；

120. 大江健三郎／莫言／庄焰《二十一世纪的对话——大江健三郎VS莫言》，载《世界文学》2004年第3期；

121. 潘新宁《颠覆"超越"的文化寓言——解读〈檀香刑〉》，载《名作欣赏》2004年第3期；

122. 王寰鹏《人性黑洞与历史隐喻——莫言长篇小说〈檀香刑〉赏析》，载《名作欣赏》2004年第3期；

123. 吴周文／樊保玲《从消解到反文化思辨——从〈复仇记〉看莫言创作的颠覆意识》，载《名作欣赏》2004年第3期；

124. 周志雄《〈檀香刑〉的民间化意义》，载《名作欣赏》2004年第3期；

125. 李莉《"酷刑"与审美——论莫言〈檀香刑〉的美学风格》，载《山东社会科学》2004年第4期；

126. 旷新年《莫言的〈红高粱〉与"新历史小说"》，载《杭州师范学院学报（社会科学版）》2005年第4期；

127. 赵歌东《"种的退化"与莫言早期小说的生命意识》，载《齐鲁学刊》2005年第4期；

128. 罗关德《人类学视角下的民族文化观照——莫言乡土小说的文化意蕴》，载《东南学术》2005年第6期；

129. 毕光明《弱者复仇的白日梦——评莫言的〈月光斩〉》，载《名作欣赏》2005年第17期；

130. 张春喜《语言的自由和权利与叙述人的语态和策略——试论莫言〈丰乳肥臀〉的话语霸权》，载《河南社会科学》2005年

S1 期；

131. 贺仲明《乡村的自语——论莫言小说创作的精神及意义》，载《首都师范大学学报（社会科学版）》2006 年第 3 期；

132. 黄萍《莫言小说研究述评》，载《新世纪论丛》2006 年第 4 期；

133. 张伯存《莫言的民间狂欢世界》，载《齐鲁学刊》2006 年第 4 期；

134. 毕光明《〈生死疲劳〉：对历史的深度把握》，载《小说评论》2006 年第 5 期；

135. 梁鸿《当代文学视野中的"村庄"困境——从阎连科、莫言、李锐小说的地理世界谈起》，载《文艺争鸣》2006 年第 5 期；

136. 王春林《繁荣中的沉潜与拓展——对新世纪长篇小说创作的一种描述与判断》，载《文艺争鸣》2006 年第 5 期；

137. 张清华《〈红高粱〉家族与长篇小说的当代变革》，载《南方文坛》2006 年第 5 期；

138. 程光炜《魔幻化、本土化与民间资源——莫言与文学批评》，载《当代作家评论》2006 年第 6 期；

139. 杜迈可 / 季进 / 王娟娟《论〈天堂蒜薹之歌〉》，载《当代作家评论》2006 年第 6 期；

140. 郭冰茹《寻找一种叙述方式——论莫言长篇小说对传统叙述方式的创造性吸纳》，载《当代作家评论》2006 年第 6 期；

141. 黄发有《莫言的"变形记"》，载《当代作家评论》2006 年第 6 期；

142. 季红真《神话结构的自由置换——试论莫言长篇小说的文体创新》，载《当代作家评论》2006 年第 6 期；

143. 李静《不驯的疆土——论莫言》，载《当代作家评论》2006 年第 6 期；

144. 马艳艳 / 裴秀红《莫言小说研究综述》，载《现代语文》

2006 年第 6 期；

145. 孙郁《莫言：与鲁迅相逢的歌者》，载《当代作家评论》2006 年第 6 期；

146. 王光东《复苏民间想象的传统和力量——由莫言的〈生死疲劳〉说起》，载《当代作家评论》2006 年第 6 期；

147. 王者凌《"胡乱写作"，遂成"怪诞"——解读莫言长篇小说〈生死疲劳〉》，载《当代作家评论》2006 年第 6 期；

148. 张清华《天马的缰绳——论新世纪以来的莫言》，载《当代作家评论》2006 年第 6 期；

149. 周立民《叙述就是一切——谈莫言长篇小说中的叙述策略》，载《当代作家评论》2006 年第 6 期；

150. 刘伟《"轮回"叙述中的历史"魅影"——论莫言〈生死疲劳〉的文本策略》，载《文艺评论》2007 年第 1 期；

151. 王恒升《莫言早期小说创作论》，载《东岳论丛》2007 年第 1 期；

152. 刘广远《狂欢化：长篇小说的一种话语方式》，载《当代作家评论》2007 年第 2 期；

153. 张喜田《人生本苦与生死幻灭——论莫言新作〈生死疲劳〉的佛教意识》，载《河南社会科学》2007 年第 2 期；

154. 刘晓飞《人有悲欢离合，月有阴晴圆缺——评〈生死疲劳〉兼论莫言近来创作的几个转变》，载《当代文坛》2007 年第 3 期；

155. 王学谦《鳄鱼的"血地"温情与狂放幽默——莫言散文的故乡情结与恣肆反讽》，载《吉林大学社会科学学报》2009 年第 4 期；

156. 张新颖《人人都在什么力量的支配下——读〈生死疲劳〉札记》，载《当代作家评论》2009 年第 6 期；

157. 葛浩文 / 吴耀宗《莫言作品英译本序言两篇》，载《当代作家评论》2010 年第 2 期；

158. 曾利君《新时期文学魔幻写作的两大本土化策略》，载《文学评论》2010 年第 2 期；

159. 梁振华《蛙：时代吊诡与"混沌"美学》，载《南方文坛》2010 年第 3 期；

160. 陆克寒《蛙：当代中国的"罪与罚"》，载《扬子江评论》2010 年第 3 期；

161. 庞弘《启蒙的困惑——对莫言新作〈蛙〉的解读》，载《南京师范大学文学院学报》2010 年第 3 期；

162. 王春林《历史观念重构、罪感意识表达与语言形式翻新——评莫言长篇小说〈蛙〉》，载《南方文坛》2010 年第 3 期；

163. 吴义勤《原罪与救赎——读莫言长篇小说〈蛙〉》，载《南方文坛》2010 年第 3 期；

164. 颜水生《莫言"种的退化"的历史哲学》，载《小说评论》2010 年第 3 期；

165. 颜妍《如何朴素，怎样奇观——以〈蛙〉为镜》，载《南方文坛》2010 年第 3 期；

166. 张勐《生命在民间——莫言〈蛙〉剖析》，载《南方文坛》2010 年第 3 期；

167. 李丹《一出庸俗的惨剧——长篇小说〈蛙〉批判》，载《当代文坛》2010 年第 4 期；

168. 张灵《叙述的极限与表现的源头——莫言小说的诗学与精神启示》，载《小说评论》2010 年第 4 期；

169. 殷罗毕《封闭在历史洞穴中的想象 〈蛙〉与莫言暴力史观的限度》，载《上海文化》2010 年第 5 期；

170. 管笑笑《发展的悲剧和未完成的救赎——论莫言〈蛙〉》，载《南方文坛》2011 年第 1 期；

171. 李松睿《"生命政治"与历史书写——论莫言的小说〈蛙〉》，载《东吴学术》2011 年第 1 期；

172. 刘志荣《莫言小说想象力的特征与行踪》，载《上海文化》

2011 年第 1 期；

173. 宁明《理性批判与感性认同的交融——论莫言的贞节观》，载《山东大学学报（哲学社会科学版）》2011 年第 1 期；

174. 邵璐《莫言小说英译研究》，载《中国比较文学》2011 年第 1 期；

175. 王恒升《论莫言艺术想象的民间资源及其表现》，载《齐鲁学刊》2011 年第 2 期；

176. 王西强《复调叙事和叙事解构：〈酒国〉里的虚实》，载《南京师范大学文学院学报》2011 年第 2 期；

177. 康林《莫言与川端康成——以小说〈白狗秋千架〉和〈雪国〉为中心》，载《中国比较文学》2011 年第 3 期；

178. 邱华栋《故乡、世界与大地的说书人——莫言论》，载《文艺争鸣》2011 年第 3 期；

179. 刘江凯《本土性、民族性的世界写作——莫言的海外传播与接受》，载《当代作家评论》2011 年第 4 期；

180. 程光炜《颠倒的乡村——再读莫言的〈透明的红萝卜〉》，载《当代文坛》2011 年第 5 期；

181. 周晓静《莫言小说的音响世界》，载《小说评论》2011 年第 5 期；

182. 刘再复《"现代化"刺激下的欲望疯狂病——〈酒国〉、〈受活〉、〈兄弟〉三部小说的批判指向》，载《当代作家评论》2011 年第 6 期；

183. 罗兴萍《重新拾起"人的忏悔"的话题——试论〈蛙〉的忏悔意识》，载《当代作家评论》2011 年第 6 期；

184. 王源《莫言茅盾文学奖获奖作品〈蛙〉研讨会综述》，载《东岳论丛》2011 年第 11 期；

185. 徐兆武《极刑背后的空白——论〈檀香刑〉的主体和主题缺失》，载《文艺争鸣》2011 年第 14 期；

186. 梁小娟《批判与建构——论莫言乡土小说的叙事伦理》，载《长江学术》2012 年第 1 期；

187. 刘广远《文本的想象与历史的可能——以莫言小说为例》，载《文艺争鸣》2012 年第 5 期；

188. 陈众议《莫言与世界文学》，载《外国文学动态》2012 年第 6 期；

189. 傅书华《论〈蛙〉意蕴与结构上的缺失》，载《小说评论》2012 年第 6 期；

190. 李荣博《论莫言〈蛙〉的生命哲学与生命自觉》，载《小说评论》2012 年第 6 期；

191. 刘再复《再说"黄土地上的奇迹"》，载《华文文学》2012 年第 6 期；

192. 栾梅健《面对历史纠结时的精准与老到——再论莫言〈蛙〉的文学贡献》，载《当代作家评论》2012 年第 6 期；

193. 宁明《莫言海外研究述评》，载《东岳论丛》2012 年第 6 期；

194. 欧阳昱《打折扣的诺贝尔文学奖》，载《华文文学》2012 年第 6 期；

195. 王春林《莫言、诺奖与百年汉语写作的命运》，载《小说评论》2012 年第 6 期；

196. 王西强《论莫言 1985 年后中短篇小说的叙事视角试验》，载《中国现代文学研究丛刊》2012 年第 6 期；

197. 卫毅 / 刘再复《刘再复谈莫言》，载《华文文学》2012 年第 6 期；

198. 杨小滨《莫言小说中的性爱描写》，载《华文文学》2012 年第 6 期；

199. 赵奎英《修辞与伦理：莫言〈蛙〉的叙事修辞学解读》，载《小说评论》2012 年第 6 期；

200. 姜华 / 杨枫《以互文性视角看莫言小说中的历史诗学》，载

《文艺争鸣》2012 年第 7 期；

201. 程光炜《小说的读法——莫言的〈白狗秋千架〉》，载《文艺争鸣》2012 年第 8 期；

202. 孟文彬《齐文化视野的文学创作及其审美风格：张炜与莫言》，载《重庆社会科学》2012 年第 8 期；

203. 王敏《记忆术：代际隐喻、意识幻象与记忆场——读莫言的〈透明的红萝卜〉》，载《文艺争鸣》2012 年第 8 期；

204. 钟怡雯《论莫言小说"肉身成道"的唯物书写》，载《文艺争鸣》2012 年第 8 期；

205. 黄万华《自由的诉说：莫言叙事的天籁之声——莫言新世纪 10 年的小说》，载《东岳论丛》2012 年第 10 期；

206. 莫言／刘琛《把"高密东北乡"安放在世界文学的版图上——莫言先生文学访谈录》，载《东岳论丛》2012 年第 10 期；

207. 戴伟华《莫言获奖后的声音》，载《语文月刊》2012 年第 11 期；

208. 张清华《诺奖之于莫言，莫言之于中国当代文学》，载《文艺争鸣》2012 年第 12 期；

209. 张旭东／陈丹丹《"魔幻现实主义"的政治文化语境构造——莫言〈酒国〉中的语言游戏、自然史与社会寓言》，载《人民论坛·学术前沿》2012 年第 14 期；

210. 陈思和《在讲故事背后——莫言〈讲故事的人〉读解》，载《学术月刊》2013 年第 1 期；

211. 陈众议《评莫言》，载《东吴学术》2013 年第 1 期；

212. 范文明《莫言作品在越南的翻译与研究》，载《山西大学学报（哲学社会科学版）》2013 年第 1 期；

213. 黄云霞《作为当代文学史事件的"莫言现象"》，载《当代文坛》2013 年第 1 期；

214. 李新宇《〈丰乳肥臀〉：母亲与生命的悲歌》，载《名作欣賞》2013 年第 1 期；

215. 林建法 / 李桂玲《〈当代作家评论〉视阈中的莫言》，载《当代作家评论》2013 年第 1 期；

216. 刘再复 / 刘剑梅《高行健莫言风格比较论》，载《华文文学》2013 年第 1 期；

217. 刘再复《莫言的鲸鱼状态》，载《当代作家评论》2013 年第 1 期；

218. 刘再复《再说"黄土地上的奇迹"》，载《当代作家评论》2013 年第 1 期；

219. 栾梅健《民间的传奇——论莫言的文学观》，载《当代作家评论》2013 年第 1 期；

220. 南帆《魔幻与现实的寓言》，载《当代作家评论》2013 年第 1 期；

221. 孙郁《莫言：一个时代的文学突围》，载《当代作家评论》2013 年第 1 期；

222. 王春林《莫言小说创作与中国文学传统》，载《山西大学学报（哲学社会科学版）》2013 年第 1 期；

223. 王蒙《莫言获奖与我们的文化心态》，载《读书》2013 年第 1 期；

224. 奚志英 / 朱凌《论莫言小说儿童书写的声音范型与话语效果》，载《中国文学研究》2013 年第 1 期；

225. 夏烈《苦难的生殖——关于莫言长篇〈蛙〉的随想》，载《名作欣赏》2013 年第 1 期；

226. 徐怀中《"尽管他作品中描写的只是自己故乡那个小村庄"——贺莫言获 2012 年度诺贝尔文学奖》，载《解放军艺术学院学报》2013 年第 1 期；

227. 许子东《"文革故事"与"后文革故事"——关于莫言的长篇小说〈蛙〉》，载《文学评论》2013 年第 1 期；

228. 严锋《感觉的世界谱系：重新发现莫言的现代性》，载《中国比较文学》2013 年第 1 期；

229. 杨扬《莫言作品以及相关的评论》，载《社会科学》2013 年第 1 期；

230. 张屏瑾《我村上，你莫言》，载《书城》2013 年第 1 期；

231. 张新颖《从短篇看莫言——"自由"叙述的精神、传统和生活世界》，载《当代作家评论》2013 年第 1 期；

232. 张艳梅《历史文化视野中的莫言》，载《山西大学学报（哲学社会科学版）》2013 年第 1 期；

233. 张志忠《论莫言小说》，载《文学评论》2013 年第 1 期；

234. 张志忠《奇想化的"战争启示录"——莫言战争小说谈片》，载《山西大学学报（哲学社会科学版）》2013 年第 1 期；

235. 赵勇《莫言的两极——解读〈丰乳肥臀〉》，载《文艺理论研究》2013 年第 1 期；

236. 朱向前 / 徐艺嘉《从"诺奖"看莫言》，载《解放军艺术学院学报》2013 年第 1 期；

237. 李桂玲《〈说莫言〉：解码莫言文学世界》，载《当代作家评论》2013 年第 2 期；

238. 李双志《乡土经验与世界文学——试论莫言与赫塔·米勒的文学创作的异同》，载《南京社会科学》2013 年第 2 期；

239. 严慧《莫言小说的批判精神》，载《当代作家评论》2013 年第 2 期；

240. 张清华 / 冯强《历史与良心：解读莫言〈蛙〉中的姑姑形象》，载《中国现代文学研究丛刊》2013 年第 2 期；

241. 庄森《莫言小说的自由思想》，载《当代作家评论》2013 年第 2 期；

242. 刘再复《故事的极致与故事的消解——〈高行健莫言比较论〉续篇（提纲）》，载《当代作家评论》2013 年第 4 期；

243. 刘再复《说不尽的莫言——答〈南方都市报〉记者陈晓勤问》，载《当代作家评论》2013 年第 4 期；

244. 蔡义江《〈红楼梦〉与莫言》，载《红楼梦学刊》2013 年第 4 期；

245. 温儒敏《莫言历史叙事的"野史化"与"重口味"——兼说莫言获诺奖的七大原因》，载《中国现代文学研究丛刊》2013 年第 4 期；

246. 吴福辉《莫言的"'铸剑'笔意"》，载《中国现代文学研究丛刊》2013 年第 4 期；

247. 朱德发《"里比多"释放的悲歌和欢歌——细读莫言〈丰乳肥臀〉有所思》，载《中国现代文学研究丛刊》2013 年第 4 期；

248. 朱栋霖《莫言与"诺贝尔文学"》，载《中国现代文学研究丛刊》2013 年第 4 期；

249. 白杨／刘红英《民族性·世界性·人类性：莫言小说的核心质素与诗学启示》，载《同济大学学报（社会科学版）》2013 年第 5 期；

250. 毕光明《"酒国"故事及文本世界的互涉——莫言〈酒国〉重读》，载《文艺争鸣》2013 年第 6 期；

251. 丛新强／孙书文《莫言研究三十年述评》，载《东岳论丛》2013 年第 6 期；

252. 于红珍《莫言研究三十年硕士博士论文综论》，载《东岳论丛》2013 年第 6 期；

253. 吴俊《歧义的莫言的暧昧》，载《文艺研究》2013 年第 8 期；

254. 姚晓雷《莫言的文化身份、审美贡献及当下意义》，载《创作与评论》2013 年第 16 期；

255. 颜梦艺《虚构与真实的荒诞化叙事——论莫言〈酒国〉的叙事艺术》，载《名作欣赏》2013 年第 17 期；

256. 李郭《莫言笔下的神秘大地——高密东北乡》，载《名作欣

赏》2013 年第 30 期;

257. 景银辉《童年创伤、历史记忆与文化症候——莫言小说中的饥饿叙事》,载《小说评论》2013 年 S1 期;

258. 李桂玲《莫言文学年谱（上）》,载《东吴学术》2014 年第 1 期;

259. M.托马斯·英吉／胡淑成／张箭飞《西方视野下的莫言》,载《长江学术》2014 年第 1 期;

260. 龚刚《论〈生死疲劳〉的超现实主义叙事》,载《华文文学》2014 年第 2 期;

261. 季红真《莫言小说与中国叙事传统》,载《文学评论》2014 年第 2 期;

262. 李桂玲《莫言文学年谱（中）》,载《东吴学术》2014 年第 2 期;

263. 凌云岚《莫言与中国现代乡土小说传统》,载《文学评论》2014 年第 2 期;

264. 刘佳《莫言与福克纳比较研究》,载《中州学刊》2014 年第 2 期;

265. 涂谢权《论〈四十一炮〉中的传统文化因子——以"吃"为中心》,载《中国文学研究》2014 年第 2 期;

266. 王晓平《海外汉学界对莫言获诺贝尔奖的反应综述》,载《文学评论》2014 年第 2 期;

267. 王学谦《残酷的慈悲——莫言〈檀香刑〉的存在原罪与悲悯情怀》,载《当代作家评论》2014 年第 2 期;

268. 张莉《唯一一个报信人——论莫言书写故乡的方法》,载《文学评论》2014 年第 2 期;

269. 朱厚刚《被闯入：百年乡村的历史书写——读莫言小说〈丰乳肥臀〉》,载《长江学术》2014 年第 2 期;

270. 段宇晖《现代性之隐忧——结构主义视野下〈丰乳肥臀〉

新读》，载《当代作家评论》2014年第3期；

271. 李桂玲《莫言文学年谱（下）》，载《东吴学术》2014年第3期；

272. 刘德银《经验与记忆：莫言小说创作的三重变奏》，载《齐鲁学刊》2014年第3期；

273. 王学谦《莫言与鲁迅的家族性相似》，载《吉林大学社会科学学报》2014年第3期；

274. 徐仲佳《论莫言小说性爱叙事的文学场生产》，载《齐鲁学刊》2014年第3期；

275. 杨新刚《"中农情结"对莫言创作的影响——兼析莫言小说对土改、合作化叙事模式的突破》，载《齐鲁学刊》2014年第3期；

276. 樊星《莫言的"农民意识"论》，载《长江学术》2014年第4期；

277. 吴义勤/王金胜《"吃人"叙事的历史变形记——从〈狂人日记〉到〈酒国〉》，载《文艺研究》2014年第4期；

278. 周红莉/曹佳敏《论莫言小说对母亲形象的颠覆》，载《当代文坛》2014年第4期；

279. 陈思和《莫言与中国当代文学》，载《扬子江评论》2014年第5期；

280. 藤井省三/林敏洁《鲁迅与莫言之间的归乡故事系谱——以托尔斯泰〈安娜·卡列尼娜〉为辅助线（上）》，载《扬子江评论》2014年第5期；

281. 张洪波《莫言小说的"中国经验"与艺术传达——以〈生死疲劳〉为中心的考察》，载《扬子江评论》2014年第5期；

282. 赵歌东《食物神圣化与莫言创作的乡土崇拜意识》，载《齐鲁学刊》2014年第5期；

283. 马云《莫言〈生死疲劳〉的超验想象与叙事狂欢》，载《文艺争鸣》2014年第6期；

284. 藤井省三 / 林敏洁《鲁迅与莫言之间的归乡故事系谱——以托尔斯泰〈安娜·卡列尼娜〉为辅助线（下）》，载《扬子江评论》2014 年第 6 期；

285. 皮进《多元叙事策略成就巨大叙事张力——莫言小说〈生死疲劳〉叙事艺术分析》，载《文艺争鸣》2014 年第 7 期；

286. 陈熙熙《社会生活的空间视界与叙事实践——莫言小说〈蛙〉的空间叙事探析》，载《文艺争鸣》2014 年第 8 期；

287. 龙慧萍 / 冯雷《"莫言：全球视野与本土经验"学术研讨会综述》，载《中国现代文学研究丛刊》2014 年第 8 期；

288. 李冬木《从鲁迅到莫言——中国现代文学在日本》，载《东岳论丛》2014 年第 12 期；

289. 栾梅健《从"启蒙"到"作为老百姓写作"——莫言对鲁迅文学传统的继承与创新》，载《南京社会科学》2015 年第 1 期；

290. 肖进《莫言在中东欧的译介、传播与接受》，载《华文文学》2015 年第 1 期；

291. 张莉《重读〈生死疲劳〉："发生过的事情都是历史"》，载《小说评论》2015 年第 1 期；

292. 张清华《细读〈透明的红萝卜〉："童年的爱情"何以合法》，载《小说评论》2015 年第 1 期；

293. 程光炜《生平述略——莫言家世考证之一》，载《南方文坛》2015 年第 2 期；

294. 管笑笑《当时间化为肉身——关于〈四十一炮〉的解读》，载《小说评论》2015 年第 2 期；

295. 李占伟《莫言小说的叙事现代性》，载《小说评论》2015 年第 2 期；

296. 张相宽《故事·讲故事的人·听故事的人——论莫言小说与传统说书艺术的联系》，载《东岳论丛》2015 年第 2 期；

297. 程光炜《参军——莫言家世考证之五》，载《当代文坛》

2015 年第 3 期；

298. 张晶《框架理论视野下美国主流报刊对莫言小说的传播与接受》，载《当代作家评论》2015 年第 3 期；

299. 郑英魁《简论莫言在俄罗斯的译介与传播》，载《当代作家评论》2015 年第 3 期；

300. 程光炜《家庭——莫言家世考证之二》，载《文艺争鸣》2015 年第 4 期；

301. 孟繁华《中国当代文学经典化的国际化语境——以莫言为例》，载《文艺研究》2015 年第 4 期；

302. 张恒君《莫言小说语言风格论》，载《小说评论》2015 年第 4 期；

303. 张灵《艺术的盛宴 灵魂的棒喝——论〈酒国〉的艺术与思想创造》，载《上海文化》2015 年第 4 期；

304. 王金胜《历史暴力与生命审美乌托邦——〈红高粱家族〉与莫言文学的历史意识》，载《东方论坛》2015 年第 5 期；

305. 曹霞《冒犯的美学及其正名——重读莫言的〈欢乐〉〈红蝗〉及其批评》，载《小说评论》2015 年第 6 期；

306. 郭群《逃离与回归——论莫言的乡土情结》，载《齐鲁学刊》2015 年第 6 期；

307. 宋学清 / 张丽军《论莫言"高密东北乡"的方志体叙事策略》，载《当代作家评论》2015 年第 6 期；

308. 王学谦《〈红高粱家族〉与莫言小说的基本结构》，载《当代作家评论》2015 年第 6 期；

309. 吴周文《"性政治"的诠释与"反家庭"母题的演绎》，载《中国现代文学研究丛刊》2015 年第 6 期；

310. 程光炜《教育——莫言家世考证之三》，载《中国现代文学研究丛刊》2015 年第 8 期；

311. 洪治纲《论莫言小说的混杂性美学追求》，载《中国现代

文学研究丛刊》2015年第8期;

312. 褚云侠《"酒"的诗学——从文化人类学视角谈〈酒国〉》，载《小说评论》2016年第1期;

313. 内森·C.法里斯/余婉卉《莫言与民族主义者的寓言》，载《长江学术》2016年第1期;

314. 阮秋贤《莫言小说在越南的译介与接受》，载《杭州师范大学学报（社会科学版）》2016年第1期;

315. 薛红云《先锋实验与传统叙事的缠绕——评〈酒国〉》，载《小说评论》2016年第1期;

316. 张旭《莫言笔下的城市空间》，载《文艺争鸣》2016年第1期;

317. 周晓梅《文学外译中译者的文化认同问题》，载《小说评论》2016年第1期;

318. 朱寿桐《莫言的文学存在及其汉语小说文化意义》，载《小说评论》2016年第1期;

319. 陈卓、王永兵《论莫言新历史小说的民间叙事》，载《当代文坛》2016年第2期;

320. 张瑞英《一个"炮孩子"的"世说新语"——论莫言〈四十一炮〉的荒诞叙事与欲望阐释》，载《文学评论》2016年第2期;

321. 程光炜《故乡朋友圈——莫言家世考证之八》，载《南方文坛》2016年第3期;

322. 阮氏明商《论莫言小说对越南读者的感召》，载《南方文坛》2016年第3期;

323. 杨光祖《母亲上官鲁氏论——莫言〈丰乳肥臀〉研究》，载《南方文坛》2016年第3期;

324. 赵坤《〈酒国〉中的精神现象浅析》，载《小说评论》2016年第3期;

325. 程光炜《茂腔和说书——莫言家世考证之九》，载《现代中文学刊》2016 年第 4 期；

326. 王达敏《〈蛙〉的忏悔意识与伦理悖论》，载《中国现代文学研究丛刊》2016 年第 4 期；

327. 王学谦《魔性叙事及其自由精神——再论莫言与鲁迅的家族性相似》，载《文艺争鸣》2016 年第 4 期；

328. 程光炜《高密剪纸和泥塑——莫言家世考证之十》，载《东吴学术》2016 年第 5 期；

329. 周蕾《"中国故事"的另一种讲法——从〈丰乳肥臀〉说起》，载《小说评论》2016 年第 5 期；

330. 季红真《大地诗学中心灵磁场的核心故事——莫言小说的生殖叙事》，载《文艺争鸣》2016 年第 6 期；

331. 杨守森《莫言批评之批评》，载《东岳论丛》2016 年第 6 期；

332. 闫作雷《乡村书写的政治学与小生产者逻辑——论莫言乡村题材小说》，载《中国现代文学研究丛刊》2016 年第 10 期；

333. 张寅德、刘海清《莫言在法国：翻译、传播与接受》，载《文艺争鸣》2016 年第 10 期；

334. 陈曦《莫言作品在法国的译介》，载《山东社会科学》2016 年 S1 期；

335. 陈晓明《"歪拧"的乡村自然史——从〈木匠和狗〉看中国现代主义的在地性》，载《文学评论》2017 年第 1 期；

336. 刘汀《"物世界"的辩证法：重评〈红高粱家族〉》，载《小说评论》2017 年第 1 期；

337. 刘旭《文学莫言与现实莫言》，载《文学评论》2017 年第 1 期；

338. 谢有顺《感觉的象征世界——〈檀香刑〉之后的莫言小说》，载《文学评论》2017 年第 1 期；

339. 张清华《莫言与新文学的整体观》，载《文学评论》2017 年第 1 期；

340. 陈黎明《精英与民间的话语碰撞——试论莫言小说的语言风格之争》，载《中国现代文学论丛》2017 年第 2 期；

341. 赵敬鹏《惩罚图像的语言再现——〈檀香刑〉新论》，载《中国文学研究》2017 年第 2 期；

342. 赵文兰《〈十三步〉叙事艺术论》，载《当代文坛》2017 年第 2 期；

343. 周蕾《莫言在 1985："高密东北乡"诞生考》，载《小说评论》2017 年第 2 期；

344. 姬志海《莫言长篇小说的悲剧性研究》，载《当代作家评论》2017 年第 5 期；

345. 廖四平《时代及社会的敌人——论〈丰乳肥臀〉的批判性》，载《当代作家评论》2017 年第 5 期；

346. 巩晓悦《莫言小说的幻觉叙事研究》，载《当代作家评论》2017 年第 6 期；

347. 黄德海《地狱焰火中的幽微良知——莫言的三个中篇兼及〈檀香刑〉》，载《创作与评论》2017 年第 14 期；

348. 王春林《民间、启蒙与悲悯情怀——关于莫言的文学近作》，载《当代文坛》2018 年第 1 期；

349. 张志忠《从地域文化角度论莫言研究空间的拓展》，载《当代文坛》2018 年第 1 期；

350. 季红真《大生态系统的外部形体——莫言小说女性身体的表意功能之三》，载《文艺争鸣》2018 年第 1 期；

351. 王尧《关于莫言和莫言研究的札记》，载《小说评论》2018 年第 2 期；

352. 王金胜、吴义勤《莫言与中国文学"现代传统"的历史关联性——路径、方法与可能性的探讨》，载《小说评论》2018 年第 4 期；

353. 李幸雪《从接受到创化：〈檀香刑〉与茂腔的影响关系考》，

载《小说评论》2018 年第 5 期；

354. 周蕾《1987：先锋文学场中的莫言》，载《小说评论》2018 年第 5 期；

355. 姜肖《形式实验的"返乡"与乡土记忆的"当代"意识——细读莫言小说新作》，载《当代作家评论》2019 年第 1 期；

356. 杨守森《民间文化视野与世界文学精神——莫言小说中的诡谲现象探析》，载《中国文学批评》2019 年第 1 期；

357. 罗伯特·戴维斯－昂迪亚诺／宁明《一个西方人对莫言的反思》，载《南方文坛》2019 年第 3 期；

358. 宁明《诺奖之后英语世界莫言研究述评》，载《南方文坛》2019 年第 3 期；

359. 王金胜、吴义勤《莫言文学的崇高美学及其复调意味》，载《文艺争鸣》2019 年第 4 期。

图书在版编目（CIP）数据

莫言论/张闳著 . -- 北京：作家出版社，2021.3
（中国当代作家论）
ISBN 978 - 7 - 5212 - 1100 - 9

Ⅰ . ①莫… Ⅱ . ①张… Ⅲ . ①莫言 – 作家评论
Ⅳ . ①I206.7

中国版本图书馆 CIP 数据核字（2020）第 160393 号

莫言论

总 策 划：	吴义勤
主 编：	谢有顺
作 者：	张 闳
出版统筹：	李宏伟
责任编辑：	田小爽
装帧设计：	合和工作室
出版发行：	作家出版社有限公司

社　　址：北京农展馆南里 10 号　　　邮　　编：100125
电话传真：86 - 10 - 65067186（发行中心及邮购部）
　　　　　86 - 10 - 65004079（总编室）
E – mail: zuojia@zuojia. net. cn
http:// www.zuojiachubanshe.com
印　　刷：中煤（北京）印务有限公司
成品尺寸：152 × 230
字　　数：233 千
印　　张：18.5
版　　次：2021 年 3 月第 1 版
印　　次：2021 年 3 月第 1 次印刷
ISBN 978 - 7 - 5212 - 1100 - 9
定　　价：52.00 元

中国当代作家论

第一辑

第二辑

陈映真论　任相梅　著　　定价：58.00 元

二月河论　郝敬波　著　　定价：45.00 元

韩东论　张元珂　著　　定价：50.00 元

刘恒论　李　莉　著　　定价：45.00 元

苏童论　张学昕　著　　定价：46.00 元

于坚论　霍俊明　著　　定价：55.00 元

张炜论　赵月斌　著　　定价：46.00 元

北村论　马　兵　著　　定价：48.00 元

陈忠实论　王金胜　著　　定价：68.00 元

韩少功论　项　静　著　　定价：48.00 元

莫言论　张　闳　著　　定价：52.00 元